W0267245

FOLIO BIOGRAPHIES

collection dirigée par

GÉRARD DE CORTANZE

Toussaint Louverture

par

Alain Foix

Gallimard

Crédits photographiques

1, 11 : Archives Gallimard Jeunesse. 2 : RMN-G. Blot. 3 : Aix-en-Provence, FR.CAOM. 4, 13 : Coll. Kharbine-Tapabor. 5 : BNF. 6 : Photo Josse. 7, 14 : Bridgeman Giraudon. 8, 15 : Rue des Archives/The Granger Collection. 9 : Leemage – Costa. 10 : The Art Archive-G. Dagli Orti. 12 : Bridgeman Giraudon/J.-L. Charmet.

© *Éditions Gallimard, 2007.*

Écrivain, philosophe, réalisateur et dramaturge, Alain Foix, né en Guadeloupe, est également directeur de théâtre et de centres de création et de diffusion artistique. Il a dirigé la Scène nationale de la Guadeloupe, le théâtre Le Prisme à Saint-Quentin-en-Yvelines, La Muse en circuit, centre de création musicale, et dirige actuellement Quai des arts. Il a été lauréat du Grand Prix Beaumarchais de l'écriture théâtrale de la Caraïbe en 2004, et son travail de réalisateur a été récompensé par un premier prix de documentaire au Festival Vues d'Afrique de Montréal en 1989.

Il est également critique de spectacles, auteur d'essais philosophiques, d'ouvrages pour enfants et de romans, notamment *Ta mémoire, petit monde*, paru chez Gallimard en 2005.

À Louisiane et Nelson

Toussaint Louverture, l'un des hommes les plus extraordinaires d'un temps où tant d'hommes extraordinaires ont paru.

MICHAUD,
Biographie universelle

PREMIÈRE PARTIE

La montée aux enfers

Le fort de Joux

Comme une menace à l'aplomb d'une passe, la forteresse de Joux, juchée en haut d'un pic, émergeait lentement en ce matin frileux du mois d'août, d'un lourd duvet de nuages blancs s'étirant mollement au bas des fortifications.

Depuis l'ombre du Moyen Âge qui persistait au creux de ses vieilles pierres, elle dominait de sa puissance brutale la haute vallée du Doubs, rivière au cours paisible qui prenait sa source dans les rochers de la Suisse et, s'élançant en tourbillons vertigineux dans le pays de France, s'adoucissait très vite pour sinuer dans le vert tendre des champs bordant la ville de Pontarlier. En contrebas, elle apportait à Besançon, place forte peuplée de rudes guerriers d'Empire, une manière d'apaisement, et, dans sa lumière, dans le mouvement soyeux de son eau douce, quelque féminité.

Nous étions le 23 août de l'an 1802. Le fils d'un général venait à peine d'y naître. Il serait écrivain, un des plus grands du siècle. Il s'appelait Victor Hugo. Bug Jargal, le héros de son premier roman, passait à ce moment précis en bas de son berceau.

Prisonnier de Napoléon, il arrivait sous haute escorte à sa dernière demeure.

Ce bâtiment aux façades effrayantes, au-dessus duquel planaient encore les derniers aigles de ce pays glacé, était peuplé des fantômes d'une histoire de douleur et de sang.

À l'origine construit en bois, comme il était coutume dans le haut Moyen Âge, sans doute du bois coupé au cœur d'un *joux*, nom vernaculaire d'une de ces forêts de sapins peuplant le paysage, le fort de Joux s'était peu à peu minéralisé sur les hauteurs de son rocher. S'augmentant au cours des siècles de nouvelles enceintes de pierre, de nouvelles fosses où s'abîmer, de nouvelles herses où s'écorcher, autant de ceintures imprenables, il allait devenir peu à peu, sous la main de Vauban, une machine de guerre aux rouages sophistiqués, une clef militaire fermant la porte de la Franche-Comté aux intrusions venues de Suisse, d'Allemagne, d'Italie, mais aussi d'Espagne.

De fait, le fort de Joux était devenu la prison idéale pour tous ceux qu'on voulait garder bien au secret et à l'écart de tous. Bug Jargal ou, plus exactement, son modèle réel et tellement plus humain, Toussaint Louverture, était bien de ceux-là.

Celui qui arrivait au bas de ce rocher était un homme usé, rongé de fièvres et cacochyme, souffrant de violentes douleurs à l'estomac. Un vieux guerrier de soixante ans passés, un héros diminué. Mais un héros quand même. Rien à voir avec ce personnage violent à la force surhumaine qu'imaginera le jeune Hugo seize ans plus tard. Mais lorsque claquera la quadruple rangée de portes de chêne aux huisseries renforcées sur ce petit homme malingre d'un mètre soixante-trois qu'enfant on surnommait dans le parler créole « Fatras-Bâton », ou le difforme, l'écho se fera entendre bien au-delà des frontières de la Suisse, dans toute la Franche-Comté et par-delà les océans, où il résonne encore. Une tache noire indélébile dans la conscience des gens de cette région du haut Doubs. Napoléon n'y fut jamais le bienvenu. Il apportait le fer, le feu, la guerre et, ce jour là, comme une dernière offense à l'esprit humaniste de ce pays raccroché à la France : un homme noir dans les fers.

Ce ne fut pas le jeune Hugo, mais toute la Franche-Comté où était né son père, où vécut sa grand-mère, qui rêva par sa plume un Bug Jargal qu'on ne pouvait emprisonner. S'il était enfermé, c'est qu'il le voulait bien. Il sortait de sa geôle et y rentrait tout à sa guise à l'insu des geôliers. Il avait descellé les pierres de son cachot, les replaçant à son retour, prisonnier volontaire, comme si de rien n'était. Il n'avait nulle envie de fuir, car son destin se dessinait bien au-delà de lui, dans l'ombre même où il restait, obscur témoin d'une grande histoire écrite de ses mains mêmes. Le temps faisait son œuvre.

Il en va du roman comme du désir qui prélève sa part du réel pour en faire une essence. Celle de Bug Jargal, alias Toussaint, était la liberté. On la rêva pour lui, il la rêva pour tous, mais plus encore la construisit longuement et patiemment.

Cet homme était sans aucun doute la figure opposée du personnage de ce roman. Pas l'ombre d'un esprit romantique. Un pragmatique accroché à la terre. Un soldat paysan. Et cependant, dans l'ardeur des batailles, au cœur de la grenaille, au souffle des canons et dans l'obstination d'un soc creusant sans cesse tous ces sillons fertiles alimentés du sang de ce pays de Saint-Domingue, un cri d'essence romantique sortit des fers de l'esclavage, répercuté dans toute la Caraïbe et lancé à l'univers entier : « Vivre libre ou mourir. »

Toussaint Louverture ne sortira jamais de ce cachot humide. Toutes précautions furent prises pour y sceller sa tombe. D'autant qu'une semaine avant son arrivée, le jour saint du 15 août, deux chefs chouans qu'on y avait emprisonnés venaient on ne sait par quel miracle de s'en évader. Des mesures drastiques furent prises à la hâte pour faire de cette prison une tombe dans laquelle ce héros d'une révolution d'esclaves qui changera le visage du monde serait pour ainsi dire enterré de son vivant.

Ce 23 août 1802, le fort de Joux devenait un peu la prison d'un seul homme. Cet homme, un général de Saint-Domingue, un Noir, ancien esclave, à peine lettré, avait défié le grand Napoléon, lui avait tenu tête, avait battu et ridiculisé à maintes reprises une des plus grandes armées du monde.

Celui qui déployait ses ailes sur toute l'Europe, le futur empereur Napoléon Ier ; qui, ce 2 août, venait de se faire nommer par le « peuple français » consul à vie ; qui, le mois précédent, le 2 juillet, avait promulgué un arrêté interdisant l'entrée en France aux Noirs et aux métis ; qui, le 16 juillet, avait rétabli l'esclavage à la Guadeloupe au bruit des canons de Richepanse, ne pouvait accorder son pardon à cet homme noir qui l'avait précédé d'un an en dictature, le 2 juillet 1801, en se faisant nommer gouverneur à vie de Saint-Domingue, une colonie française.

Ce n'était pas un homme que Napoléon voulait enfermer là, mais tout un peuple. Lamartine le proclama : « Cet homme fut une nation », et écrivit une œuvre en son honneur, une pièce de théâtre intitulée tout simplement *Toussaint Louverture*. Œuvre vite tombée au fond des oubliettes de l'histoire comme tant de choses qui touchent à cette épopée de Saint-Domingue et des Antilles françaises. Oubli voulu, instrumenté, organisé, une *omerta* sur crime d'État, sur un tabou, comme une chape de silence sur un lourd secret de famille. Une honte qu'on voulut enterrer.

Un mois avant son arrivée au fort de Joux, au terme d'une épopée sanglante, de faits d'armes incroyables où l'héroïsme illuminé, la geste miraculeuse, le disputèrent à toute vraisemblance, où Toussaint Louverture en stratège avisé avait déposé les armes provisoirement face à la force brutale des armées de Leclerc, s'en remettant au temps, il fut destitué de son grade de général de division des armées françaises.

Un décret sans appel, signé le 23 juillet de cette année 1802 par le Premier consul commandant, stipulait que le dénommé Toussaint Louverture serait transféré et retenu prisonnier au fort de Joux, et tenu au secret sans pouvoir entretenir de correspondance ni communiquer avec aucune autre personne que son domestique.

L'histoire semblait se clore au terme d'un affrontement où le mensonge le plus éhonté, la ruse et la trahison palliaient les faiblesses de la brutalité et de la raison. Bonaparte triomphait. Il refermait de force, comme on boucle des menottes, cette parenthèse de liberté qui avait vu des esclaves noirs sortir de leurs fers par une révolte inattendue et la maintenir par leur sang même une décennie durant à la face du monde colonial. Une anecdote à effacer de tous les esprits séditieux, un acte d'essence poétique et subversive, un palimpseste sur lequel Bonaparte allait écrire sa propre histoire faite de l'oubli de ses multiples crimes de guerre et de cette malle immense d'espoirs et de douleurs qu'il fit couler au fond de la mer des Caraïbes. Les Noirs seront esclaves, car ils sont nés ainsi et n'ont jamais cessé de l'être. C'est leur nature. Ainsi soit-il. Telles furent les intentions de l'homme qui saisissait en ce moment les rênes de l'Europe qui se cabrait. Celui qui fit dire à Hegel avec enthousiasme, le voyant à Iéna : « J'ai vu passer l'esprit du monde sur un cheval. » Mais cet « esprit du monde » ne fut rien d'autre qu'un esprit de l'instant cherchant à perdurer. Par la force s'il le faut, par le mensonge sûrement, par l'intimidation, la haine féroce de la pensée critique, par le mépris de la philosophie, cette pensée de l'ombre, ce vieil oiseau de Minerve que le jeune aigle en s'élevant à la lumière voulait tourner en ridicule.

Mais l'homme qu'il enfermait au fort de Joux fut un Noir des Lumières. Aussi proche de la terre qu'un homme puisse l'être, pénétré de la nature et de l'intelligence même du monde, de cette matière pensante que méprise tant la pensée rationaliste. Il fut aux philosophes ce que fut le neveu de Rameau face à Diderot : le contradicteur fondamental, celui qui fait penser, qui tend un miroir de vérité et donne raison au philosophe contre la Raison même, constituée en dogmes. Toussaint Louverture, comme le neveu de Rameau, c'est la liberté trouvant incarnation en l'homme. Un homme qui s'accommode de ses contradictions — et Dieu sait si elles furent nombreuses. Au cœur même de ses contradictions, qui sont autant le produit de l'action que celles de son siècle qu'il incarna au plus haut point, il fut « ce grain de levain restituant l'esprit [du siècle] à lui-même ». C'est par ces mots que le même Hegel, cette fois plus éclairé, qualifia le neveu de Rameau.

En vérité, le philosophe d'Iéna s'était trompé. Ce ne fut pas Napoléon mais bien Toussaint Louverture qui fut en ce moment « l'esprit du monde ». Esprit du monde que l'on avait jeté au bas de son cheval et qu'on s'apprêtait ce jour-là à enfermer dans un cachot au faîte d'un pic glacé dans l'endroit le plus froid de France. Un grain noir de levain à l'ombre gelée d'un haut silo, qui allait y passer l'hiver et mourir au printemps, un

7 avril 1803, sans voir germer le fruit de son travail, de sa patience, de sa confiance dans le temps.

Neuf mois plus tard, le 4 janvier 1804, le nom d'Haïti, comme le cri d'un aigle en haut des cimes, allait naître sous les sabots de Dessalines, lieutenant de Toussaint Louverture. Haïti, ce nom indien, ce nom des origines, si longtemps étouffé, « le pays des montagnes », rejailli d'une source profonde pour baptiser le grand pays créole, la première république noire du monde occidental sortie des chaînes encore bruyantes de l'esclavage sur les décombres de la défunte colonie française de Saint-Domingue.

L'aigle noir en mourant avait triomphé de l'aigle blanc.

Mort de Moïse

Sans doute, par les barreaux de sa voiture-prison avançant lentement entre fierté et embarras, encadrée d'une escouade de gendarmes puissamment armée veillant sur son précieux chargement, sans doute vit-il dans le cahot des rues de Pontarlier ces larges façades, ces grands portails et les frontons de ces églises faisant penser au bicorne tant haï. Sans doute, au cœur de sa torpeur, entre deux crises de toux aiguë, fut-il frappé par une ambiance connue, cette impression de déjà-vu. Pontarlier, ancienne ville espagnole, le ramenait peut-être, comme un retour aux sources, à Santo Domingo, partie espagnole de l'île de Saint-Domingue où il avait gagné ses tout premiers galons, alors qu'il luttait auprès du roi d'Espagne pour sa propre liberté contre la France et sa Révolution qui tardait tant à appliquer ses principes de liberté, d'égalité et de fraternité aux hommes noirs — ses frères.

Il était, après avoir soutenu le roi de France et le roi d'Espagne contre la France, devenu républicain, se drapant avec fierté dans l'étoffe tricolore.

Mais cette République-là, à laquelle il s'était rallié avec tant de méfiance, et dont il avait épousé l'esprit et toutes les espérances, l'avait trahi. Et le voilà aujourd'hui tenu dans les serres de ce même Napoléon, éclos comme lui dans le même nid aux trois couleurs de cette République, et qui, tel le coucou des bois, jetait en grandissant au bas de l'arbre de la liberté tous ses frères de couvée.

L'histoire a des retournements inattendus qui n'avaient rien de surprenant pour cet homme noir ayant vécu sa vie dans l'eau trouble des contradictions, s'en étant rendu maître et y nageant avec aisance.

Sans être ni poète ni philosophe, mais homme des bois, de la terre et des champs, il avait toute sa vie fouillé le fond de l'âme humaine. Sans être dramaturge, il possédait le sens du tragique et de ces tragédies qui scellent les grands destins et fondent les civilisations. Il fut metteur en scène de son propre pouvoir, en écrivit les scènes, dessina les décors, costumes et apparats, régla la succession des actes, ménagea les coups de théâtre et choisit ses acteurs. Il sut progressivement s'imposer sur la scène, optant habilement pour ces curieux seconds rôles qui se cachent longtemps derrière le premier avant de l'effacer en une seule scène. Il ne connaissait pas Descartes mais, comme lui, avançait masqué, *larvatus prodeo*. Il ne connaissait pas l'Histoire, ou si peu, mais en savait la marche. Il eut même son Brutus en la personne d'un neveu nommé Moïse et qu'il considérait comme son fils adoptif.

Non, celui qui traversait ce jour-là Pontarlier sous le bruit des sabots et en grand attelage n'était pas un saint, loin s'en faut. Ses mains étaient maculées de sang. Cependant, il était religieux, et très profondément. Non pas, comme on aurait pu s'y attendre, adepte de la religion vaudou qu'il connaissait si bien et qui nourrit les rêves de tout bon Haïtien, baigne ses jours du lever au coucher, transpire par tous ses actes et filtre dans toutes les choses du quotidien, mais d'un catholicisme fervent : celui qui lutte contre l'esprit syncrétique du vaudou cherchant à instiller au cœur du monothéisme des relents d'animisme. Cet homme n'était jamais où on l'attendait, ni par l'esprit ni par le corps. On l'attendait esclave et il devint la liberté en marche après avoir été lui-même, une fois affranchi à l'âge de trente-trois ans, propriétaire d'esclaves. On l'attendait cultivateur, il fut général. Et lorsqu'il devint général, il remit le soc en terre et fit des laboureurs. On le vit sanguinaire mais il démontra qu'il possédait une âme sensible et charitable, parfois même un cœur tendre. On l'attendait à Port-au-Prince et il était au Cap. Aux Cayes, et il surgissait impromptu à Jacmel. Cet homme était l'inattendu fait homme. C'était le mouvement même. Insaisissable comme l'ombre d'un sous-bois remué par le vent.

Qu'eût-il pensé, cet homme fervent, ce catholique se sachant mû par le destin, traversant la ville de Pontarlier, au terme de ce long périple qui l'avait conduit, prisonnier, depuis la ville de Port-au-Prince jusqu'à l'extrême est de la France en passant par Brest, Nantes, puis par Paris où il avait dormi au Temple ? Oui, qu'eût-il pensé, cet homme fervent, s'il avait su que derrière le fronton d'une de ces églises de style hispanique semblait l'attendre depuis des siècles, dans son autel fleuri, illuminé de cent bougies, la belle statue d'une vierge noire ? Une vierge sculptée par des mains espagnoles et vénérée par des Français.

Remontant à la source du Doubs, il allait vers sa fin en revivant un commencement. Il cheminait vers l'est en s'enfonçant dans l'ombre, tandis qu'à l'ouest un soleil noir allait lever une aube nouvelle.

En arrivant à Brest à bord du navire *Le Héros*, il croisa le *Nouvel-Amour*, un de ces bateaux négriers piaffant de reprendre la mer toutes voiles dehors, après neuf ans de cale sèche pour cause d'esclavage à marée basse. De Brest à Nantes, une forêt de mâts au dessein sombre se profilait sur son chemin comme ces sapins le long des eaux si paisibles du Doubs : elle allait se mettre en mouvement vers l'ouest, cap sur les Indes occidentales, sitôt claquées sur Louverture les portes de la prison.

Le soleil du mois d'août finissant, surplombant le fort de Joux, avait chassé les nuages matinaux et arraché de cette façade médiévale un rêve inquiétant aux contours romantiques, offrant aux yeux du nouvel arrivant dans toute sa crudité, son implacable réalité, sa froideur monstrueuse.

Mais cet homme qui ignorait tout de l'hiver ne pouvait pas savoir ce que tout le monde ici connaissait si bien, à commencer par Bonaparte, le général en chef commandant des armées françaises. Ce fait morbide était consigné dans la comptabilité mortuaire des troupes : au fort de Joux, chaque année, près de la moitié des hommes affectés aux quartiers d'hiver mourait, au sens propre, de froid. Ce ne fut pas le cas de Toussaint, qui se contenta d'en souffrir atrocement. Sa mort, il l'apportait déjà avec lui. Une mort lente, rencontrée au cœur des forêts tropicales de Saint-Domingue, au cœur des marécages, au cœur des batailles, au cœur de ses nuits sans sommeil, infiltrée dans ses blessures, et appelée par une fatigue profonde.

L'homme ne se ménageait pas, il dormait peu, moins que Napoléon, disait-on, deux heures à peine, travaillant sans compter. Son corps était usé bien avant l'âge. Le froid, l'humidité, l'isolement, les vexations quotidiennes, les humiliations, les mauvais traitements et le manque de lumière dans sa cellule précipitèrent sa fin.

Dans le convoi qui maintenant roulait avec fracas sur le premier des ponts-levis, il n'était pas encore livré à une totale solitude. Son domestique mulâtre dénommé Mars Plaisir l'accompagnait. Mars Plaisir, un nom prédestiné pour le valet d'un grand seigneur de guerre. À cet instant, Toussaint portait encore le nom de Louverture, ou L'Ouverture. Les deux orthographes sont également admises. Les historiens anglo-saxons ont gardé la seconde, les Français, la première. Nom qu'il avait conquis à la guerre par toutes les saillies qu'il taillait dans les rangs ennemis. Ce nom, il le perdra sitôt les portes de sa prison refermées. Napoléon le rendit tout à fait tabou. Le mari de Joséphine la négrière savait que les esclaves n'avaient pas vraiment de nom de famille. Un peuple d'anonymes.

La coutume, dans les colonies, était de dépouiller les esclaves de leur nom d'origine et de les désigner par des patronymes païens. On les appelait tantôt par des noms fantaisistes : Trésor, Pognon, Gélaballe, Louis-d'or, Prêt-à-boire, Tu-me-quitteras, Toutmonbien, Sansnom, Pistache, Trop-cher... Tantôt par la désignation d'un caractère : Sansraison, Perd-du-temps, Belleface, Catin, Satyre, Reinette, Poltron, Sans-chagrin, Divertissant, Glissant, Lenfer... Tantôt par des noms empruntés à la géographie : Parisien, Rouen, Marseille, Tourangeau, l'Amérique, Luxembourg, Bayonne... Tantôt, et cela très souvent, par des noms issus de la mythologie, de l'Histoire ou de l'Antiquité : Narcisse, Junon, Pluton, Bacchus, Télémaque, Adonis, Molière, Racine, Archimède, Dioclétien, Moïse, Pompée, Midas, Charlemagne, sans oublier les sobriquets créoles : Latremblé, Boisèche, Maringouin, Coucouille, Macaque, Anmoué, Gnongnon, Mabouya, Grangozier, ou les anagrammes ridicules, tel Nirelep, signifiant par là qu'un esclave est un pèlerin à l'envers, un pèlerin de l'enfer. Quant aux noms chrétiens, ils étaient, à de très rares exceptions, empruntés au calendrier : Janvier, Février, Octobre, Lundi, Dimanche, Vendredi, Noël, Printemps. Et Toussaint ? Toussaint n'était pas le nom d'un saint, mais bien celui de tous, c'est-à-dire d'aucun. Il était né esclave sur la plantation Bréda. « Toussaint à Bréda » était donc son nom.

En ce mois d'août 1802, l'accueil que lui fit dans la cour du fort de Joux le commandant Baille, homme de nature débonnaire, au caractère peu affirmé et fort influençable, était encore celui qu'on réservait à un général, prisonnier d'État. Cette chaleur initiale se perdra peu à peu à mesure de la marche de l'hiver et sous la forte pression des dures consignes descendues de Paris.

Ce 23 août, donc, celui qui venait du soleil entrait dans le donjon de la forteresse, au plus profond d'une cellule obscure de vingt pieds de long et douze de large ; pour ne plus voir le jour, sinon par l'étroite ouverture de douze pouces de haut sur dix-huit de largeur aménagée en renforçant les barreaux de la fenêtre par un mur de brique recouvert d'un épais grillage interdisant toute communication. Il n'avait aucun droit de sortir dans la cour intérieure, et disposait pour tout mobilier d'une paillasse, d'une chaise percée pour ses besoins naturels, d'une petite table, d'une commode et de deux chaises.

Toute la journée, il méditait en recherche de lumière, debout contre la fenêtre et supportant les jérémiades incessantes de Mars Plaisir.

Par la mince ouverture placée au-dessus de sa tête, il ne voyait qu'un rectangle de ciel bleu dans lequel les derniers rapaces des montagnes du Jura, aigles, faucons, vautours, dessinant de grands cercles noirs, entamaient une danse lancinante, une sourde menace.

Il se tenait le ventre. Son foie déjà bien mal en point lui causait des élancements. Une douleur jamais éteinte sera désormais sa compagne. Bientôt, la haine des colons se libérera à Paris par cris et par écrits. L'un de ces enragés écrivit dans une revue coloniale cette diatribe pleine de colère, mais d'une étonnante lucidité :

> Il devait être enchaîné vivant à un poteau, exposé dans une voierie, pour que les corbeaux et les vautours, chargés de la vengeance des colons, vinssent dévorer chaque jour non pas le cœur, car il n'en eut jamais, mais le foie renaissant de ce nouveau Prométhée[1*].

Calmez votre ire, colons ! C'est bien à cette lente torture, cruelle et raffinée que Bonaparte, maître des signes et des symboles, soumettait le rebelle voleur de feu dans cet enfer glacé.

Comment ne pas imaginer que le futur empereur n'ait pas été au courant de cette histoire effrayante qui hantait le château de Joux depuis le Moyen Âge ? Épouvantable histoire que celle de Berthe, femme d'Amaury III de Joux, qui, apprenant la mort de son mari parti aux croisades, se résout à se remarier avec le jeune Amey de Montfaucon, ami d'enfance qui se présente à cheval un soir, blessé, au pied du château. Elle le soigne, ils s'aiment. Revenu contre toute attente, le maître des lieux découvre les deux amants dans son lit.

* Les notes bibliographiques sont regroupées en fin de volume, p. 320.

Furieux, il tue l'infortuné et enferme sa femme pendant vingt ans dans le minuscule cachot qui jouxte la cellule où se trouvait à présent Toussaint Louverture. Pour que sa femme n'oublie jamais sa faute, on la fait venir chaque jour devant une fenêtre d'où elle peut voir le corps pendu de son amant lentement déchiqueté par les corbeaux.

Sans doute se chargea-t-on de raconter cette histoire épouvantable au nouvel arrivant des îles afin d'alimenter le petit feu de sa torture, lui rappelant ainsi le sort que réservent les grands seigneurs à ceux qui les trahissent.

Mais de quelle trahison s'agit-il ? Qui Toussaint Louverture avait-il donc trahi ? La République ? La France ? Son gouvernement ? Qu'avait-il fait d'autre, sinon de promouvoir à Saint-Domingue l'idéal d'une révolution qui fondait la nation comme socle immuable d'un nouvel état du monde, d'un État républicain ? Un État se posant comme modèle universel d'un monde de liberté, d'égalité et de fraternité ? Un État dont Saint-Domingue, sous sa conduite, s'affirmait comme partie détachée au cœur du Nouveau Monde ? Quel fut le plus traître des deux ? Fut-ce celui qui se battit pour maintenir les principes de la République dans un monde américain, anglo-saxon et espagnol, étranger et hostile, contraint pour ce faire d'adopter, à cause de l'éloignement, des règles d'autonomie permettant la liberté d'action ? Ou celui qui, tirant profit de l'éloignement, renia les principes fondamentaux de la République pour renforcer le pouvoir d'un État sur ses parties, posant des lois d'exception d'autant plus iniques qu'elles étaient éloignées du lieu de leur exécution ?

Toussaint n'avait rien fait d'autre que d'imposer la nécessaire délégation d'un pouvoir remis entre ses mains, une autonomie de gouvernement utile à cette partie de France si éloignée de la métropole.

Certes, il y eut cette fameuse Constitution qu'il fit rédiger et qu'il signa le 13 juillet 1801, un an précisément avant son emprisonnement et sa déportation. Une Constitution lui donnant tous les pouvoirs et le nommant gouverneur à vie. Il l'envoya à Bonaparte avec ces mots, dénotant une certaine désinvolture vis-à-vis de celui qui déployait ses ailes sur l'Empire :

Citoyen Consul,

Le ministre de la Marine, dans le compte qu'il vous a rendu de la situation politique de cette colonie, que je m'attachais à lui faire connaître dans les dépêches que je lui adressai par le retour de la corvette *L'Enfant-prodigue*, a dû vous soumettre ma proclamation du 5 février dernier portant convocation d'une assemblée centrale qui pût, dans un moment où la réunion de la partie espagnole à la partie française venait de s'opérer ne formant plus de Saint-Domingue qu'un seul et même pays, soumis au même gouvernement, fixer les destinées par des lois sages, calquées sur les localités et mœurs de ses habitants. J'ai aujourd'hui la satisfaction de vous annoncer que la dernière main vient d'être portée à cet ouvrage, et qu'il en résulte une constitution qui promet le bonheur aux habitants de cette colonie si longtemps infortunée. Je m'empresse de vous l'adresser pour avoir votre approbation et la sanction de mon gouvernement. Pour cet effet, j'envoie près de vous le citoyen Vincent, directeur général des fortifications de Saint-Domingue, à qui je confie ce dépôt précieux. L'assemblée centrale m'ayant requis en l'absence des lois et vu la nécessité de faire succéder leur règne à celui de l'anarchie, de faire exécuter provisoirement cette constitution comme devant l'acheminer plus vite vers la prospérité future, je me suis rendu à ses désirs, et cette constitution a été accueillie par toutes les classes de citoyens avec des transports de joie qui ne manqueront pas de se reproduire, lorsqu'elle sera renvoyée revêtue de la sanction du gouvernement.

Salut et profond respect.

TOUSSAINT LOUVERTURE[2]

Une Constitution, certes, mais aussi un acte de guerre. Toussaint ne pouvait ignorer qu'en imposant ce texte qui projetait l'ombre de l'indépendance vis-à-vis du pouvoir central il allait aiguiser la colère du Petit Caporal. Le ton lui-même mariait une froide arrogance à une discrète ironie. Et quelle désinvolture ! Demander à Bonaparte de signer servilement au bas d'un papier, lire et approuver un acte déjà plébiscité, selon le nouveau dictateur de Saint-Domingue, par tout un peuple levé par l'enthousiasme ! Soufflet cinglant. D'autant plus cinglant que Toussaint Louverture ne se cachait même pas de l'avoir déjà mis à exécution !

Quelle mouche avait piqué cet homme d'habitude si prudent, celui qui avançait toujours masqué ? Avait-il perdu pied, emporté par la griserie du pouvoir absolu ? Beaucoup l'ont cru, à commencer par ses deux fidèles lieutenants : Dessalines et Christophe, qui lui feront payer très cher, le temps venu, cet acte derrière lequel ils voyaient se profiler le grand danger d'un absolutisme royal, d'une monarchie de droit divin naissant sur le sol antillais. Tous les symboles d'une telle posture semblaient bien réunis.

Connaissant la culture religieuse de Toussaint Louverture, il était, pour un œil averti, fort difficile de ne pas observer quelque chose de christique dans cette étrange mise en scène accompagnant l'écriture de la Constitution : Toussaint fit appel à douze colons, des colons blancs qui, l'entourant comme le Christ les apôtres de la Cène, lui offrirent en signature le fruit de leur labeur, le nouveau livre des lois, la Constitution de Saint-Domingue.

Ces colons blancs ne pouvaient apparaître autrement, pour un homme aussi méfiant que Christophe, que comme les signes d'un Ancien Régime reprenant pied à Saint-Domingue. Ils apportaient le spectre de la Restauration et, avec elle, un nouvel esclavage. Le nouveau maître de l'île avait-il l'intention de renouer avec l'état servile ? Cette crainte n'était pas sans fondement, compte tenu de l'histoire de Toussaint, ancien esclave affranchi ayant un temps possédé une bonne douzaine d'esclaves. Une douzaine ! Ne murmurait-on pas d'ailleurs qu'il était fils d'un roi d'Afrique conduit à Saint-Domingue comme bois d'ébène au fond des cales de négriers ? Bon sang ne saurait trop mentir... Ce sang royal qui bouillonnait depuis longtemps en lui cherchait peut-être une voie où s'épancher ? La suspicion s'était depuis longtemps levée autour de lui. Le grand libérateur, une fois venue la promesse de la paix, perdait chaque jour un peu plus de cette aura qui l'avait conduit au pouvoir par la guerre. Il avait édicté coup sur coup des lois impopulaires. Il tenait tout son peuple sous le joug de règles militaires. Il restait général alors que Saint-Domingue voulait un chef de paix. Les lois martiales qu'il tentait d'imposer d'une main de fer visaient à remettre le harnais d'un travail harassant dont ils venaient à peine de se libérer. Après tant de sang versé sans compter dans les champs incendiés, le petit peuple rêvait de bien autre chose que de la sueur noire sur un soc. Il s'était révolté. Toussaint l'avait maté. Son fils, son propre fils adoptif, son Moïse tant aimé, avait armé les séditieux contre lui. Il fallut que cette tête-là, cette belle tête, soit coupée. Le beau, le brave, le doux Moïse, ce général amoureux de son peuple ne pouvait accepter de le voir de nouveau plier sous les ordres des Blancs. Il avait prévenu Toussaint : « Quoi qu'on fasse, je ne pourrai accepter d'être le bourreau de ma couleur. » Il ne voulait pas comprendre cette dure nécessité de l'Histoire à laquelle Toussaint se soumettait et soumettait son pays. Il fallait à tout prix remettre Saint-Domingue sur pied, assurer son autonomie. Il fallait reprendre l'ouvrage, le peuple dût-il encore souffrir. Il n'y avait pas d'autre moyen à ce moment précis que de rappeler les Blancs, ces anciens colons qui détenaient le savoir et la maîtrise du travail. Les Noirs sortant de l'esclavage devaient encore être éduqués, apprendre dans la douleur cette dure autodiscipline qui consiste à s'imposer à soi-même la torture du travail, et en faire une valeur pour construire l'avenir. Moïse n'a pas voulu comprendre.

Moïse s'est révolté et le peuple derrière lui. L'édifice que Toussaint avait patiemment et savamment construit pendant toutes ces années de guerre risquait en une seule nuit de prendre feu. Il n'avait pas le choix. La conduite de Moïse ne lui offrit aucune alternative. Il tua donc cet amour et le pleura des jours durant, taraudé de remords, la conscience torturée, écrasé de chagrin. Dans l'ombre humide de sa prison, il y pensait encore. Tout avait basculé ce 25 novembre 1801, tout juste neuf mois avant son arrivée au fort de Joux ; Moïse, face au peloton d'exécution ; Moïse sous les fusils d'un bataillon ; Moïse, pour l'exemple, criblé de balles. Pour l'exception aussi : pour dire que l'exception n'était pas de rigueur, pour dire que sa rigueur ne pouvait souffrir d'exception. Pas même son fils, son fils adoptif, celui qu'il avait élevé, dont il avait fait un soldat si peu commun, une plante vivace, gracieuse et noble qui poussa général. Moïse était sa fierté et son miroir. Beau comme Phoebus, ce soldat-là au sourire si aimable, amoureux de la vie, forçait l'admiration, celle de Toussaint en premier lieu, lui si malingre, si laid, si contrefait, « Fatras-Bâton ».

Ce n'est pas Toussaint qui donna l'ordre de faire feu. Il laissa faire, le laissa fusiller. Maigre consolation. Il détourna la tête, se rendit sourd à ces détonations qu'il ne voulait entendre, aveugle à ce corps transpercé qu'il ne voulait pas voir.

Muet aussi pour taire sa douleur. Il avait commis l'innommable. Un sacrifice, un holocauste au dieu de la révolution des Noirs et de leur liberté. Que n'avait-il été un Abraham dont Dieu aurait arrêté in extremis le bras ?

Mais Dieu avait laissé faire. Sans doute, la Loi placée au-dessus des hommes devait s'écrire sur le corps brisé de Moïse. Le jour même de cette exécution, Toussaint rédigea ses commandements dans cette fameuse proclamation dictatoriale dont l'énoncé rend justice à son geste sur la mort de son fils, en en faisant l'exemple, la table, ce grand corps de douleur qui justifie la loi :

PROCLAMATION

Au nom de la colonie française de Saint-Domingue,

Toussaint Louverture, gouverneur de Saint-Domingue.

Du Cap-Français, le 4 frimaire an X (25 novembre 1801)

Depuis la Révolution, j'ai fait tout ce qui a dépendu de moi pour ramener le bonheur dans mon pays, pour assurer la liberté de mes concitoyens. Forcé de combattre les ennemis intérieurs et extérieurs de la République française, j'ai fait la guerre avec courage, honneur et loyauté. Avec mes plus grands ennemis, je ne me suis jamais écarté des règles de la justice ; j'ai cherché, autant qu'il était en moi, à adoucir les horreurs de la guerre, à épargner le sang des hommes... Souvent, après la victoire, j'ai recueilli comme des frères ceux qui, la veille, étaient sous des drapeaux ennemis. Par l'oubli des erreurs et des fautes, j'ai voulu faire aimer la cause légitime et sacrée de la liberté même à ses plus ardents adversaires.

À mes frères d'armes, généraux et officiers, j'ai constamment rappelé que les grades auxquels ils étaient élevés ne devaient être que la récompense de l'honneur, de la bravoure et d'une conduite irréprochable ; que, plus ils étaient au-dessus de leurs concitoyens, plus toutes leurs actions et toutes leurs paroles devaient être irréprochables ; que le scandale donné par des hommes publics avait des conséquences encore plus funestes pour la société que celui des simples citoyens ; que les grades et les fonctions dont ils étaient revêtus ne leur étaient pas donnés pour servir uniquement à leur ambition, mais avaient pour cause et pour but le bien général...

C'est aux officiers à donner à leurs soldats, avec de bonnes leçons, de bons exemples. Chaque capitaine doit avoir la noble émulation d'avoir sa compagnie la mieux disciplinée, la plus proprement tenue, la mieux exercée ; il doit penser que les écarts de ses soldats rejaillissent sur lui et se croire avili par les fautes de ceux qu'il commande...

Tel est le langage que j'ai tenu au général Moïse, depuis dix ans, dans toutes mes conversations particulières, que je lui ai répété mille fois en présence de ses camarades, en présence des généraux, que je lui ai renouvelé dans ma correspondance. Dans toutes les occasions j'ai cherché à lui expliquer les saintes maximes de notre religion, à lui prouver que l'homme n'est rien sans la puissance et la volonté de Dieu... Que n'ai-je pas fait pour le ramener à la vertu, pour changer ses inclinations vicieuses ? Au lieu d'écouter les conseils d'un père, d'obéir aux ordres d'un chef, il n'a voulu se laisser conduire que par ses passions, ne suivre que ses funestes penchants, il a péri misérablement. Tel est le sort réservé à tous ceux qui voudront l'imiter. La justice du ciel est lente, mais elle est infaillible, et tôt ou tard elle frappe les méchants[3] [...].

C'est parce qu'il avait suivi le peuple dans ses plus bas penchants, parce qu'il avait pris la pente de l'hédonisme et de l'oisiveté, mère de tous les vices, parce qu'il avait tant été aimé des femmes et qu'il les avait tant aimées, que Moïse avait péri.

Le libertinage, voilà la cause, le plus grand ennemi de cette liberté gagnée par la souffrance. Son ennemi intérieur, sa maladie auto-immune. Une sorte de cancer qui détruit les fondements de ce qui l'a fait naître. Une liberté sans projet, sans travail, sans rigueur, sans morale collective, c'était pour Toussaint Louverture la même chose que les chaînes, le spectre de leur retour. Si Saint-Domingue devenait incapable de construire sur cette liberté nouvelle une nouvelle société fondée sur la rigueur, sur le travail, la mise en ordre de la famille et sur la bonne éducation de ses enfants, alors, elle courait le danger de son effondrement et du retour en arrière. C'est donc par la famille qu'il fallait commencer. Il avait entraîné tout son peuple dans la guerre ; il y avait trouvé tous ses soldats. Le temps n'était pas encore venu pour lui de laisser vivre l'île comme une société autonome. L'État civil devait encore pousser sous l'État militaire, le chef d'État sous le général en chef. Son peuple n'était pas encore assez mûr pour la liberté. Il fallait encore, selon lui, en bon père de ce siècle autoritaire, lui dicter sa conduite et sanctionner les comportements. La loi devait organiser les mœurs :

> [...] À l'époque de la guerre du Sud, j'avais tracé les devoirs des pères et mères envers leurs enfants, l'obligations où ils étaient de les élever dans l'amour et la crainte de Dieu, ayant toujours regardé la religion comme la base de toutes les vertus et le fondement du bonheur des sociétés... Et cependant avec quelle négligence les pères et les mères élèvent-ils leurs enfants, surtout dans les villes ? Ils les laissent dans l'oisiveté

et dans l'ignorance de leurs premiers devoirs : ils semblent leur inspirer le mépris pour la culture, le premier, le plus honorable et le plus utile de tous les états. À peine sont-ils nés, on voit les mêmes enfants avec des bijoux et des pendants d'oreilles, couverts de haillons, salement tenus, blesser par leur nudité les yeux de la décence. Ils arrivent ainsi à l'âge de douze ans, sans principes de morale, sans métier, avec le goût du luxe et de la paresse pour toute éducation. Et comme les mauvaises impressions sont difficiles à corriger, à coup sûr voilà de mauvais citoyens, des vagabonds et des voleurs ; et si ce sont des filles, voilà des prostituées, toujours prêts, les uns et les autres, à suivre les impulsions du premier conspirateur qui leur prêchera le désordre, l'assassinat et le pillage. C'est sur des pères et des mères aussi vils, sur des élèves aussi dangereux que les magistrats du peuple doivent avoir sans cesse les yeux ouverts.

Les mêmes reproches s'adressent également aux cultivateurs et cultivatrices sur les habitations. Depuis la révolution, des hommes pervers leur ont dit que la liberté est le droit de rester oisif et de ne suivre que leurs caprices. Une pareille doctrine devait être accueillie par tous les mauvais sujets, les voleurs et les assassins. Il est temps de frapper sur les hommes endurcis qui persistent dans de pareilles idées[4].

Sur un tel terreau de corruption, les femmes, pour Toussaint le rigoriste, élevé dans la religion catholique, sont le suprême danger. Elles sont nombreuses. Plus nombreuses que les hommes. Elles apportent le plaisir et tous les vices qui vont avec. Ce sont elles qui ont causé la perte de Moïse. Ce n'est pas lui, Toussaint, mais elles, bien elles, qui l'ont tué. La responsabilité de ce crime contre nature, elles devront l'endosser :

[...] Depuis la révolution, il est évident que la guerre a fait périr beaucoup plus d'hommes que de femmes : aussi s'en trouve-t-il un plus grand nombre de ces dernières dans les villes, dont l'existence est uniquement fondée sur le libertinage. Entièrement livrées aux soins de leur parure, résultat de leur prostitution, elles ne veulent absolument rien faire d'utile. Ce sont elles qui recèlent les mauvais sujets, qui vivent du produit de leurs rapines. Il est de l'honneur des magistrats, généraux et commandants de n'en pas laisser une seule dans les villes ou bourgs ; la moindre négligence à cet égard les rendrait dignes de la mésestime publique. Moïse, il est vrai, était l'âme et le chef de la dernière conspiration, mais il n'aurait jamais pu consommer son infamie s'il n'avait trouvé pareils auxiliaires[5]...

Toussaint voulait s'en convaincre. La charge morale était trop lourde. Il avait brisé un tabou, plongé le glaive dans le cœur de son fils. Mais pour le bien de tous. Il remâchait ses mots, relisait mentalement les vingt et un commandements de cette proclamation écrite sur ce corps supplicié donné en pâture aux consciences. Il fallait remettre Saint-Domingue sur le chemin abrupt de sa liberté, la remettre au travail. Il n'avait pas le choix.

Neuf mois déjà, neuf mois seulement... Il méditait encore sous le rectangle de lumière bleue saisi par l'ombre de la nuit. La danse immobile des étoiles gommait la ronde des rapaces. Une nuit glacée l'engourdissait. Des astres jamais vus, un autre monde le condamnant à l'immobilité. L'attente posait ses mains sur ses épaules fatiguées. Elle était sa nouvelle compagne, un peu pesante, mais son alliée aussi, quand la maladie daignait desserrer son étau ou, comme on dit dans ce parler créole si imagé et trempé de l'histoire de l'esclavage : quand elle « lui desserrait deux mailles ».

Combien de temps lui restait-il à vivre ? Il fallait faire durer, juste le temps que ça arrive. Car ça viendrait, il le savait. Dominer la douleur. Ce ventre qui faisait mal. Ce silence des étoiles tellement étrange dans ces montagnes muettes, si éloigné des bruissements, des chants peuplant les nuits de son île natale.

Le feu maintenant crépitait dans la cheminée. Des flammes joyeuses qui emplissaient son cœur d'une sombre amertume. Il avait froid, si froid. Il aurait toujours froid. Nous n'étions encore qu'à la fin du mois d'août.

Il se laissait bercer par un de ces vieux chants vaudous que Mars Plaisir entonnait tous les soirs pour écarter l'angoisse. Le vaudou, cette religion du peuple qu'il avait toujours combattue au nom d'une foi qui, selon lui, construisait l'avenir, voilà qu'il y trouvait maintenant matière à consolation. Le feu, ces chants, le ramenaient à cette nuit magique du 22 août 1791. Onze ans maintenant. Onze ans de feu, de larmes et de sang depuis la nuit où tout avait commencé, dans cette clairière du Bois-Caïman, ce ciel d'orage, et ces éclairs illuminant la façade du Morne-Rouge penchée sur eux comme un visage au sourire inquiétant, comme un masque gigantesque, un dieu venu d'Afrique pour insuffler la force d'aller au bout de ce désir de liberté. Et comme Boukman était impressionnant ! Il défiait le ciel et l'univers entier. Juché sur un baril de rhum, il s'emplissait dans cette nuit magnétique de la puissance des dieux, et haranguait la foule venue en nombre à la faveur des ténèbres, fuyant les habitations où les maîtres dormaient d'un sommeil agité. Le temps était à l'orage, tous le savaient bien, maîtres et esclaves. Mais les maîtres étaient loin de se douter de la puissance du torrent qui allait avant l'aube jeter bas tous leurs rêves, les arracher de leurs lits, ensanglanter leurs draps. Ce flot humain qui allait déborder faisait, sous les éclairs illuminant le Bois-Caïman, comme une mare sombre et agitée qui grossissait sans cesse, alimentée par ces colonnes d'esclaves surgissant des sentiers, et qui semblait s'enfler de la colère du ciel. Toutes ces âmes douloureuses étaient venues assister à cette grande messe organisée dans le plus grand secret. Boukman était leur prêtre, leur *houngan*, et eux, les officiants. Ils allaient, pensaient-ils, massacrer tous les Blancs.

Tous les grands dieux vaudous étaient présents. Les *loas* étaient là, Ogoun Ferraille, dieu de la guerre, était accompagné de la terrible famille des barons de la mort : Baron-Samedi, Baron-La Croix, Baron-Cimetière, Guédé-Nibo, et même l'effrayante Madame Brigitte. Guédé-l'Orage, bien sûr, était de la fête, qui levait la tempête. Ils étaient tous venus. Papa Lêgba, le dieu des clefs, leur ouvrait le chemin et Damballah-Wêdo, le dieu serpent, se faufilait entre les pieds des officiants. Sa femme, Erzulie Freda, la belle, la séductrice, la femme fatale, la déesse de l'amour, qui avait lancé la danse en « chevauchant » une mambo entrée en transes dans un long hurlement poussé vers le haut et qui semblait déchirer les nuages.

Et elle chantait :

Faï Ogoun, Faï Ogun, Faï Ogoun, Oh !
Damballah m'ap tiré canon,
Faï Ogoun, Faï Ogoun, Faï Ogoun, Oh !
Damballah m'ap tiré canon.

Boukman tenait dans ses immenses mains les rênes de l'univers entier. Il semblait « chevaucher » tous ces corps possédés. Les menait à la transe. Les menait à la guerre. Ouvrait le chemin du massacre. Sa voix était tambour. Elle parlait aux tambours, la voix des dieux venus de l'autre côté de l'Océan. Et il poussa ce chant de guerre catalysant la foule qui reprenait en chœur :

Eh ! Eh ! Bomba ! Hen ! Hen !
Canga, bafio té
Canga, moun de lé
Canga, do ki là
Canga, do ki là
Canga li

Eh, eh, esprit du bien
Ouvre l'intelligence aux Noirs
Arrête, extermine l'Européen
Arrête, extermine le Blanc, ce sorcier
Arrête, extermine-le

Une vieille femme sortit de la foule, un long coutelas rituel à la main, le planta dans la gorge d'un cochon et offrit son sang à boire. Le temps était venu. Toussaint était là, minuscule dans la foule. Ce petit homme d'un mètre soixante-trois qui n'était plus si jeune, cinquante-deux ans, avait pris sa décision. Il allait suivre Boukman. Cette nuit noire et orageuse était sa nuit.

De la cène à la crucifixion

Christophe, sans doute le futur roi de la province du Nord, avait assez de sens tragique pour apprécier toute l'étendue du sacrifice offert par Toussaint Louverture en immolant son fils adoptif. Ce ne fut pas là son unique sujet d'inquiétude. Louverture avait aussi tué Moïse parce que celui-ci avait soutenu la révolte des ateliers du Limbé qui s'étaient soulevés contre des géreurs* blancs. Géreurs que lui, Toussaint, avait fait revenir pour prendre en main l'économie de ce pays éventré par la guerre. Les révoltés avaient massacré trois cents Blancs en une seule nuit. Mais ce que Christophe avait retenu, c'est que Toussaint, après dix ans de guerre, avait pris le parti des Blancs.

Alors, ces douze apôtres blancs autour de lui, c'était un signe de trop pour l'impétueux lieutenant qui, malgré toute la vénération qu'il portait au leader noir, s'en remit au colonel Vincent, lui confiant l'étendue de son inquiétude.

Louverture avait chargé Vincent d'une lourde

* Géreur : homme chargé de gérer une plantation au profit du propriétaire.

tâche : remettre sa Constitution en mains propres à Bonaparte. Ce directeur des fortifications, envoyé de la République et devenu l'ami et confident du nouveau dictateur, entendit ses inquiétudes. Lui-même en avait pris la mesure.

Le texte incendiaire arriva donc au Premier consul dans des mains bien tremblantes. Le messager avait aussi son message, apportait sa lecture faite des autres lectures de la situation politique et des craintes exprimées par des proches de l'auteur et signataire de ce texte.

Le Petit Caporal y vit le signe d'une faiblesse dans l'édifice du pouvoir hégémonique de Louverture, la promesse d'une rébellion au sein de son armée, et donc de possibles trahisons. Lançant l'armée française sur Saint-Domingue avec à sa tête le général Leclerc, son beau-frère, le mari de Pauline, il pensait bien en profiter. Il ne ferait qu'une bouchée de ce général noir récalcitrant et de son armée de paysans ! Il profiterait des dissensions au sein de son corps dirigeant. Ce serait l'affaire de quelques semaines tout au plus. Penser cela, c'était bien méconnaître Toussaint Louverture, mais aussi le colonel Dessalines et le fameux Christophe. C'était faire peu de cas de leur intelligence, de leur sens politique et de leur lucidité.

Une erreur capitale dans laquelle la fameuse tête coiffée d'un bicorne avait plongé les yeux fermés. Pourtant, le colonel Vincent, informé des intentions de celui-ci, l'avait bien prévenu dans un mémoire qu'il lui avait adressé, et dans lequel il lui faisait un rapport détaillé sur les moyens de défense de Saint-Domingue :

À la tête de tant de moyens se trouve l'homme le plus actif et le plus infatigable dont on puisse se faire une idée ; on peut rigoureusement dire qu'il est partout et surtout dans l'endroit où un jugement sain et le danger font croire que sa présence est la plus essentielle ; sa grande sobriété, la faculté à lui seul accordée de ne jamais se reposer, l'avantage qu'il a de reprendre le travail du cabinet après de pénibles voyages, de répondre à cent lettres par jour, et de lasser habituellement cinq secrétaires ; plus tôt que tout cela, l'art d'amuser et de tromper tout le monde, poussé jusqu'à la fourberie, en fait un homme tellement supérieur à tout ce qui l'entoure, que le respect et la soumission vont pour lui jusqu'au fanatisme, dans un très grand nombre de têtes. Il a pris sur ses frères de Saint-Domingue un pouvoir sans bornes. Il est le maître absolu de l'île, et rien ne peut balancer ses volontés, quelles qu'elles soient, quoique quelques hommes distingués, mais en tout petit nombre parmi les Noirs, en connaissent et en redoutent la trop grande étendue[1].

Cette tête-là, sur laquelle reposait l'avenir de Saint-Domingue, malgré son pouvoir absolu sur les âmes de son île, n'avait pas enflé au point de perdre tous ses repères. Louverture savait exactement la portée de ce qu'il était en train de mettre en œuvre. Quand bien même il serait devenu fou, l'Histoire qu'il avait mise en marche dépassait sa personne. Elle appartenait maintenant au peuple et à ses guides : les lieutenants du nouveau gouverneur à vie.

Non, Louverture n'était pas fou. Sa Constitution était bel et bien un acte de guerre mûrement prémédité. Avait-il d'ailleurs eu le choix ?

L'homme qui s'était battu pour la libération des Noirs, et l'avait obtenue au bout de son fusil, avait compris depuis toujours que c'est ce même fusil qui la préserverait. Lorsqu'il remit ses soldats aux labours pour récolter, par le travail, le fruit de ces années de guerre, lorsque sur les champs brûlés des batailles il regardait pousser la canne, il conservait toujours un œil inquiet sur l'horizon demeurant menaçant. D'Angleterre, d'Espagne ou bien de France, des voiles ennemies pouvaient à tout moment venir voler cette liberté chèrement acquise.

Il observait de loin Napoléon, recevait ses honneurs hypocrites et trompeurs, se courbait avec le respect que l'usage rendait nécessaire. Mais il avait vu bien avant les autres ce qui se cachait derrière le masque du dictateur français, et entendu avant tout le monde, derrière ses paroles onctueuses et caressantes, le bruit des chaînes et des fers qui se forgeaient dans le secret des ateliers de la capitale.

Le temps était venu d'affronter ce danger nouveau qu'il voyait poindre sous le bicorne. Il avait joué avec un coup d'avance, tentant de prendre Bonaparte de vitesse, comme il anticipa le geste de son Brutus.

Ce « Napoléon noir », comme l'appelait Chateaubriand, jouait toujours avec au moins un coup d'avance, à tel point qu'on pût avoir l'impression, comme l'écrivit le poète dans ses *Mémoires d'outre-tombe*, que « le Napoléon noir fut imité par le Napoléon blanc ».

Sur l'échiquier sanglant de cette guerre coloniale, où les Blancs semblaient avoir un avantage définitif, Toussaint Louverture avait joué sa dernière pièce, tiré sa dernière cartouche, posé sa dernière bombe. Une bombe à retardement dont il avait enclenché le mécanisme après cette ultime et folle bataille, célèbre entre toutes, celle de la Crête-à-Pierrot, où Noirs et Blancs succombèrent par milliers.

Il avait, en apparence, rendu les armes et retrouvé à Ennery, sa ferme, sa femme et ses enfants après que, l'un à la suite de l'autre, Dessalines et Christophe, feignant de se rendre aux mensonges éhontés du général Leclerc, se furent enrôlés dans l'armée française, faisant mine de croire que leur liberté était de ce côté.

Ils se réveilleraient très vite, dès le tintement des premières chaînes sorties en masse de la cale des bateaux où elles étaient cachées. Toussaint l'avait prévu, sans aucun doute. Il connaissait ses hommes et il savait qu'il pouvait compter sur eux le moment venu. Il fallait simplement gagner du temps, anticiper.

Le rapport de force était tel qu'il fallait, comme aux échecs, se résoudre à sacrifier à temps une pièce majeure. Ce fut la reine. La reine, c'était lui, le roi était son peuple. Après Moïse, il lui restait un ultime sacrifice : lui-même. Il était vieux, avait rempli sa tâche, se savait condamné à plus ou moins long terme. La maladie gagnait dans ses viscères.

Beaucoup se demandèrent pourquoi ce vieux renard, rusé comme un singe à qui on n'apprend pas à faire des grimaces, s'était laissé prendre au piège de ce grossier guet-apens que lui avait tendu Leclerc en chargeant le général Brunet de le prendre par traîtrise.

Brunet occupait un poste à l'habitation* George, près d'Ennery, lieu de résidence où Toussaint Louverture se reposait après avoir signé le protocole de paix avec le général Leclerc. Il l'invita à venir discuter avec lui du placement des troupes dans le canton. Toussaint s'y rendit seul. Une dizaine d'officiers, sabre au clair, l'encadrèrent et le firent prisonnier. C'était le 7 juin 1802.

Emmené à bord de la frégate *La Créole* qui le conduisit au Cap, il y retrouva sa femme et ses enfants, prisonniers eux aussi. Ils furent tous embarqués sur la frégate *Le Héros* qui, sans tarder, fit route vers Brest. Il ne sembla guère surpris, et ne prononça que ces quelques mots : « En me renversant, on n'a abattu à Saint-Domingue que le tronc de l'arbre de la liberté des Noirs ; il repoussera par les racines, parce qu'elles sont aussi profondes que nombreuses[2]. »

L'explication était bien là. L'homme des bois, celui des plantations, l'homme qui connaissait la nature dans toutes ses profondeurs, celui qui fut, en sa qualité de « docteur feuilles », engagé juste après la cérémonie du bois Caïman par les chefs

* Une habitation désigne dans les pays créoles une plantation et le planteur se nomme l'habitant.

rebelles Jean-François, Jeannot et Biassou pour soigner les troupes d'esclaves révoltés, et qui resta patiemment à l'abri de leur ombre en attendant son jour, celui-là, Toussaint Louverture, connaissait bien cet ordre naturel selon lequel les grands arbres protègent sous eux leurs pousses. Boukman poussa sous l'illustre Mackandal qui, le premier, lança les rameaux de la révolte noire. Jean-François, Jeannot et Biassou poussèrent sous Boukman et, juste après que les colons enragés lui eurent coupé la tête qu'ils exposèrent sur un piquet, ils prirent à leur tour le commandement de la révolte. Toussaint, lui, poussa sous ces trois têtes rebelles qui, telle l'hydre, remplacèrent la tête coupée. Il cultiva sous lui Moïse, mais Moïse était pour lui une mauvaise herbe. Il la coupa pour préserver la terre. Poussèrent alors Dessalines et Christophe, restés encore dans l'ombre. C'étaient deux cavaliers, deux pièces maîtresses, qui, libérées de sa présence, celle de la reine de l'échiquier, allaient prendre à revers le général Leclerc sitôt révélés ses véritables desseins : reprendre la liberté des Noirs.

L'un, Christophe, dans la province du Nord, l'autre, Dessalines, dans celle du Sud, l'un la mâchoire supérieure, l'autre l'inférieure, fermeraient bientôt l'immense gueule de Saint-Domingue buvant la mer des Caraïbes sur une armée française qui allait se retrouver sur le chemin de sa déroute.

Mais il fallait encore un peu de temps, laisser Leclerc se consumer et mijoter dans la saison des pluies, se faire brûler à petit feu par la fièvre des marais, la fièvre jaune qui enflammerait son corps. Toussaint tutoyait la nature. Il dialoguait avec les plantes, avait appris la langue des marécages, la parole des sous-bois. Il savait bien leurs chants, jouait avec leur rythme. Tout viendrait en son temps. Le grand mal des marais allait rallier les Noirs et leur combat. Les ennemis blancs seraient tous dévorés par l'esprit des salines et les humeurs de la forêt profonde. Ce serait une Berezina bien avant l'heure. Berezina de la chaleur.

Mais il fallait aussi durer. Le jeu de dupes entre les « deux Napoléons » était loin d'être terminé. C'était une guerre psychologique qui était entamée. D'abord, pour Toussaint, faire amende honorable et, en premier lieu, mettre sa famille à l'abri. Une chose était de se sacrifier, une autre de mettre sa femme et ses enfants en grand danger.

Il écrivit une lettre, sa première lettre de prisonnier, en pleine mer, à l'attention de Bonaparte, sur *Le Héros* faisant cap sur Brest :

Le général Toussaint Louverture au général Bonaparte
Premier consul de la République française.

À bord du vaisseau Le Héros, *1er thermidor an X*
(1er juillet 1802)

Citoyen Premier consul,

Je ne vous dissimulerai pas mes fautes : j'en ai fait quelques-unes. Quel homme en est exempt ? Je suis tout prêt à les avouer. Après la parole d'honneur du capitaine général qui représente le gouvernement français, après une proclamation dans laquelle il promettait de jeter le voile de l'oubli sur les événements qui ont eu lieu à Saint-Domingue, comme vous avez fait le 18 brumaire, je me suis retiré au sein de ma famille. À peine un mois s'est écoulé que des malveillants ont su me perdre dans l'esprit du général en chef. J'ai reçu une lettre de lui qui m'ordonnait de me concerter avec le général Brunet. J'ai obéi. Il m'a fait arrêter. Le lendemain, ma maison fut en proie au pillage ; mon épouse et mes enfants sont arrêtés ; ils n'ont rien, pas même de quoi se vêtir.

Citoyen Premier consul, une mère de famille à cinquante-trois ans peut mériter l'indulgence et la bienveillance d'une nation généreuse et libérale ; elle n'a aucun compte à rendre, moi seul dois être responsable de ma conduite auprès de mon gouvernement. J'ai une trop haute idée de la grandeur de la justice du premier magistrat du peuple français pour douter un moment de son impartialité. J'aime à croire que la balance, dans sa main, ne penchera pas plus d'un côté que d'un autre. Je réclame sa générosité.

Salut et respect.

TOUSSAINT LOUVERTURE[3].

Dès son arrivée à Brest, il fut séparé de sa famille. Il ne la reverrait plus.

Comme en réponse à sa lettre, celle de Napoléon, par la voix du ministre de la Marine s'adressant au préfet maritime à Brest, fut sans appel :

Marine à Préfet maritime, Brest
Paris, 5 thermidor an X (24 juillet 1802)

Toussaint doit être enfermé au château de Brest ; il doit y être tenu sous bonne garde. Il aura avec lui son domestique. Vous vous serez sûrement concerté avec le commandant de la place pour exécuter à cet égard les intentions du gouvernement. Cet officier général recevra du ministre de la Guerre des ordres que je l'invite à lui adresser sur-le-champ.

Placide, mulâtre, fils de Toussaint, doit être envoyé de Brest à Belle-Isle-en-Mer. Les deux autres enfants de Toussaint, sa femme, ses deux nièces et leur Négresse doivent être envoyés, aussi par mer, à Bayonne.

Vous prescrirez aux capitaines de prendre les précautions que la nature de leur mission exigera. Placide devra être remis au commandant de la place de Belle-Isle. Le reste de la famille sera laissé à Bayonne sous surveillance de l'administration municipale de cette commune et du commandant de la place[4].

Ils avaient séparé Placide du reste de la famille, le mulâtre du lot de ses frères nègres. Le sang blanc coulant dans ses veines requérait sans doute aux yeux de Bonaparte un autre traitement que le sang noir. Un drame tristement banal en ce temps où le système d'esclavage imposait sa logique fondée sur l'apparence et les différences chromatiques allant du blanc au noir. Les Noirs étaient classés non en fonction d'une appartenance familiale ou nationale, mais sur la base de l'apparence physique et de la couleur de peau. Un étiquetage qui supposait une classification rigoureuse en mulâtres, quarterons, métis, mamelouks, quarteronnés, sang-mêlé, marabouts, griffes, sacatras et toutes les nuances intermédiaires allant du plus noir au plus clair, jaugeant le degré de sang blanc mélangé au sang noir.

Cet étiquetage ayant valeur commerciale comme un label sur la peau inscrivait un marquage plus profond et plus définitif sur les corps et sur les consciences que le sceau apposé au fer rouge sur l'épiderme des esclaves par leurs maîtres, comme du vulgaire bétail. Le fer rouge rattachait localement l'esclave noir à une plantation, une ferme ou, comme on disait, une habitation. Le fer blanc du jugement de couleur assignait la peau noire (l'esclave tout autant que l'homme libre) à un degré de l'échelle humaine où le blanc, occupant le degré supérieur, regardait vers le bas la descente chromatique des peaux d'homme se fondant dans le noir. Un enfant naissant clair au sein d'une famille noire était considéré comme n'étant pas tout à fait de cette famille, puisqu'il avait la « peau chapée », c'est-à-dire échappée, libérée de la noirceur.

Comment bâtir sur ces bases un socle familial bien solide ? L'esclave, et, par extension, le Noir des colonies, n'appartenait pas à sa famille — par expérience, il n'en avait pas vraiment —, mais à son maître ou à sa couleur de peau. Ainsi, peu à peu, les castes se créèrent sur le contraste des couleurs. Les couleurs déchiraient les familles nucléaires.

Comment construire une Cité sans construire la famille ? Le problème de Toussaint était bien là. Il s'était, par les armes et le sang, substitué au maître blanc. Il était devenu le « petit père » d'une nation balbutiante. Mais contrairement au colon, il devait construire un nouveau monde fondé sur une idée nouvelle de l'humanité, avec ces hommes qui furent des siècles durant repoussés à sa marge. Il devait reformer les moellons et pierres d'angle de toute société digne de ce nom. La première de ces pierres était la famille. La famille noire était par nature l'ennemie du colon, qui en détruisait sans relâche les germes comme on arrache sans fin une mauvaise herbe au milieu d'un jardin. Seule comptait à ses yeux la fertilité des Négresses, pourvoyeuses de bras neufs.

En bon éleveur, le colon savait qu'il suffisait pour cela de caresser la nature qui peut être généreuse pour autant qu'on prépare bien le terrain. La luxure en est l'engrais. Un compost élevé sur le terreau de la peur, de la crainte du fouet, du plaisir qui console de la douleur, de l'espoir aussi d'une meilleure condition si l'on sait par ses charmes, sa soumission, ses caresses, plaire à son maître. Un principe de décomposition mis en œuvre au cœur du triangle fertile du maître, de la femme et de l'homme noirs.

De ce triangle où l'animal en l'humain le disputait à tout aspect moral naissait la ribambelle de couleurs qui dans sa ronde infernale et boiteuse écrasait de ses pieds la famille noire.

La liberté acquise par le sang versé, loin d'avoir arrêté cette danse des mœurs, l'avait, au contraire, renforcée. La liberté n'est-elle pas pour le commun le plaisir et l'absence de contrainte ? Comment faire entrer dans l'esprit de ce peuple émergeant de deux siècles de douleur, plongé dans l'ignorance, cette acceptation de la liberté comme produit de l'effort, du travail et de la rigueur morale ? Une philosophie difficile à comprendre et combien étrangère à tous ceux qui n'avaient pu recevoir les bases premières de toute bonne éducation.

Toussaint était maître de l'île. Il avait libéré son peuple, mais, redisons-le, son peuple, à ses yeux, n'était pas encore digne de sa propre liberté. Il adorait encore le veau d'or. Avait-il d'autre choix à ce moment charnière que d'écrire la loi de ses mains, exprimer sa colère, poser sa dictature ? Si ce n'était lui, c'eût été Napoléon. Il en était convaincu.

Il avait créé sa famille personnelle, son trésor, sa pépite d'or. C'était cette famille-là le moellon, la valeur-étalon sur laquelle il comptait ériger toute la société de Saint-Domingue. Napoléon avait fondu sur elle, la lui avait dérobée. Non seulement à lui, mais à tout le peuple de Saint-Domingue. Une famille déchirée dont il était définitivement éloigné. Elle lui manquait, profondément. Elle était son repère.

Ce 17 septembre 1802, il s'assit à sa table, prit une plume et un papier qu'on lui laissait encore et écrivit à sa femme de sa main propre, une main tremblante et malhabile, moins alerte au maniement de la plume qu'à celle de l'épée. Une écriture d'un français quasi phonétique* qu'il avait apprise tardivement.

Sans nouvelles de sa famille, il ne savait pas encore que son fils Placide en était séparé. Mais il en avait le funèbre pressentiment :

Au for de Jou ce 30 fructidor an 10 de la republique

Ma cher epouse,

Je profite de l'occasion dunt bon général pour vous donné mé nouvel. Jaité malade en arrivant ici, mais le commandant

* Hormis celle-ci, toutes les lettres qui, dans le présent ouvrage, sont signées de la main de Toussaint sont soit écrites sous sa dictée, soit transcrites en bon français.

de cet place qui et un homme umain, maporte toute les cecoure pocible, grace a Dieu sa va bocou mieu, vous savé mon namitié pour ma famille, et mon natachement pour une fame que je chéris, pourquoi mavé vous pas donne de vos nous vel. Bon jour à toute poure moi. Je les pryer det e bien comporte, baucoup des sa geste, et la vertus, je vous se déjà dire que vous sète responsable de lheure conduite de van Dieu et a votre maris, man de moi ci placide et ta vec vous je vous san bras toute tandrement, je suis pour la vis votre fidel epoux.

TOUSSAINT LOUVERTURE[5]

Toute la beauté de l'homme est là. Toute sa grandeur aussi, qui se révèle de manière brutale dans cette lettre sensible et raisonnée, perçant la gangue d'un état d'illettrisme et d'inculture où l'esclavage voulait tenir l'homme noir. Et cependant, le cœur et la raison, la vive intelligence du monde, des choses et de la société fait irruption dans cette lettre dont la forme même et la gaucherie sont source d'émotion. L'écriture de « Fatras-Bâton » : la beauté d'un regard dans un corps mal formé.

Le « bon général » dont il est question dans cette lettre du 17 septembre 1802 est sans nul doute Caffarelli, dépêché au fort de Joux par Napoléon pour interroger Toussaint Louverture sur ses négociations avec les Anglais et les accords secrets qui auraient été conclus entre eux, notamment dans le domaine commercial. Renseignement des plus précieux dans cet état de guerre où la France dispute alors à l'Angleterre la suprématie des mers et les empires coloniaux.

Mais aussi il est question, au cœur même de ces

discussions, du nerf de la guerre. Toussaint Louverture aurait, selon Napoléon, dissimulé dans les mornes du Cahos un énorme trésor de guerre estimé à trente-deux millions or. Il serait seul à en connaître la cache, ayant fait disparaître, à la manière des pharaons, les six ouvriers qui en avaient creusé la tombe. Une fantasmagorie sans doute née des campagnes d'Égypte, car on creusa ces mornes pendant vingt-cinq ans sans retrouver la trace d'une seule pièce d'or…

À ce moment, Napoléon ménage encore son prisonnier d'État, car il veut obtenir tous les renseignements dont il a besoin. De son côté, Toussaint fait mine de faire amende honorable. Le jeu de dupes commence. Une guerre psychologique qui a pour cadre une cellule exiguë et glacée. Caffarelli a encore le sourire. Il apporte à Toussaint quelques nouvelles de sa famille et lui offre occasion de leur écrire. Ce qu'il fera le 17 septembre juste après avoir rédigé cette lettre à Napoléon datée du 16 septembre 1802 :

Général Premier consul,

Le respect et la soumission que je vous dois étaient toujours gravés dans le fond de mon cœur. Si j'ai péché en faisant mon devoir, c'est sans le vouloir ; si les formalités que je devais prendre n'ont pas été faites, c'est par mégarde. Si j'ai manqué en faisant la Constitution, c'est le grand désir de faire le bien ; c'est d'avoir mis trop de zèle, d'amour-propre.

Croyant plaire à mon gouvernement, j'ai eu le malheur d'essuyer son courroux. Quant à la fidélité et la probité, je suis fort de ma conscience et j'ose dire avec vérité, dans tous les hommes d'État, personne n'est plus probe ni économe que moi. Je suis un de vos soldats et premier soldat de la République de

Saint-Domingue. Je suis aujourd'hui malheureux, ruiné, déshonoré et victime de mes services. Que ma position touche à votre sensibilité, vous êtes trop grand de sentiment et trop juste pour ne pas prononcer sur mon sort. J'ai chargé le général Caffarelli, votre aide de camp, de vous remettre mon rapport. Je vous prie de le prendre en considération. Son honnêteté et sa franchise m'ont forcé de lui ouvrir mon cœur.

Salut et respect

TOUSSAINT LOUVERTURE[6]

En attendant, la fièvre jaune gagne Saint-Domingue, y décimant les troupes napoléoniennes par milliers. Le général Leclerc lui-même en est victime. Il n'en a plus pour très longtemps à vivre, deux mois, tout au plus. Le beau-frère de Bonaparte envoyé aux Antilles pour une conquête qu'il croyait facile, rêvant d'une gloire à peu de frais, s'éteindra piteusement, le 2 novembre 1802, étouffé par la fièvre tout autant que par ses mensonges. Il promettait la paix et la liberté en emportant des chaînes au fond des cales. Une forfaiture qui semblait réussir. Hélas pour lui, c'était compter sans l'impatience du futur empereur, trop pressé de voir s'accomplir ses desseins d'un prompt rétablissement de l'esclavage.

Ce dernier avait, bien à contretemps, envoyé aux petites Antilles une flotte commandée par le général Richepanse qui débarqua le 7 mai 1802 à Pointe-à-Pitre, le jour même où Leclerc obtenait la reddition de Toussaint Louverture à Port-au-Prince.

Le 22 mai, Richepanse prend le fort Saint-Charles, à Basse-Terre, tenu par le colonel Delgrès à la tête des insurgés. Le 28 mai, Delgrès, le poète, le violoniste, se fait sauter avec toute sa troupe à Matouba en poussant ce cri répercuté dans toute la Caraïbe, ce cri déjà lancé en son temps par Toussaint Louverture : « Vivre libre ou mourir. » Il laisse à la postérité cette lettre, longtemps tenue enfermée dans les coffres de la République, qui s'ouvre par ces mots :

> À l'univers entier, le cri de l'innocence et du désespoir
>
> C'est dans les plus beaux jours d'un siècle à jamais célèbre par le triomphe des Lumières et de la Philosophie qu'une classe d'infortunés qu'on veut anéantir se voit obligée d'élever la voix vers la postérité, pour lui faire connaître, lorsqu'elle aura disparu, son innocence et ses malheurs. Victime de quelques individus altérés de sang qui ont osé tromper le gouvernement français, une foule de citoyens toujours fidèles à la Patrie se voit enveloppée par une proscription méditée par l'auteur de tous ses maux. Le général Richepanse, dont nous ne connaissons pas l'étendue des pouvoirs, puisqu'il ne s'annonce que comme général d'armée, ne nous a fait connaître son arrivée que par une proclamation, dont les expressions sont si bien mesurées que, alors même qu'il promet protection, il pourrait nous donner la mort sans s'écarter des termes dont il se sert[7] [...].

C'est bien pour cela que, le 7 juin, Leclerc s'était empressé d'emprisonner Toussaint et sa famille. Mais il était déjà trop tard.

Le 11 juin, Leclerc écrit à Bonaparte :

> Toussaint est désarmé. C'est un grand point, mais les Noirs sont armés et il me faut des forces pour les désarmer. La maladie fait ici des progrès effrayants et il est impossible de calculer où elle s'arrêtera ; il est possible qu'il ne me reste que

4 000 hommes de troupes françaises à Saint-Domingue en octobre ; jugez alors quelle sera ma situation[8].

Le 8 juillet, le navire *Le Héros* accoste avec Toussaint à son bord, au port de Brest. Napoléon rétablit l'esclavage en Guadeloupe le 16 juillet. Bien joué, mais tempo trop serré. Leclerc n'a pas encore le temps de mettre en place les conditions d'une répression de toute rébellion. Malgré les distances et les lenteurs maritimes, les nouvelles vont trop vite. Elles arrivent aux oreilles des Dominguois. Les cavaliers de Toussaint, Dessalines et Christophe, commencent à se cabrer.

Le 6 août, Leclerc écrit au ministre de la Marine :

Tous les Noirs sont persuadés ici par les lettres venues de France, par la loi qui rétablit la traite, par les arrêtés du général Richepanse à la Guadeloupe, qu'on veut les rendre esclaves. Je ne puis obtenir le désarmement que par des combats longs et opiniâtres. Ces hommes ne veulent pas se rendre... Il ne faut plus compter sur la force morale que j'ai eue, elle est détruite. Les mesures prises à l'extérieur ont soulevé les esprits, on ne pourra plus réduire les Noirs que par la force des armes[9].

Il écrit le jour même une autre lettre à Bonaparte. Il n'y cache pas sa colère. Le ton y est direct et traduit d'une certaine façon son lien familial avec le consul à vie de la République française :

Je vous avais prié de ne rien faire qui pût les faire craindre pour leur liberté jusqu'au moment où je serais en mesure, et je marchais à grands pas vers le moment. Soudain est arrivée ici la loi qui autorise la traite dans les colonies avec des lettres de commerce de Nantes et du Havre qui demandent *si on peut placer ici des Noirs*. Plus que tout cela, le général Richepanse vient de rétablir l'esclavage à la Guadeloupe. À présent que nos plans sur les colonies sont parfaitement connus, si vous voulez conserver Saint-Domingue, envoyez-y une nouvelle armée. Quelque désagréable que soit ma position, je fais des exemples terribles, et puisqu'il ne me reste plus que la terreur, je l'emploie. À la Tortue, sur quatre cent cinquante révoltés j'en ai fait pendre soixante. Tous les propriétaires et négociants qui m'arrivent de France parlent tous d'esclavage. Il semble qu'il y ait une conspiration générale pour empêcher la restitution de Saint-Domingue à la République[10].

Le 25 août et 17 septembre, de nouvelles lettres sont adressées au ministre de la Marine, et, parmi elles, celle-ci :

Les révoltes continuent et prennent un caractère alarmant dans certains quartiers. Je viens de découvrir un complot qui tendait à insurger la colonie en entier, mais il n'a pas été exécuté. J'aspire au moment où je pourrai faire enlever tous ceux qui me gênent et cela arrivera à deux mille ; mais je ne puis le faire sans avoir assez de troupes.

La chaîne depuis Vallois jusques et y compris la Marmelade est en insurrection. Pour contenir ces montagnards, lorsque j'en serai venu à bout, je serai obligé de détruire tous les vivres et une grande partie des cultivateurs qui, accoutumés en brigandage depuis dix ans, ne s'assujettiront jamais à travailler. J'aurai à faire une guerre d'extermination et elle me coûtera bien du monde. Beaucoup de nos troupes coloniales désertent et passent aux rebelles[11].

Le 26 septembre, nouveau cri d'alarme, cette fois-ci adressé directement au Premier consul :

Chaque jour le parti des insurgés augmente et le mien diminue par la perte des Blancs et la désertion des Noirs.

Dessalines, qui jusqu'ici n'avait pas songé à s'insurger, y pense aujourd'hui[12].

Ainsi, Dessalines n'avait pas songé jusqu'ici à s'insurger ! Belle naïveté pour un menteur. Il avait seulement attendu son heure et l'heure était venue.

Le 6 octobre, ce fut l'insurrection générale à Saint-Domingue. L'île prenait feu. La fièvre jaune n'avait pas perdu de temps. Elle gagnait lentement mais sûrement les veines blanches. Leclerc avait besoin de renforts, qui ne vinrent pas. Plus de moyens, plus de nerf de la guerre. C'est pour cela qu'en cette mi-septembre, Napoléon est aux abois. Il envoie son propre aide de camp, le général Caffarelli, dans la cellule de Toussaint. La position des Anglais était importante dans ce jeu très serré. Pourquoi pas une alliance avec eux pour restaurer l'esclavage ? Tactique connue de Joséphine de Beauharnais et de sa famille créole, les « békés », Blancs créoles de Martinique qui, pour empêcher Victor Hugues, l'envoyé de la Convention, d'appliquer sur l'île, en 1794, la première loi d'abolition de l'esclavage votée par l'Assemblée, n'hésitèrent pas à donner l'île aux Anglais. Ainsi, seule la Guadeloupe, restée à la République, connut alors brièvement la liberté, avant que Napoléon ne la lui reprenne.

Pour celui-ci, il était capital de connaître les accords secrets que Toussaint avait passés avec eux. Mais surtout, surtout, localiser ce fameux trésor de guerre des mornes du Cahos qui, en ce moment précis, faisait cruellement défaut à son beau-frère, Charles Leclerc.

Dans cette cellule étroite et sombre du fort de Joux se jouait l'avenir des colonies. Le temps y suspendait son vol.

Pendant sept jours, Caffarelli poursuivit sans relâche son interrogatoire du prisonnier sans rien obtenir de lui. Il perdait parfois patience, se reprenant vite, connaissant le caractère de Toussaint Louverture : « Dans tous ses rapports avec les agents de Bonaparte, relate le sieur Dubois à l'abbé Grégoire, ayant interrogé un vieux gardien du fort, témoin de cette période, Toussaint était violent, prodiguait des injures, des mépris... Le vieux gardien disait que du dehors où il restait, il avait entendu les éclats de voix et les emportements de Toussaint[13]. »

Les deux hommes s'entretenaient pendant des heures. Le feu crépitait dans la cheminée, séchant un peu l'humidité de ce cachot. Une baignoire y trônait dans un coin. Une femme venait chaque jour y verser de l'eau chaude. Pas pour longtemps. Le temps de la rigueur viendra avec l'hiver. Plus de baignoire, plus de papier, plus de crayon et plus de domestique. Seule une lucarne comme un œil bleu, œil de Caïn dans la pupille duquel tournoyaient des rapaces. Pas de sortie, juste un ciel vide au-dessus de soi. Caffarelli avait trouvé un roc, impénétrable. Il lui tournait autour depuis sept jours.

Le vicomte de Grouchy rapporta ces propos dans son *Journal de Caffarelly* :

« — Vous avez négocié le protectorat anglais sur l'île avec le général Maitland, n'est-ce pas ?

— Il chercha à me gagner en me donnant de mauvaises nouvelles de France, en tâchant de me persuader combien il serait avantageux pour Saint-Domingue, si voisine de la Jamaïque, de faire un traité qui garantît les côtes de l'île et assurât la navigation, et il me présenta le projet d'après lequel les Anglais auraient seuls la liberté de commercer dans l'île. Je le refusai net.

... (Ici, Toussaint ment effrontément. Il existe bien un accord secret passé avec Maitland dont nous verrons plus loin la nature.)

— Vous ne parlez pas de votre Constitution. Vous l'avez promulguée et mise en vigueur. Vous vous êtes fait nommer gouverneur général perpétuel, avec le droit de nommer votre successeur. Vous avez par là fait un acte qui, dans tout l'univers, sera regardé comme un acte de rébellion, et, dès cet instant, on a dû vous regarder comme rebelle.

— Oui, c'est vrai, j'ai fait une faute, mais mes intentions étaient droites. La Constitution était nécessaire, je l'ai faite pour le bien, mais jamais je n'ai voulu me soustraire à l'obéissance que je dois à la République.

— Cependant, vous avez fait le plus grand acte d'indépendance qu'il soit possible de faire, car vous avez dû réfléchir beaucoup sur cette démarche ; vous vous êtes créé bien en état de la soutenir. Pour gagner du temps, vous avez envoyé votre projet à la ratification du gouvernement. Vous protestez de votre fidélité, et quand l'escadre se présente, vous la recevez, sur tous les points, à coups de canon !

— Le général Leclerc ne s'est point annoncé. Il devait me prévenir ; je me serais rendu auprès de lui et je lui aurais remis le commandement.

(Rien n'est moins sûr, mais il est vrai que Leclerc, comme nous le verrons, a commis l'erreur stratégique de ne pas s'adresser directement au maître de l'île en arrivant à Port-au-Prince, l'ignorant superbement.)

— Pouvait-on compter sur votre obéissance après ce que vous avez fait ?

— Il est vrai que cette Constitution est une faute, c'est vrai, mais je l'ai faite pour le bien. [...]

(Toussaint croit-il vraiment que c'est une faute ? Peut-être, mais certainement pas une erreur. Sans doute pense-t-il avoir fauté moralement comme on commet un péché. Mais à ses yeux, c'était un mal nécessaire pour faire le bien, celui de Saint-Domingue et de la liberté générale. Faute aussi peut-être dans la manière utilisée, ce symbole christique, l'utilisation des douze colons blancs qui a froissé ses lieutenants Christophe et Dessalines, créant une incompréhension fatale.)

— Vous avez accumulé une grosse fortune. À combien d'argent s'élève-t-elle ?

— Je n'en avais pas beaucoup. Mon épouse avait 700 à 800 portugaises. Je lui ai dit d'aller au Bayolet, pour se mettre en sûreté. Elle y alla et laissa son argent à cet homme de couleur, qui le mit avec celui que Christophe lui avait déjà confié.

Lorsque j'arrivai à Bayolet, mon épouse était déjà partie et s'était retirée au Grand-Cahos. Je mis cet argent et celui que Christophe avait envoyé ; je reconnus que Christophe en avait gardé la moitié, au moins. Tout cet argent est tombé aux mains du général Leclerc.

— Mais cependant, on estime que vous avez envoyé six Noirs avec vos trésors, pour les mettre en lieu de sûreté, et, à leur retour, ces six Noirs ont été massacrés !

— Faux ! Cela est faux ! Je n'ai jamais été riche en argent ; j'ai eu beaucoup d'animaux, je suis riche en terres, mais jamais je n'ai eu beaucoup d'argent ; je dois même, pour une habitation que mon épouse a achetée, 400 portugaises d'une part, et 750 pour une autre habitation.

— Mais vous aviez des fonds dans le commerce ? Vous étiez associé à plusieurs négociants. Où sont vos fonds ?

— Je n'ai point fait le commerce. J'aime la culture, j'ai dépensé pour une habitation, afin de la remettre en état, plus de 150 000 francs.

— Mais vous êtes riche depuis longtemps ; vous dites même dans votre mémoire, que vous aviez, avant la Révolution, 648 000 francs.

— J'ai dépensé tout cet argent pour payer la troupe, pour la nourrir, l'habiller, etc.

— Mais avec quoi donc avez-vous acheté vos habitations ?

— J'ai acheté une habitation à Ennery. Mon épouse était riche ; elle en a acheté une autre. J'ai des terres dans la partie espagnole. Elles ne coûtent rien[14]. »

Cet interrogatoire ne donnait rien. Caffarelli était exaspéré. Ce Nègre lui tenait tête, et quelle tête ! Elle ne lui revenait pas, si on en croit ce portrait abrupt que n'étouffait pas la complaisance, et qu'il transmit à Bonaparte :

Toussaint Louverture est un Nègre de la taille de cinq pieds un pouce, mince, les jambes et les cuisses déliées, fort noir, les yeux grands, les pommettes très proéminentes, le nez épaté, mais assez long, la bouche grande, sans dents à la mâchoire supérieure, l'inférieure très avancée et garnie de dents longues et saillantes, les joues creuses, la face allongée, la physionomie très mobile, s'écoutant beaucoup, l'air doux lorsqu'il veut persuader, mais lorsqu'on lui parle et qu'il pense qu'on veut le deviner, il a un sourire et un regard de côté, plein de fausseté et de dissimulation. Sa figure doit être horrible, lorsqu'il est en colère. Sa manière de narrer exige beaucoup d'attention, à cause de la difficulté qu'il a de s'exprimer. Lorsqu'il parle avec vivacité, son visage se décompose et il grimace de manière tout à fait extraordinaire : ses yeux, ses paupières sont d'une mobilité dont on ne se fait pas d'idées. Lorsqu'il parle avec feu d'une chose qui l'indigne, il est horrible[15].

Mais à part ce portrait, rien, ou presque rien. Napoléon s'impatientait, et on peut aisément comprendre son irritation lorsqu'il reçut cette lettre de Caffarelli écrite le 24 septembre 1802 :

Paris, le 2 vendémiaire an XI

Mon général,

Vous m'avez ordonné de me rendre auprès de Toussaint Louverture pour entendre les révélations qu'il avait annoncé vouloir faire au gouvernement, savoir de quels traités il avait faits avec les agents de l'Angleterre, pénétrer ses vues politiques et obtenir des renseignements sur ses trésors. Je me suis attaché à remplir cette mission de manière à atteindre le but que vous désiriez et si je n'y suis pas parvenu, c'est que cet homme profondément fourbe et dissimulé, maître de lui, fin et adroit, avait son thème préparé et n'a dit que ce qu'il voulait bien dire.

Dès le premier jour il entama une conversation dans laquelle il me fit un narré fort long de ce qui était arrivé à Saint-Domingue. Cette conversation qui durait depuis longtemps n'aboutissait à rien, ne m'apprenait rien. Je le quittai, le prévenant que je reviendrais le lendemain pour savoir s'il n'avait rien de plus à m'apprendre. Je m'y rendis effectivement dans la matinée. Je le trouvai tremblant de froid et malade ; il souffrait beaucoup et avait de la peine à parler... Je le pressai de me dire quels traités il avait faits avec les agents de l'Angleterre... Il se justifia d'avoir jamais traité avec eux, comme on l'en accuse ; il m'assura que le général Maitland lui avait demandé le commerce exclusif de la colonie, mais qu'il s'y était constamment refusé, qu'il avait été obsédé par des agents anglais pour qu'il mît l'île sous la protection de l'Angleterre, mais qu'il s'était moqué d'eux.

[...] J'ai eu avec lui sept entretiens, la plupart très longs...

Ne recevant que des renseignements peu satisfaisants, je l'engageai à sortir du cercle des dénégations dans lequel il s'enfermait. Il reprit ses protestations de fidélité à la République, mais il me fut aisé de juger que son parti était pris et qu'il ne voulait rien dire.

[...] Il se vante d'être honnête homme, il défie qu'on puisse lui prouver qu'il se soit jamais écarté en rien de la stricte probité. Ramené sur ce sujet à différents intervalles, il a toujours répondu de la même manière... Il parle beaucoup de sa famille et en demande des nouvelles avec un pressant intérêt... Il ne veut pas convenir que sa conduite ait donné lieu à son arrestation ; il se plaint que le général Leclerc ne lui ait pas tenu parole... Il ne croit pas avoir d'autres reproches à se faire que d'avoir proclamé sa Constitution et de l'avoir mise à exécution sans l'assentiment du gouvernement.

Je lui rappelai que six Noirs chargés d'enfouir un trésor avaient été massacrés à leur retour. Il se récria très vivement et dit que cela est une calomnie inventée par ses ennemis. Il a renouvelé des protestations à cet égard toutes les fois que je l'ai vu, etc.[16] »

Du fond de sa cellule, Toussaint restait maître du jeu. Son coup d'avance était un coup définitif. Napoléon dans son aveuglement ne l'avait pas vu venir. Dans sa précipitation, il avait pris la « dame noire » alors que, pour gagner, il aurait dû penser à l'épargner. Piège connu chez les joueurs d'échecs. Ce n'est que bien plus tard, avant de mourir dans sa prison de Sainte-Hélène, là où quelques années après seront enterrés des centaines de Zoulous eux aussi déportés par les Anglais, entouré d'hommes à la peau noire, qu'il reconnut enfin son incroyable erreur. Mais le mal était fait, et il courra pendant tout ce XIXe siècle, passant en déferlante la barre du XXe pour s'en venir heurter les rives du XXIe siècle. Ce mal des colonies qui instaure un commerce nouveau sur la valeur marchande des couleurs de la peau, assignant la peau noire comme étalon-or d'un profit fait sur la sueur de ceux qu'on dépossède de leur identité, avait trouvé dans cette cellule du fort de Joux une poche bubonique où s'enflammer. Mais dans le même moment, l'erreur de Napoléon, qui confine à la faute politique, ouvrait toutes grandes les voies des guerres d'indépendance, de damnés de la terre opposant aux bourreaux l'arme fatale de leur conscience et de leur désir de liberté. Moment aussi d'une nouvelle barbarie, où ceux que l'on disait barbares opposent auxdits civilisés toute l'étendue de leur propre sauvagerie. Un jeu de miroirs à l'infini, éclaboussé du sang de millions d'innocents.

Comme pour clore cet épisode bonapartiste du désir de puissance en refermant la parenthèse d'une dynastie sur une exclamation, les Zoulous, à deux pas de cette île, tueront dans l'œuf la descendance de l'aigle : l'aiglon au corps percé de dizaines de sagaies. Comme s'il devait payer symboliquement, par le sang même de sa tribu, cette tentative avortée dans la douleur d'imposer à l'homme noir l'état d'un servage essentiel, et sa peau comme destin. Singulier ricanement de l'Histoire que note M. J. E. Moore dans une lettre adressée à M. Gagnon-Lacoste depuis Moravia (Liberia) :

> Nous, habitants de cette partie du monde, nous pourrions regarder comme une coïncidence singulière, sinon une des voies mystérieuses de la Providence, que la dynastie fondée par celui qui traita si lâchement et si cruellement le grand Africain Toussaint Louverture ait trouvé sa fin sur la terre des Nègres et par la main des braves Zoulous[17].

Sur cette île perdue dans un rire douloureux de l'Histoire au milieu du monde noir, le Corse qui bâillonna le Maure en se bandant les yeux passa enfin à l'aveu à l'occasion de ces ruminations : « L'affaire de Saint-Domingue a été une grande sottise de ma part[18]... »

Ah ! S'il avait eu l'intelligence stratégique d'épargner Toussaint et de gouverner avec lui, que n'aurait-il pu mettre en œuvre !

« On pouvait tout entreprendre contre la Jamaïque et toutes les Antilles, contre l'Amérique méridionale, avec une armée de trente mille Noirs qu'auraient organisés et instruits des officiers français employés seulement comme instructeurs[19]... »

L'aigle déchu a connu le remords :

« Je suis coupable d'imprévoyance de ne pas avoir reconnu l'indépendance des hommes de couleur de Saint-Domingue et le gouvernement des hommes de couleur[20]... »

Mais est-ce sa faute seulement ? Si Leclerc avait exécuté correctement ses ordres, peut-être eût-il pu en être autrement :

« Tout se fût passé différemment s'il eût débarrassé la colonie de 150 à 200 chefs noirs[21]. »

Bien sûr, la faute revient à Leclerc. Il tourne en rond et il rumine, le bras gauche dans son dos, la main droite sur son foie douloureux, puis lâche rageur entre ses dents :

« C'est la faute à la fièvre jaune[22]. »

Bien sûr, comme ce fut la faute à la Berezina. C'est donc la faute au temps. Ce temps qui fait la nique aux ambitions. Qui contrecarre tous les plans impatients, qui fait le jeu du résistant. Le temps, l'ami du philosophe, celui qui pense avec patience, la vieille chouette de Minerve, l'ennemie jurée de l'aigle impérial. Elle était là, dans l'ombre, dans son nid froid, tout en haut du Jura, les ailes repliées, voyant venir l'hiver, voyant venir sa nuit. Elle attendait que la fièvre jaune ait fini son travail.

Mais ce temps-là, de la pensée active qui projette au-delà d'elle-même, est une torture pour l'homme d'action réduit à l'impuissance, et à subir dans l'obscurité son lent et douloureux passage. Napoléon le savait bien. À la torture du temps qui passe il ajoutait celle du temps qui fait.

En ce 28 septembre 1802, le vieux général noir commençait à sentir, sous la voûte obscure de sa cellule, les premières et rudes caresses de l'intraitable hiver. Mais aussi les premiers signes sérieux d'une volonté d'atteinte à son moral. Le commandant Baille venait ce jour même, sur ordre de Paris, de le prier de se défaire de son uniforme et d'endosser des habits civils qu'on lui avait confectionnés. Il était accompagné d'un envoyé du Premier consul chargé de lui remettre l'uniforme. Toussaint s'emporta violemment.

Baille tenta de le convaincre en lui disant que cela était l'usage pour un prisonnier, quel qu'il soit. Il refusa, insulta l'envoyé, puis, se ravisant, il se déshabilla et lui jeta son habit à la figure en lui disant : « Tiens, porte ça à ton maître ! » Enfin, il rajouta : « Je dois le traitement qu'on me fait subir à ma couleur, mais ma couleur m'a-t-elle empêché de bien servir ma patrie ? La couleur de mon corps nuit-elle à mon honneur[23] ? »

Il fallait réagir et il fallait tenir, attirer vers lui l'attention du Premier consul. Le détourner du moindre soupçon d'un calcul de long terme. Lui faire croire en son innocence et à son caractère inoffensif. Il ne fallait présenter aucun danger aux yeux du dictateur de la France, dégonfler la baudruche. Peut-être alors obtiendrait-il une amélioration de sa condition lui permettant ainsi de gagner du temps. Ce temps si précieux. Il y avait aussi sa famille qu'il devait préserver.

Ce 28 septembre, il se mit à sa table pour écrire cette nouvelle lettre à Napoléon sans grand espoir de réponse, car l'Aigle ne répondait jamais à son courrier :

Général et Premier consul,

Je vous prie, au nom de Dieu, au nom de l'humanité, de jeter un œil favorable sur ma réclamation, sur ma proposition et ma famille ; employez donc votre grand génie sur ma conduite et la manière dont j'ai servi ma patrie, sur tous les dangers que j'ai courus en faisant mon devoir. J'ai servi ma patrie avec fidélité et probité ; je l'ai servie avec zèle et courage ; et j'ai été dévoué à mon gouvernement. J'ai sacrifié mon sang et une partie de ce que je possédais pour la servir, et malgré mes efforts, tous mes travaux ont été vains. Vous me permettrez, Premier consul, de vous dire avec tout le respect et la soumission que je vous dois, que le gouvernement a été trompé entièrement sur le compte de Toussaint Louverture, sur un de ses plus zélés courageux serviteurs à Saint-Domingue. J'ai travaillé longtemps pour acquérir l'honneur et la gloire de mon gouvernement et attirer l'estime de mes concitoyens, et je suis aujourd'hui couronné d'épines et de l'ingratitude la plus marquée, pour récompense. Je ne désavoue pas les fautes que j'ai pu faire et je vous en fais mes excuses. Mais ces fautes ne valent pas le quart de la punition que j'ai reçue, ni les traitements que j'ai essuyés. Premier consul, il est malheureux pour moi de n'être pas connu de vous. Si vous m'aviez connu à fond, pendant que j'étais à Saint-Domingue, vous m'auriez rendu plus de justice ; mon intérieur est bon. Je ne suis pas instruit, je suis ignorant ; mais mon père, qui est aveugle maintenant, m'a montré le chemin de la vertu et de la probité, et je suis très fort de ma conscience à cet égard, et si je n'avais pas eu l'honneur d'être dévoué à mon gouvernement, je ne serais pas ici, et c'est une vérité ! Je suis malheureux, misérable et victime de tous mes services. J'ai été toute ma vie en activité de service, et depuis la révolution du 10 août 1792, je suis de même consécutivement au service de ma patrie.

Aujourd'hui, je suis enfermé sans ne pouvoir rien faire, couvert de chagrin ; ma santé est altérée. J'ai réclamé auprès de vous ma liberté pour pouvoir travailler, gagner ma vie et nourrir ma malheureuse famille. Je réclame votre grandeur, votre génie pour prononcer sur mon sort ; que votre cœur soit attendri et touché sur ma position et mes malheurs.

Salut et respect

TOUSSAINT LOUVERTURE[24]

Une lettre restée sans réponse, évidemment. D'ailleurs, comment le consul à vie aurait-il pu répondre à celui qui n'était depuis longtemps qu'un ancien esclave ? Car aussi incroyable que cela puisse paraître, Toussaint Louverture à ce moment ignorait totalement qu'il était destitué de son grade de général et rayé des cadres de l'armée française depuis dix-huit mois, par une décision demeurée secrète et prononcée le 28 mars 1801. Ce qui donne la hauteur vertigineuse du mépris de l'Aigle. Toussaint Louverture n'était à ses yeux rien d'autre qu'un petit pantin, un singe costumé. Il avait arrêté de jouer en le déshabillant, comme il voulait déshabiller tous les Noirs portant uniforme d'officier. « Je ne veux plus, dit-il un jour au colonel Vincent, voir un seul galon sur des épaules de Nègre[25]. »

Mais juste avant de le dévêtir, il lui avait aussi enlevé son domestique, Mars Plaisir. Et, peu à peu, avec l'hiver, venait le temps du déshabillage et des humiliations. Il aurait froid, c'est sûr, mais à l'âme plus qu'au corps. Pas question de le laisser mourir de froid. Ça, c'était pour la façade, pour le symbole, pour l'extérieur. Pour l'extérieur aussi, il devait garder son uniforme. Une image politique. Napoléon se devait de tenir dans ses serres un héros, un symbole de la révolution des Nègres, pas un pauvre Noir tout nu et tremblant comme une feuille. Un héros qu'il devait immobiliser dans la glace sur les hauteurs du Jura, et exposer aux yeux de tous.

« Quel intérêt, répondit Napoléon à O'Meara qui rapportait les rumeurs antibonapartistes selon lesquelles il voulait tuer Toussaint, quel intérêt pouvais-je avoir à faire mourir un Nègre après son arrivée en France ? S'il fut mort à Saint-Domingue, alors, sans doute, on aurait pu soupçonner quelque chose, mais après être arrivé sain et sauf en France, quel aurait pu être mon objet[26] ? »

La réalité de la vie de Toussaint Louverture au fort de Joux devait être confinée entre les quatre murs de sa cellule. Celle-ci était correctement approvisionnée en bois de chauffage. Ce prisonnier noir était mieux chauffé que la plupart des prisonniers de France. Le commandant Baille y veillait avec une attention très scrupuleuse, ses registres en témoignent.

Mars Plaisir qu'on sépara de son maître et qu'on fit sortir de prison avant l'arrivée de Caffarelli, avant même qu'on lui ait demandé de rendre son uniforme (pas de témoin, pas de témoignage), allait véhiculer l'image d'Épinal de son illustre maître et, en passant, s'éclabousser de sa gloire. Dans une lettre écrite à Isaac Louverture, un des fils de Toussaint qui retrouva sa trace longtemps plus tard, il assura qu'il avait tenu compagnie à son maître quatre bons mois, alors que son séjour au fort de Joux n'avait duré que trois semaines à peine. Tout Quichotte a son Pança...

La lettre, pleine d'exagérations, raconte leur périple de Brest au fort de Joux et donne quelques indications sur leur vie à l'intérieur du fort :

Lorsque nous sommes sortis du vaisseau de Brest, on nous a amenés dans une voiture de poste à Morlay, escortés par deux compagnies de cavalerie, avec un adjudant-général, où nous avons resté un jour, et les autorités constituées sont venues nous rendre les hommages qui étaient dus à M. votre père ; et moi j'étais traité comme son aide de camp, pour ce moment, car ça n'a pas duré longtemps [...] et on nous a fait parcourir ainsi une bonne partie de la France, et dans toutes les grandes villes, on nous a rendu les mêmes honneurs, jusqu'au château de Joux, près de Pontarlier, frontière de Suisse, lieu de notre destination. J'ai resté là, avec lui, environ quatre mois, et, pour entrer dans notre chambre, il fallait passer trois verrous ; enfin, c'était comme une prison et, en y entrant, je crus entrer dans un souterrain. Et nous ne voyions personne, et on n'ouvrait les portes qu'aux heures des repas. Enfin, cet aspect nous faisait présager une mort prochaine. Et, malgré que cette affreuse pensée ne me quittait pas, je faisais contre mauvaise fortune bon cœur pour dissiper et désennuyer M. votre père. Mais parfois, quand il s'apercevait qu'après avoir fait tous mes efforts, pour surmonter mon courage, et qu'il s'apercevait que j'étais prêt à le perdre, il me ranimait à son tour. Moi, voyant la grandeur de son âme, je me jetais à son cou et l'embrassais. Alors, souvent sa tendresse pour moi lui faisait tenir ces flatteurs discours. Auprès de ma femme, Isaac, Placide, Saint-Jean et Plaisir, ce sont mes quatre enfants. Et dans notre captivité nous ne cessions de nous entretenir de vous tous, et de verser des larmes d'être privés de vous voir...

À l'expiration d'environ quatre mois, malgré les souffrances que me fit éprouver ma captivité près de M. votre père, le jour qu'on est venu m'annoncer de m'en séparer, en lui disant : général, j'ai ordre du gouvernement de vous retirer votre domestique. Et à peine m'a-t-on donné le temps de l'embrasser et lui de me dire : rends la réciproque à Isaac, enfin à tous tes frères. Enfin, notre cruelle et précipitée séparation fut pour nous un coup de foudre.

Alors on m'enchaîna et m'emmena à pied, de brigade en brigade, à Nantes, et sans le sol dans ma poche. Étant donc dans la prison et au secret, attendant une occasion pour me faire passer à Saint-Domingue, en me soutenant que M. votre père y avait un trésor caché, qu'il ne devait y avoir que moi qui le savais, et qu'il faudrait bien que je désignasse l'endroit où il y était. Et comme je savais que cela n'était pas, je n'en étais pas moins rongé de crainte et de douleur[27].

Mars Plaisir ne connaîtra pas la dégradation de la situation de son maître, car son départ du fort de Joux, qui laissa Toussaint dans une immense solitude, sonna l'heure des humiliations et des mauvais traitements. Après le séjour de Caffarelli parti rageur et bredouille, bafoué par cet homme des îles si orgueilleux, il fallait rabaisser la morgue du prisonnier, le mettre dans une situation inconfortable, le faire douter de lui. Le commandant Baille restait la seule personne qui eût l'autorisation de lui rendre visite. Encore que l'on considéra en très haut lieu l'attitude de celui-là bien trop amicale auprès d'un tel prisonnier. Il est vrai que Baille s'en souciait beaucoup, plus que sa responsabilité ne le rendait nécessaire. Il faisait tout ce qui était en son pouvoir pour rendre son séjour le plus agréable possible. Toussaint se plaignait de maux de tête continuels dus à une vieille blessure de guerre, et Baille écrivait immédiatement au préfet du Doubs pour lui demander un chapeau afin de lui procurer un soulagement. Le 6 octobre, il fit un rapport au ministre de la Marine, suivi de plusieurs autres : « Depuis le début du mois, le prisonnier a eu plusieurs accès de fièvre, il s'est fait arracher cinq dents, il a pris des tisanes et autres remèdes indiqués... Louverture dit avoir des indispositions continuelles occasionnées par des douleurs intérieures et se plaint toujours du froid, quoique faisant grand feu[28]. »

Il fit venir un médecin de Pontarlier mais on le lui reprocha. Il le nourrissait bien plus convenablement qu'on ne lui demandait. Baille était ébahi par l'appétit de son détenu. Ses frais de nourriture et d'entretien s'élevaient à deux cents francs par mois, c'est-à-dire quatre fois plus que le budget alloué à un détenu ordinaire. Aux viandes salées, biscuits, fromages et vins qui sont l'ordinaire d'une nourriture régionale, il rajoutait des muscades. Toussaint réclamait du sucre à tous ses repas et Baille y pourvoyait non sans marquer son étonnement : « Toussaint Louverture est dans l'usage de mettre du sucre dans tout ce qu'il boit. Une telle consommation pour un mois est exorbitante[29]. »

Le sucre, ce poison des colonies, leur douceur et leur douleur. C'est pour ce sucre dont il avait tant besoin, qui empoisonnait son sang par tant d'excès, que Toussaint Louverture se trouva là même dans cette prison, et que Napoléon forgeait des fers. La pression économique était excessive. Colons et autres amateurs de profits rapides et faciles étaient aux abois. Anglais, Espagnols et Français se livraient la grande bataille du sucre. Mais la rébellion noire était en marche. Les deux cavaliers de Toussaint Louverture, Dessalines et Christophe, avaient cabré leurs montures, et commençaient à refermer les deux mâchoires de la gueule de Saint-Domingue sur les troupes de Leclerc qui agonisait. Pis, ils s'étaient ralliés dès le 15 octobre 1802 à leurs anciens ennemis en révolution : les généraux mulâtres. La guerre d'indépendance était en marche, et elle était totale. C'en était assez, il fallait priver Toussaint Louverture de sucre.

Le 27 octobre, Decrès ordonne à Baille plus de sévérité et lui donne des consignes strictes quant au traitement du prisonnier :

> Le Premier consul m'a chargé de vous faire connaître que vous répondez de sa personne sur votre tête. Je n'ai pas besoin d'ajouter à un ordre aussi formel et aussi positif.
>
> Toussaint Louverture n'a droit à d'autres égards qu'à ceux que commande l'humanité. L'hypocrisie est un vice qui lui est aussi familier que l'honneur et la loyauté le sont à vous-même.
>
> Vous devez faire fouiller partout pour vous assurer s'il n'a ni argent ni bijoux, et vous assurer s'il n'en aura ni caché ni enterré dans sa prison. Retirez-lui sa montre si son usage lui est agréable ; on peut y suppléer en établissant dans sa chambre une de ces horloges de bois, du plus vil prix, qui servent assez pour indiquer le cours du temps.
>
> Je présume que vous avez éloigné de lui tout ce qui peut avoir quelque rapport avec un uniforme, Toussaint est son nom ; c'est la seule dénomination qui doit lui être donnée. Un

habillement chaud, gris ou brun, très large et commode, et un chapeau rond, doivent être son vêtement.

Quand il se vante d'avoir été général, il ne fait que rappeler ses crimes, sa conduite hideuse et sa tyrannie sur les Européens. Il ne mérite alors que le plus profond mépris pour son orgueil ridicule[30].

Trois jours plus tard, le 1er novembre, Baille obtempère et saisit la montre de Toussaint, donne ordre de le fouiller complètement ainsi que sa cellule.

L'outrage est sévère pour Toussaint qui répond le jour même à Decrès :

Rien n'est plus fort que l'humiliation que j'ai reçue de vous aujourd'hui. Vous m'avez dépouillé de fond en comble pour me fouiller et voir si je n'avais pas de l'argent, vous avez enfin tout bouleversé, tout mon linge, et fouillé jusque dans ma paillasse. Heureusement que vous n'avez rien trouvé : les dix quadruples que je vous ai remis sont à moi, et c'est moi qui vous l'ai déclaré. Vous m'avez ôté ma montre et quinze et sept sols que j'avais dans la poche, vous m'avez pris jusqu'à mon éperon ; je vous préviens que tous les objets sont à moi, et vous devez m'en tenir compte le jour qu'on m'enverra au supplice. Vous remettrez le tout à mon épouse et à mes enfants ; quand un homme est déjà malheureux, on ne doit pas chercher à l'humilier et vexer sans humanité ni la charité, sans aucune considération pour lui comme un serviteur de la République, et on a pris toutes les précautions et les machinations contre moi comme si j'étais un grand criminel.

Je vous ai déjà dit, et je vous le répète encore, je suis honnête homme et si je n'avais pas l'honneur, je n'aurais pas servi ma patrie fidèlement comme je l'ai servie, et je ne serais pas non plus ici par ordre de mon gouvernement. Je vous salue[31].

Toussaint n'écrira bientôt plus. On lui retire en ce mois de novembre sa table, ses papiers, son encre et sa plume.

Le général Leclerc n'écrira plus non plus. Le lendemain de ces faits humiliants, le 2 novembre, celui que Toussaint enfiévré conspuait et insultait à longueur de journée dans sa cellule, son ennemi juré, ce menteur, ce parjure, le mari de Pauline, va succomber à Saint-Domingue sous les assauts de cette alliée de la révolte noire, cette cavalerie de l'invisible que Toussaint Louverture attendait depuis longtemps : la fièvre jaune.

DEUXIÈME PARTIE

Le paradis promis

Le nouveau Spartacus

La neige faisait danser ses gros flocons sur le rectangle de ciel bleu. Étrange ballet qu'observait médusé le général déchu d'une armée tropicale. Un vent glacé tourbillonnait, tentant de pénétrer par toutes les fentes du soupirail. Sur sa vitre fissurée, la main de l'hiver avait déposé ses empreintes de givre. C'était donc ça, l'enfer.

Toussaint s'était blotti contre la cheminée à s'en faire lécher par les flammes. Il ne la quittera plus. À l'extérieur, ce sidérant spectacle toujours au programme d'une saison : la neige étendant mollement son empire silencieux sur la terre engourdie. Spectacle que, cloîtré dans sa cellule, il ne verra jamais. Même juché sur une chaise, son mètre soixante-trois ne lui permettait pas d'atteindre le bas de la lucarne bleue. Il ne verra pas l'hiver étendre tranquillement sur lui ce grand linceul glacé qui fera fondre son corps fiévreux dans la terre du Jura. Une immense page blanche posée sur la bouche, les oreilles et les yeux du grand peuple de France ignorant cette grande histoire de feu écrite par un ancien esclave. Un palimpseste sur un poème brûlant.

Au fond de son exil, on avait arraché à Toussaint Louverture sa plume, la seule chose qui lui restait pour agir sur le monde, pour marquer la mémoire juste au bord d'une tombe, d'un oubli abyssal.

Il était bâillonné. Tout aussi impuissant qu'un Nègre captif au fond d'un bateau négrier. Il était ballotté par la neige et le temps. On lui avait tout pris. Non seulement sa liberté, sa famille, son uniforme, mais aussi l'écriture malhabile et pourtant si précieuse par laquelle il fit naître Louverture libérant « à Bréda ». Mais surtout, on lui avait arraché un morceau de lui-même : son éperon d'argent. Éperon avec lequel il lançait son cheval, aussi blanc que la neige dansant là sous ses yeux, à la conquête de la liberté, écrivant sous les sabots de son coursier créole, par morne et par ravine, une histoire à l'encre de sang, séchée à la poudre à canon. Son cheval Belargent et lui ne faisaient qu'un, à tel point qu'on le surnomma le Centaure de la savane.

Une horrible légende que se racontaient les soldats dans la cour en dessous de lui, autour de leurs brasiers, était gravée dans le lieu même de sa prison : celle d'Amaury III de Joux (mari de l'infortunée Berthe de Joux) et de sa jument arabe ramenée de Palestine. Un jour qu'il la montait, sortant du fort, la lourde herse s'abattant brutalement la coupa en deux. Perdu dans ses pensées, Amaury continua sa course jusqu'à la Fontaine-Ronde, où la jument se mit à boire. Descendant de cheval, il s'aperçut épouvanté que celui-ci ne possédait plus que ses pattes antérieures et qu'une fontaine de sang jaillissait de son ventre. On dit que la jument se rend souvent à cette source pour étancher sa soif inextinguible, une soif telle que la fontaine se tarit très souvent. Ce qui explique son intermittence. Cette histoire a dû plaire à Toussaint Louverture. Cette jument de Palestine devait lui faire penser à Belargent, son cheval blanc, son cheval source. Il buvait l'eau de la liberté jaillissant sous son ventre à gros bouillons de sang. Une source en train de se tarir mais qui rejaillirait lorsque le destrier de Dessalines aurait étanché toute sa soif.

Son illustre cheval, Toussaint l'avait perdu sous lui le 5 mars de cette année 1802, à la bataille du Morne-Bédouret qui succédait à la débâcle de la Ravine-à-Couleuvres et précédait celle, fameuse, de la Crête-à-Pierrot. Mauvaise passe, mauvais temps, mauvais signe. Le signe d'une fin prochaine. Un épisode que rapporta, deux jours après, le général Desfourneaux dans une missive adressée à Dugua, chef d'état-major général :

Toussaint m'attaquait le 5 et emportait de vive force ma meilleure position, le Morne-Bédouret, mais il en a été délogé, et finalement l'armée est victorieuse sur toute la ligne. Toussaint s'est avancé à dix pas du détachement des 9e grenadiers noirs et leur a dit : « Comment, mes enfants, vous combattez contre votre père !

— C'est un brigand, s'écria Placide Lebrun, sous-lieutenant des brigadiers, feu ! »

Le cheval de Toussaint est tué. Un soldat de la 30e s'élance sur lui, ce soldat est tué. Les gardes de Toussaint le couvrent, ils sont renversés, mais il s'échappe blessé, dit-on, à l'épaule[1].

Toussaint sans son cheval n'était plus tout à fait le même, et sans son éperon, il était nu. La plume et l'éperon étaient les deux outils de sa liberté. Il les avait acquis grâce à Baillon de Libertat et au comte de Noé, respectivement géreur et propriétaire de l'habitation Bréda. Baillon de Libertat, un nom qui sonne curieusement, un oxymore comme patronyme qui, en deux mots, saisit toute l'existence de Toussaint Louverture. Le géreur avait tôt remarqué les aptitudes intellectuelles de cet adolescent malingre portant si bien le sobriquet de « Fatras-Bâton ». Petit à petit, il lui avait confié des responsabilités au sein de l'habitation. Celui-ci, bientôt libéré du travail de la terre, monta peu à peu dans la hiérarchie servile où, tout en bas, se trouvaient les « Nègres de place », aux vies déracinées par le labeur des champs, et, tout en haut, la classe des « Nègres à talents », parmi lesquels on trouvait notamment des musiciens qui avaient pour charge d'égayer les soirées des maîtres en leur faisant danser notamment le quadrille.

Il devint cocher d'habitation, situation privilégiée lui permettant de traverser le pays de part en part, d'en connaître la géographie, de rencontrer diverses habitations, divers maîtres et esclaves, d'entendre les conversations, de se faire une idée de son économie, de la circulation des hommes et des marchandises, de celle des idées et des rumeurs, et d'engranger toutes sortes d'informations qui lui seraient utiles le moment venu.

C'est chez le comte de Noé, grand-père de Cham, le fameux caricaturiste, qu'il apprit à lire le « papier qui parle ». Un jésuite l'y prit sous son aile, lui prodiguant quelques enseignements de catéchisme, formant son jeune esprit à une culture religieuse qui restera chevillée à son âme, outil de sa morale autant que de sa compréhension du monde et de la société. Ce prêtre possédait dans sa bibliothèque le livre de l'abbé Raynal : *Histoire philosophique et politique des établissements et du commerce des Européens dans les deux Indes*. Le fameux abbé Raynal, l'anti-esclavagiste, l'ami de l'athée Diderot avec la collaboration duquel il écrivit ce livre, parti du port négrier de Nantes pour se trouver dans la bibliothèque d'une habitation coloniale à Saint-Domingue. C'était comme une braise attendant l'âme, le souffle, par lequel naîtrait l'incendie. Et dans ce livre, ce passage signé de Diderot. La main d'un pyromane, sa prose incandescente :

> Il ne manque aux Nègres qu'un chef assez courageux pour les conduire à la vengeance et au courage. Où est-il ce grand homme, que la nature doit peut-être à l'honneur de l'espèce humaine ? Où est-il ce Spartacus nouveau, qui ne trouvera point de Crassus ? Alors disparaîtra le Code noir. Et que le Code blanc sera terrible, si le vainqueur ne consulte que le droit de représailles[2].

C'est dans ce livre, dit-on, que Toussaint Louverture apprit à lire.

Certains le croient et d'autres pas. Et pourquoi pas ? Serait-ce la première fois qu'une vocation se serait enflammée à la lecture d'un ouvrage ? Ce livre attendait son lecteur, ce grand homme qu'il appelait de ses vœux. Dans cette tourbe concassant la douleur de milliers d'âmes (à cette époque elles se comptaient par centaines de milliers, quatre cent cinquante-cinq mille exactement), est-ce un si grand miracle qu'une seule parmi ces âmes se soit enflammée au contact de ce livre ? Il ne fallait pour cela que quelques conditions préalables : que cette « poudre à canon » soit extraite de la boue et séchée au soleil d'un regard bienveillant. Regard sinon plein d'affection, du moins projetant les rayons, même distants, d'une attention naturelle à une personne humaine. Il fallait que cette poudre y reste le temps suffisant pour s'emplir de l'air extérieur et aspirer à sa propre combustion. Autrement dit, il fallait qu'on lui donne du temps, un temps propre, comme un espace de liberté. Il fallait qu'elle reçoive assez d'amour, de soleil, pour avoir la puissance d'en donner en retour.

On peut affirmer que Toussaint fut aimé. Peut-être pas de l'amour exactement, mais de ce que, dans les conditions effroyables de l'état d'esclavage, un enfant a pu prendre pour de l'amour. On sait qu'il eut une enfance protégée, qu'il ne fut pas « dressé » comme on disait alors, à coups de fouet, et qu'il fut à l'abri des raclées et des brimades. Cet amour, qui se traduit au moins par une absence de haine et d'agressivité à son égard, il l'a restitué en retour. Quand vint l'heure où cette poudre se fut enflammée, il fit tout pour protéger l'existence de ceux qui lui avaient permis d'exister. Cette fameuse nuit du 22 août 1791, où la masse humaine poussée par la colère déferlait du Bois-Caïman à la suite de Boukman pour « tuer tous les Blancs », il eut l'occasion, au péril de sa vie, de permettre la fuite de la famille de Baillon de Libertat avant que leur habitation ne soit incendiée et que tout ce qui porte peau blanche ne soit passé au fil des machettes.

Sur l'habitation Osréda, Toussaint eut déjà l'occasion de marquer sa reconnaissance au géreur qui sut le prendre sous son aile. Celui-là apportera son témoignage élogieux dans *Le Moniteur* du 3 février 1799 :

Au Rédacteur,

Pour ajouter quelques traits au tableau frappant que vous avez fait du général Toussaint Louverture dans votre numéro du 20 nivôse dernier, je vous prie d'insérer ceux-ci qui me sont personnels. Ils serviront à faire connaître aux Européens la moralité de cet homme dont la fidélité et l'attachement pour les Blancs nous assurent la possession de l'importante colonie de Saint-Domingue et nous font espérer un prochain rétablissement.

Longtemps avant nos troubles je gérais l'habitation Osréda du haut du Cap. Ayant approfondi le caractère de Toussaint, je lui avais confié la principale branche de mon administration et le soin du mobilier (dans une sucrerie, mobilier signifie : chevaux, mulets, bêtes à cornes, moutons, etc. *Note du Moniteur*). Jamais ma confiance en lui n'a été trompée... Je ne dédaignais pas de le consulter quelquefois sur nos travaux.

Huit jours avant l'insurrection de la plaine du Cap, des Noirs d'une habitation voisine mirent le feu à quatre pièces de canne de l'habitation Osréda. J'étais en ce moment sur mon habitation distante du Cap de sept lieues ; Toussaint et Bruno, commandeur, invariablement attachés aux intérêts de leurs maîtres, parvinrent sans autres secours que les Noirs de l'habitation pour arrêter l'incendie. Le lendemain soir, à mon arrivée, toutes les cannes étaient brûlées, coupées, roulées et on finissait de cuire le sucre qu'on en avait exprimé. Toussaint vint au-devant de moi et, avec l'expression de la douleur, me dit : « Nous avons eu un accident, mais ne vous alarmez pas, la perte n'est pas considérable : j'avais désiré vous en épargner la vue à votre arrivée ; mais vous êtes venu trop tôt. » Je laisse au lecteur à peser ces paroles.

Toussaint témoignait une joie inexprimable de me voir à chaque instant au milieu des Noirs, leur donner mes ordres pour exciter leur vigilance et leur courage, et cela dans un moment où il suffisait d'être blanc pour être massacré.

Ce furent les principes que Toussaint avait sans cesse prêchés à ses camarades qui déterminèrent les Noirs de l'habitation après l'incendie de la ville du Cap à m'offrir des secours et de reprendre la gestion de l'habitation Osréda, disant que, puisque j'avais tout perdu, ils pourvoiraient aux besoins de ma famille.

Oui, je le déclare, c'est à Toussaint Louverture, c'est à la morale qu'il prêchait à ses camarades que je dois mon existence, et sans défiance au milieu d'eux elle fut bien souvent à leur discrétion. Puissé-je un jour, en protégeant la leur, leur rendre utile celle qu'ils m'ont conservée.

Si ces traits de fidélité et d'attachement ne désarment pas les calomniateurs de Toussaint Louverture, nous ne pouvons plus espérer de leur faire croire en la vertu des hommes[3].

D'aucuns pourront affirmer sans doute que Toussaint à ce moment-là n'avait pas encore eu sa « prise de conscience ». Comme si la conscience s'aspirait comme une poudre narcotique ou du tabac à priser. D'autres pourront gloser sur son état d'aliénation qui l'amène à vouloir faire plaisir à son maître contre l'intérêt même de sa classe.

Bien entendu, quoi de plus aliéné que l'état d'un esclave qu'on cherche à contraindre à se penser comme un objet, un animal domestique ou un outil au service de son maître ? À un visiteur fraîchement arrivé à Saint-Domingue qui s'étonnait de voir des Noirs circuler nus dans une habitation, la maîtresse de maison répondit : « Est-ce que j'habille mes chiens, mes vaches et mes chevaux ? » Dans cet état de conscience, l'homme n'est pas une personne, un sujet associant un esprit à un corps, mais un corps séparé de son esprit. Il ne dit pas « j'ai mal », mais « mon corps me fait mal », *ko mwin ka fé mwin mal*, comme on dit dans le parler créole encore baigné de mémoire d'esclavage. Certes, mais alors, comment comprendre la persistance de cette attitude de Toussaint envers les Blancs qui, après avoir mené la révolution noire, après avoir pris le contrôle de l'île comme maître absolu, les rappelle pour en sauver l'économie ? Non, il serait plus juste de voir en Toussaint Louverture une conscience aiguisée du travail comme une propriété commune, percevant la nécessité vitale de sauver les outils de production en acquérant par leur maîtrise la liberté et l'émancipation. Il avait de longtemps dépassé l'opposition épidermique entre Noirs et Blancs, colons et esclaves, pour penser la liberté générale comme la liberté de tous dans le respect de tous. Toussaint Louverture fut l'incarnation même de la dialectique du maître et de l'esclave telle que la pensa Hegel. Il impulsa concrètement la marche de l'Histoire par le dépassement d'une dualité existentielle opposant maîtres et esclaves, Noirs et blancs. Alors, oui, nous pouvons affirmer qu'il a pu lire l'appel de Diderot, mais que ce Spartacus nouveau n'instaura pas un Code blanc, car il sut regarder bien plus haut et bien plus loin que son strict droit de représailles. Il voulait construire l'avenir. Donner sa chance à l'enfant Liberté.

Donc, il l'avait lu ce fameux livre de l'abbé Raynal, car il était le lecteur à qui il était adressé, celui qui devait se l'approprier, celui que le monde attendait.

Avant Diderot, il y eut maints précurseurs qui espéraient sa venue. Témoin ce roman d'anticipation de Louis-Sébastien Mercier : *L'An 2440, rêve s'il en fut jamais*, publié en 1770, et qui faisait appel au « vengeur du Nouveau Monde » :

> Son génie, son audace, sa patience, sa fermeté, sa vertueuse vengeance ont été récompensés : il a brisé les fers de ses compatriotes. Tant d'esclaves opprimés sous le plus odieux esclavage semblaient n'attendre que son signal pour former autant de héros. Le torrent qui brise ses digues, la foudre qui tombe ont un effet moins prompt, moins violent. Dans le même instant, ils ont versé le sang de leurs tyrans. Français, Espagnols, Anglais, Hollandais, Portugais. La terre de l'Amérique a bu avec avidité le sang qu'elle attendait depuis longtemps, les ossements de leurs ancêtres lâchement égorgés ont paru s'élever et tressaillir de joie.

Il fallait un grand homme et ce fut celui-ci.

Que faut-il à l'Histoire pour produire un grand homme ? Des qualités intellectuelles et morales adaptées aux conditions de son action : Toussaint les avait. Une histoire personnelle qui justifiât ses actes : Toussaint avait été longtemps esclave. Des conditions sociales, d'amour et d'attention, qui lui permissent d'aguerrir ses qualités et d'acquérir les outils de son action future : le comte de Noé et Baillon de Libertat les lui avaient offertes sans le savoir. Des conditions générales et des conditions locales qui justifient et préparent son action : la Révolution française de 1789 et les révoltes successives des Noirs et des mulâtres les lui avaient préparées. Il ne restait que la flamme d'une foi qui actionnât sa volonté et dirigeât sa conviction ; elle fut allumée par un jésuite qui lui apprit à lire et un athée qui lui donna à lire. Il avait lu ce livre et ce livre l'avait lu. Il en était l'attente et l'homme des possibles, une espèce de messie.

Et cependant, il avait pris son temps. Toussaint, au soir tumultueux et orageux du Bois-Caïman, avait déjà cinquante-deux ans. Un vieillard pour l'époque, un très vieil homme pour un Noir des plantations dont l'espérance de vie se résumait à l'espérance d'une mort la plus rapide possible afin que l'âme, échappant à l'enfer, retrouve en Afrique la terre de ses ancêtres. Il n'était plus esclave, ayant été affranchi à l'âge de trente-trois ans. Lorsqu'on connaît le prix exorbitant que coûtait à l'époque l'acte d'affranchissement, cela permet de mesurer la valeur, notamment affective, que lui accordaient ses maîtres.

Toussaint exprimera d'ailleurs toute sa vie sa reconnaissance à Baillon de Libertat. Arrivé au sommet du pouvoir, il fit à son propos cette déclaration en date du 18 juillet 1797 :

Citoyens Représentants

La reconnaissance étant de l'homme sensible et vertueux le plus bel apanage, je dois me faire un devoir d'en écouter la voix. La place à laquelle le hasard et une série de grands événements, que j'étais éloigné de prévoir, m'ont élevé, en me traçant la route de l'honneur, dont je tâche de ne jamais m'écarter, ne m'a jamais fait oublier qu'il y a vingt ans, le fardeau de l'esclavage me fut ôté par un de ces hommes qui calculent plus sur leurs devoirs à remplir envers l'humanité opprimée que sur le produit du travail d'un être malheureux. Je parle ici de mon ancien patron, le vertueux Baillon, âgé aujourd'hui de soixante ans[4].

Ainsi, grâce à Baillon, aux premiers pas de cette « route de l'honneur » dont il parle, en ce Bois-Caïman, il était libre parmi ses frères esclaves. Bien plus, il était un colon, un Noir qui possédait des esclaves. De surcroît, il était fortuné, relativement aux Noirs de sa condition et même aux petits Blancs, qui vivaient au bas de leur couleur, qui vivaient de leurs mains aux métiers d'artisans. Rebut de la société blanche, méprisés des mulâtres, dédaignés par les Noirs.

Comment ? Il fut aussi propriétaire d'esclaves ? Lui, un Noir ?

Comment faire autrement ? Il y avait peu de choix. Toute l'économie de Saint-Domingue était fondée sur l'esclavage. Une seule alternative de vie : être libre et posséder des esclaves ; être esclave et ne rien posséder, pas même son corps, pas même ses enfants. Seuls les petits Blancs pouvaient y faire exception. Ils n'avaient guère que la valeur de leur peau, fort dépréciée par leur activité. Ils n'avaient souvent que leurs mains, car étant sans le sou pour se payer des esclaves. Toussaint était un maître bon, mais géreur redoutable, il était intraitable sur le travail. Ce qui explique sa réussite sociale toute relative dans la classe des Noirs libres. Comment ce riche, ce libre, ce possesseur d'esclaves et propriétaire de plantations se trouvait-il au cœur de cette marée humaine grouillant de haine, de ces âmes douloureuses, ces fantômes de la nuit qui firent tinter leurs chaînes dans cette clairière du Bois-Caïman agitée par l'orage ? Comment sut-il le mot secret du ralliement ? Pourquoi ne fut-il pas inquiété ? On le connaissait bien. On lui faisait confiance. Ce libre était des leurs. Toussaint était un sage. Il faisait parler le papier qui parle, il savait tant de choses, en avait vu tellement. Il était droit, il était pieux, il était homme d'honneur, il était respecté, malgré sa petite taille et malgré sa laideur.

Tout ce qu'il possédait, tout ce passé, tout ce travail, sa propre liberté de Nègre affranchi, il l'avait abandonné à cette nuit-là, pleine de bruit, pleine de fureur, à cet orage clamant l'espoir de la liberté.

Boukman électrisait la foule et il était la foule. Tous n'étaient plus qu'un, et un cri. Mais Toussaint restait silencieux, ne criait pas : « Massacrons tous les Blancs. » Boukman partit en tête, il eut la tête coupée, exposée sur un pic d'acier. D'autres têtes surgirent : Jean-François, Jeannot et Biassou. Il les suivit et fut nommé médecin des armées. Il savait les essences et il savait les simples. Son père, un vieil aveugle, les lui avait apprises.

Ce soir-là, il chevaucha la liberté. Mais il savait déjà que ce cheval devait être dressé. Toussaint n'était pas un *cimarron* comme disent les Espagnols de l'autre partie de l'île, Santo Domingo, où ils allaient bientôt se rendre à bride abattue. Non, pas un Nègre marron happant la liberté à perdre haleine, au bord de l'asphyxie, bête traquée dans les marais, poursuivi par les chiens. Il était libre, il était gestionnaire, il était agriculteur. Il n'allait pas, à cinquante-deux ans passés, vivre dans les sous-bois des fruits de sa cueillette et de la chasse, vivre une vie d'Indiens et s'unir avec eux comme le faisaient parfois des groupes de marrons, et peut-être donner naissance à des enfants noirs aux cheveux lisses, yeux bridés et souvent clairs, quelquefois bleus comme l'occasionne souvent l'alliance des gènes africains et des gènes d'origine asiatique. Préfiguration lointaine des humains de demain. Il était déjà libre, un affranchi. Ce n'était pas de cette liberté traquée des marrons qu'il voulait, non plus de la liberté des affranchis, liberté octroyée qui vous laisse votre vie durant débiteur de celui qui vous l'a achetée. Non, celle dont il rêvait était tout autre. Elle ne se quémandait pas, elle ne trébuchait pas dans une obole, elle se prenait et s'imposait. Elle n'avait pas encore de nom, mais mûrissait dans son esprit en suivant la horde des rebelles guidés par Jean-François, Jeannot et Biassou. Elle s'appellerait bientôt *liberté générale*. Une liberté qui n'a de sens que dans l'émancipation de tous, de tous les Noirs, mais aussi des Blancs et des mulâtres. Sans doute comprenait-il aussi que la liberté des Noirs à Saint-Domingue était la condition de celle de tous les autres. Il suivait, à l'ombre de son statut de médecin des armées, ces trois grands chefs, mais il avait sur eux déjà un temps d'avance.

Il avait eu, comme tous, l'écho de la Révolution française. Il avait entendu, comme tous les Noirs enfermés dans leur nuit, le son lointain d'un cri d'espoir, mais eux ne s'étaient pas retournés. Ce cri venait de l'autre côté de l'Océan, d'un autre monde. Et lui avait prêté l'oreille, observant à distance. Il vit les petits Blancs se soulever contre la morgue des Blancs aristocrates, il vit les mulâtres réclamer la part de leur sang blanc, celui de la liberté et de l'égalité. Il vit leur révolte matée dans leur sang noir, le mulâtre Ogé traîné dans la rue et brûlé vif pour avoir prétendu réclamer l'égalité des Blancs et des sang-mêlé. Les mulâtres ne devaient-ils pas se découvrir devant un Blanc ? Descendre de cheval si un Blanc passait à pied à côté d'eux ?

Les Noirs restaient impassibles, ils étaient spectateurs d'une histoire qui n'était pas la leur, ils le savaient. Une histoire de Blancs et de mulâtres, cette liberté. Alors, comment y croire ? Comment s'identifier ? Ils avaient été transportés si loin de leur humanité.

Pendant ce temps, le Code noir continuait à s'appliquer avec la rigueur d'une mécanique de précision sur les corps noirs secoués des spasmes de la révolte. Un jarret coupé, une oreille arrachée pour tout esclave tentant de fuir sa condition en marronnant ou, simplement, de manifester sa colère contre les abus et la cruauté de son propriétaire. Tandis que la Révolution battait son plein en métropole, on continuait à appliquer ces châtiments courants : carcan avec bâillon frotté de piment, pendaison par oreille clouée, Nègres jetés vivants dans les fours ou suspendus aux rôtissoires, application de lattes chauffées à blanc sur la pointe des pieds, brûlure des parties sexuelles, Nègres bourrés de poudre qu'on fait sauter — ce qu'on appelait « faire sauter le cul d'un Nègre » —, aspersion de bouillie brûlante de cannes, incision des flancs pour y jeter du lard fondu, mutilation d'une jambe, arrachement des dents, esclaves forcés de manger leurs propres oreilles coupées ou leurs excréments, de creuser leur tombe pour y être enterrés vivants, Noirs ensevelis jusqu'au cou, enduits de sucre et mangés par des mouches, Noirs enfermés dans un tonneau hérissé de clous qu'on fait rouler en bas d'un escalier, enfants dépecés à coups de machette devant leurs parents... L'imagination négrière allait bon train et n'avait pas de frein sur les rails d'acier de la cruauté coloniale. Cruauté réglementée et tarifée. Témoin ces tarifs officiels de bourreau :

Pendaison : 30 livres ; rouer vif : 60 livres ; brûler vif : 60 livres ; couper le poignet : 2 livres ; traîner et pendre un cadavre : 35 livres ; couper le jarret et flétrir : 15 livres ; fouetter : 5 livres ; couper la langue : 6 livres.

Le père Labat raconte le traitement qu'il infligea à un esclave accusé de sorcellerie :

Je fis attacher le sorcier et lui fis distribuer environ trois cents coups de fouet qui l'écorchèrent depuis les épaules jusques aux genoux... Il criait comme un désespéré... Je fis mettre le sorcier aux fers, après l'avoir fait laver avec une pimentade[5].

Buvons à la santé du père Labat et à sa charité chrétienne, un verre du si bon rhum qui porte son nom et qui, Dieu soit loué, n'a plus besoin de pimentade pour relever son goût.

Le poison des marrons

Toussaint avait vu de grandes révoltes noires et des bouffées d'espoir. L'histoire terrible de Mackandal avait bercé toute son enfance, et il avait quinze ans lorsque ce manchot qui soulevait les foules et semait la terreur fut attrapé et brûlé sur la place publique. L'illustre Mackandal devenu un mythe et un esprit planant sur Saint-Domingue avait promis le jour après la nuit. Mackandal, l'esclave marron au bras sucré. Un bras, le droit, qui, dans un moment d'inattention, avait suivi le chemin d'une canne dans les cylindres pressoirs d'un moulin à sucre. On le lui avait coupé à temps, d'un seul coup de machette, avant que le corps suive. Il n'était pas le seul. Beaucoup, avant et après lui, avaient connu ce sort, dans ces moments d'inattention fatale dus à l'hébétude d'êtres humains changés en mécaniques par l'épuisement et le manque de sommeil. La chose était tellement courante qu'un préposé était posté à côté des cylindres, la machette à la main. Des bras se mélangeaient aux cannes pressées, brassés dans la mélasse, expurgés et cristallisés et enfin raffinés pour finir sur les tables de l'autre côté de l'océan. Beaucoup se résignaient à cette fatalité, pas Mackandal. Le manchot marronna, exerça la main qui lui restait, la gauche, qui bientôt acquit une dextérité diabolique. Puisqu'on lui avait ôté la droite, il allait « travailler de la main gauche » comme on dit dans le vaudou, c'est-à-dire la tremper dans l'eau saumâtre de la magie noire.

La forêt dense lui livra tous les secrets de ses poisons. On retrouva bientôt sur l'habitation de M. Le Normand de Mézy où il était esclave, des vaches mortes foudroyées, les pattes en l'air et le ventre gonflé. Les mares, les puits, les tonneaux de rhum et de vin recelèrent du poison. Mme Le Normand de Mézy eut un jour la triste idée de respirer une fleur de trop près, mal lui en prit. Le lendemain, on l'enterrait. Une belle pomme pendant bien rouge à portée de la main, et malheur au gourmand qui voulut la cueillir. L'habitation fut bientôt sens dessus dessous. On tortura des esclaves pour les faire parler. On sut la main de Mackandal derrière tous ces forfaits. On lança les chiens, organisa des battues, mais sans succès. Le poison envahit d'autres habitations. Dans toutes les plantations courut une douce euphorie parmi les Noirs. On allait empoisonner tous les Blancs, et c'était Mackandal qui dispensait la liberté par le poison.

Il fit des émules, et ouvrit école buissonnière où l'on apprenait la science du poison. Son plan était très simple. Il le symbolisa une nuit par trois mouchoirs qu'il fit tremper dans un bol d'eau. Un noir, un blanc, un jaune. Il sortit le mouchoir jaune. « Ceci, dit-il, sont les premiers habitants de l'île, les Indiens. Les Blancs les ont exterminés. » Il sortit le mouchoir blanc : « Ce sont les Blancs et ils seront exterminés. Que reste-t-il au fond du bol ? Le mouchoir noir. C'est ce qui restera des habitants de Saint-Domingue. » Le règne de Mackandal dura dix-huit ans. Dix-huit ans de terreur parmi les Blancs, les Noirs aussi qui en étaient souvent victimes. Dix-huit ans pendant lesquels se forgea le mythe de Mackandal l'immortel. Mackandal le sorcier qui prend toute forme vivante. Une guêpe pique un colon blanc, c'est Mackandal, un serpent mord un contremaître, c'est Mackandal, un pont s'écroule, une voiture chavire, un bateau coule, c'est Mackandal. Tout malheur qui s'abat sur des épaules blanches, c'est Mackandal. Mackandal était dans tous les esprits et il empoisonnait la vie des Blancs. Un soir qu'il se mêla à une fête, sûr de son immunité, il se fit attraper.

Moreau de Saint-Méry raconte son arrestation :

Un jour, les Nègres de l'habitation Dufresne, du Limbé, y avaient formé un calenda nombreux. Mackandal, qui était accoutumé à une longue impunité, vint se mêler à la danse. Un jeune Nègre, peut-être par l'impression que la présence de ce monstre avait produite sur lui, vint en avertir M. Duplessis, arpenteur et M. Trévan qui se trouvaient sur cette habitation et qui firent répandre le tafia avec tant de profusion, que les Nègres s'enivrèrent tous, et que Mackandal, malgré sa prudence, se trouva privé de sa raison. On alla l'arrêter dans une case à Nègres, d'où on le conduisit dans une chambre de l'un des bouts de la maison principale. On lui lia les mains (*sic*) derrière le dos, et faute de fer on lui mit des enverges de chevaux.

Les deux Blancs écrivirent au Cap pour prévenir de cette capture, et avec deux Nègres domestiques ils gardèrent Mackandal, ayant des pistolets chargés sur la table où était une lumière. Les gardiens s'endormirent. Mackandal, peut-être aidé par les deux Nègres, délia ses mains (*sic*), éteignit la chandelle, ouvrit une fenêtre au pignon de la maison, se jeta dans la savane et gagna des caféiers en sautant comme une pie. La brise de terre qui augmenta fit battre le crochet de la fenêtre, ce bruit réveilla les gardiens, grande rumeur, on chercha Mackandal que les chiens éventèrent bientôt et qu'on reprit. Mackandal qui, s'il avait fait usage des deux pistolets au lieu de fuir, était sûr d'échapper fut condamné à être brûlé vif par un arrêt du Conseil du Cap du 10 janvier 1758[1].

Mais Mackandal, torturé, brûlé vif, ne mourra pas. Tous l'ont vu, de leurs yeux vu : il s'est transformé en mouche au-dessus du bûcher et s'est posé sur la casquette d'un officier. Ils l'avaient traîné, saucissonné des pieds à la tête. Il remuait comme un beau diable, hurlait des insanités, proférait des menaces de vengeance. Il reviendrait sous toutes les formes. Il serait mouche, araignée ou serpent. Il était immortel et allait le prouver. On eut beaucoup de mal à attacher son moignon le long du corps. La foule s'agitait autant que cet énergumène. Ce fut bientôt la confusion. Les flammes montèrent. On entendit un hurlement derrière le rideau de fumée. Mackandal se détacha et réussit à sauter au milieu de la foule. Ce fut la panique générale et l'euphorie en même temps. La foule cria : « Mackandal sauvé ». Et tout le monde vit cette mouche qui se posait sur la casquette de l'officier pendant que, dans le tumulte, les bourreaux l'avaient rattrapé pour le jeter la tête la première dans les flammes. Mais ça, aucun témoin ne le vit. La mouche volait au-dessus de la foule aux mille yeux émerveillés. La mouche sacrée, la mouche poison, l'exterminatrice, promettait de continuer son œuvre jusqu'à la mort du dernier Blanc, et des centaines d'adorateurs de la mouche Mackandal l'entendraient bourdonner à leur oreille, leur donnant du courage, prodiguant ses conseils. Le cauchemar des Blancs était loin d'être terminé comme l'indique cette autre lettre de Moreau Saint-Méry écrite au Cap en date du 24 juin 1758, cinq mois après l'exécution de Mackandal :

> Nous sommes ici, Monsieur, dans une consternation générale, perpétuellement entre la vie et la mort... Au mois de janvier dernier on a arrêté au quartier de Limbé, qui est à cinq lieues d'ici, François Mackandal, Nègre esclave qui était marron depuis dix-huit ans. Le jour il se retirait dans les montagnes, et la nuit il venait dans les habitations voisines où il avait correspondances avec les Nègres. Ils composaient ensemble différents poisons. Ce scélérat a révélé à question un nombre prodigieux de ses complices... Nègres esclaves, appartenant à différents maîtres, que l'on a arrêtés. Le nombre de ceux qu'il a fait mourir pendant les dix-huit ans de son marronnage est innombrable. Enfin, il a été exécuté le vingt janvier à cinq heures de l'après-midi... Depuis cette exécution, on en brûle quatre ou cinq tous les mois : il y a déjà eu vingt-quatre Nègres ou Nègres esclaves ; et trois Nègres libres qui ont subi le même sort. Mais à mesure qu'on les met à la question, la maréchaussée en arrête neuf à dix autres qui déclarent être leurs complices. Ainsi, le nombre des prisonniers augmente à mesure qu'on exécute un criminel. Jugez quand finira cette terrible affaire.
>
> Des Nègres qui ont été exécutés, les uns ont déclaré avoir fait périr par le poison trente et quarante blancs, même les leurs, leurs femmes et leurs enfants ; d'autres deux cents et trois cents Nègres appartenant à différents maîtres. Il y a des

habitants qui avaient sur leur habitation cinquante à soixante Nègres travaillant à la place. En moins de quinze jours, il ne leur en restait que quatre ou cinq, et quelquefois pas un. Nous sommes effrayés de voir que presque tous les coupables sont ceux qui travaillent à la grande case, et en qui on a le plus de confiance, le cocher, le cuisinier et les autres domestiques dont nous nous servons. Ils prenaient précisément le temps où leurs maîtres avaient vingt-cinq à trente Blancs à table et donnaient des festins. Ils mettaient le poison dans le thé, dans la soupe ou d'autres mets. Nous tremblons d'aller les uns chez les autres, et nous ne savons plus à qui nous fier, étant impossible de se passer du service de ces misérables[2].

Beaucoup sans doute virent dans ce Toussaint à Bréda une forme de Mackandal réincarné, le géant au moignon dans le corps d'un « Fatras-Bâton ». Sans doute à cause de son savoir de *docteur feuille* inspirait-il cette crainte et ce respect mêlés d'admiration pour tous ceux qui, par le savoir qu'ils tiennent des plantes, possèdent entre leurs mains le pouvoir de la vie et de la mort. Toussaint qui en avait conscience sut en profiter. Il resta longtemps dans l'ombre, car c'est de l'ombre que Mackandal tirait tout son pouvoir. Il sut cultiver son mystère sans travailler de la main gauche. La magie noire tout autant que la blanche lui étaient étrangères. Non pas qu'il ne les connût suffisamment, mais il les rejetait, car, bien qu'il y baignât depuis l'enfance, le vaudou et les superstitions étaient un ensemble de croyances qu'il tenait à distance. Il cherchait la lumière et l'ordre des pensées rationnelles. Et cependant, il sut utiliser au profit de l'action toutes les zones d'ombre qui régnaient en lui comme en tout homme. Il ne s'opposa pas aux croyances, il les utilisa pour les tirer à la lumière. Il était meneur d'hommes. Et lorsque l'équipage de liberté sur lequel il était monté commença à s'emballer vers la conquête du pouvoir, il sut très habilement en prendre les rênes et maîtriser sa fougue. Cet équipage était formé de trois hommes aussi différents que des hommes puissent l'être. Jeannot était le plus fougueux. Un téméraire et un haineux. Il devint très vite dangereux pour les deux autres. Biassou, qui s'était autoproclamé « vice-roy des pays conquis », était un boursouflé et un brutal, mais à l'esprit faible et très influençable. Placé entre les deux, Jean-François, qui était le cheval de tête, était un être d'une grande intelligence, fier et susceptible, un raffiné aussi, aimant le luxe, les femmes et les beaux habits. Il s'était autoproclamé « grand amiral de France ». Très vite, la fougue de Jeannot et la fierté de Jean-François firent, en se frottant, des étincelles. La cruauté sans nom de Jeannot eut raison de la patience très limitée de Jean-François. Faut-il y voir déjà l'influence en sous-main d'un Toussaint qui ne voulait pas que naisse le règne d'un Code blanc comme exercice du « droit de représailles » comme l'écrivit Diderot ? Toujours est-il que cette cruauté, qui devenait gênante, fut au moins un prétexte idéal saisi par Jean-François pour se débarrasser de Jeannot. Il le fit arrêter et fusiller. Ne restait plus que l'équipage contrasté de Biassou le faible, l'influençable, et Jean-François le fier, l'intelligent, le dur à manœuvrer. C'est donc Biassou que Toussaint choisit de guider en se mettant à son service.

Les couleurs de la liberté

Ils couraient à bride abattue vers leur liberté. Armée déguenillée, munie de pioches, de serpes, de bâtons cloutés, de machettes et de quelques fusils dont ils apprendraient très vite le maniement. Leur liberté ? Mais quelle liberté ? Ils marronnaient en horde, fuyaient les fers en assommant et égorgeant tous ceux qui se trouvaient sur leur passage. Ils vivaient de rapines. Une armée de brigands. Leur liberté ? Ils la gagnaient parfois au détriment des autres, kidnappant des esclaves à l'est pour les revendre à l'ouest. Une horde sauvage qui ne pouvait saisir sa liberté que dans la sauvagerie. Une tornade noire qui dévastait aveuglément l'île de Saint-Domingue en alerte maximale. À cette sauvagerie répondait celle des Blancs. Il y eut bientôt surenchère sur la question. « Les têtes de prisonniers blancs, écrivit Pamphile de Lacroix, placées sur des pieux, entouraient les camps des Noirs, et les cadavres des prisonniers noirs étaient pendus aux arbres des routes qui menaient aux postes blancs[1]. » Entre les deux, il restait les mulâtres, vivement échaudés par le supplice de leur camarade Ogé qui avait cru pouvoir oser demander, le 29 octobre 1890, à l'Assemblée provinciale du Nord que s'appliquât le décret de l'Assemblée nationale du 28 mars de la même année, qui donne des droits civiques égaux aux Blancs et aux hommes de couleur libres. Plein de la fougue de sa jeunesse, de la détermination et de l'espoir que faisaient naître les événements révolutionnaires de la capitale où il résidait, il était rentré en toute hâte à Saint-Domingue, bravant l'interdiction faite par les assemblées coloniales (soucieuses de former un « cordon sanitaire ») aux hommes de couleur libres vivant en France, de revenir à Saint-Domingue. Ogé fit à l'Assemblée du Nord cette déclaration :

Messieurs, un préjugé trop longtemps soutenu va enfin tomber. Je suis chargé d'une commission honorable pour moi, sans doute. Je vous somme de faire promulguer dans toute la colonie le décret de l'Assemblée nationale du 28 mars, qui donne, sans discrétion, à tous citoyens libres le droit d'être admis dans toutes les charges et fonctions. Mes prétentions sont justes et j'espère que vous y aurez égard. Je ne ferai pas soulever les ateliers ; ce moyen est indigne de moi.

Apprenez à apprécier le mérite d'un homme dont l'intention est pure. Lorsque j'ai sollicité à l'Assemblée nationale un décret que j'ai obtenu en faveur des colons américains connus anciennement sous l'épithète injurieuse de sang-mêlé, je n'ai point compris dans mes réclamations le sort des Nègres qui vivent en esclavage. Vous et vos adversaires ont empoisonné mes démarches pour me faire démériter des habitants honnêtes. Non, non, Messieurs, nous n'avons que réclamé pour une classe d'hommes libres qui étaient sous l'oppression depuis deux siècles[2]...

À la lecture de cette mise en demeure, le sang des Blancs ne fit qu'un tour. La réaction de l'Assemblée du Nord fut quasi unanime. C'était un cri d'horreur devant ce crime véritable de lèse-majesté. On touchait un tabou, celui de la suprématie absolue des Blancs sur toutes les races. On touchait au fondement même de la société coloniale élevée sur la hiérarchie des couleurs. « C'est ici la couleur de la peau, écrivit le baron de Wimpffen, qui, dans toutes les nuances du blanc au noir, tient des distinctions de rang, du mérite, de la naissance, des honneurs, et même de la fortune ; de sorte qu'un Nègre dût-il prouver sa descendance directe du roi nègre qui vient adorer Jésus-Christ dans la crèche ; dût-il joindre au génie d'une intelligence céleste tout l'or que renferment les entrailles de la terre, ne sera aux yeux du plus chétif, du plus pauvre, du plus sot, du dernier des Blancs, que le dernier des hommes, un vil esclave, un Noir[3]. »

L'Assemblée du Nord alors se leva comme un seul homme. Comment ? Des sang-mêlé égaux des Blancs. Jamais ! Ils vouèrent aux gémonies cette Constituante et cette France métropolitaine traitant par le mépris les Blancs des colonies. Quel affront ! Oser penser les mélanger avec des mulâtres qui auraient tous leurs droits. Et cet Ogé qui en revient et qui réclame l'application de cet odieux décret. Qu'on le roue de coups, qu'on le décapite, qu'on traîne son cadavre dans la rue pour en faire un exemple, et qu'on mène au supplice tous ceux qui ont osé le soutenir, à l'exemple de son complice. Toute la classe des mulâtres vit horrifiée la mise à mort de Vincent Ogé et de Chavannes selon le strict respect de la procédure édictée par la Cour de « justice » pour exécution le 25 février 1791 :

> La Cour condamne lesdits Vincent Ogé jeune, quarteron libre de Dondon, et Jean-Baptiste Chavannes, quarteron libre de la Grande-Rivière, à être conduits par l'exécuteur de la haute justice au-devant de la principale porte de l'église paroissiale de cette ville, et là, nu tête et en chemise, la corde au cou, à genoux, et ayant dans leurs mains chacun une torche de cire ardente du poids de deux livres, faire amende honorable, et déclarer à haute et intelligible voix que c'est méchamment, témérairement et comme malavisés, qu'ils ont commis les crimes dont ils sont convaincus, qu'ils s'en repentent et en demandent pardon à Dieu, au roi et à la justice : ce fait, conduits sur la place d'armes de cette ville, au côté opposé à l'endroit destiné à l'exécution des Blancs, et d'y avoir les bras, jambes, cuisses et reins rompus vifs, sur un échafaud qui sera dressé à cet effet, et mis par l'exécuteur de la haute justice tant qu'il plaira à Dieu de leur conserver la vie ; ce fait, leurs têtes coupées et exposées sur des poteaux ; savoir celle dudit Vincent Ogé jeune sur le grand chemin qui conduit au Dondon, et celle de Jean-Baptiste, dit Chavannes, sur le chemin de la Grande Rivière, en face de l'habitation Poisson[4].

Mais Ogé, n'avait-il pas été imprudent, trop emporté et trop naïf ? Certains, parmi les mulâtres, le pensèrent. Il ne suffisait pas d'imposer la loi, encore fallait-il qu'elle s'appuie sur une légitimité, qu'elle soit justifiée au-delà même d'un principe sans doute louable et inattaquable, et qu'elle s'inscrive dans une nécessité politique. Il ne suffisait pas de dire que les mulâtres ne réclamaient leurs droits que pour eux-mêmes en excluant tous les esclaves. Il fallait prouver, au nom du prétendu caractère indispensable de l'esclavage à la vie économique des colonies, que l'émancipation des sang-mêlé servait précisément au maintien de ce régime. Ainsi, M. Raimon, mulâtre, avait porté, le 14 mai 1791, à l'Assemblée nationale, la parole égoïste de sa classe présentant cette garantie : « Les hommes de notre classe possèdent au moins le tiers des terres et le quart des esclaves ; ce sont eux qui garantissent les colonies contre la rébellion des esclaves[5]. »

Ainsi, l'Assemblée proclama le 15 mai :

> L'Assemblée nationale décrète que le Corps législatif ne délibérera jamais sur l'état politique des gens de couleur qui ne seraient pas nés de père et mères libres, sans le vœu préalable, libre et spontané des colonies. Que les assemblées coloniales actuellement existantes subsisteront ; mais que les gens de couleur nés de père et mère libres seront admis dans toutes les assemblées paroissiales et coloniales futures, s'ils ont d'ailleurs les qualités requises[6].

Décision inique, indigne de la république qui peinait à reconnaître aux Noirs les droits universels. Inique et pourtant arrachée de vive force aux conservateurs. Contre M. Malouet, député de Saint-Domingue qui s'opposait à l'égalité des gens de couleur et Noirs libres, *Le Moniteur officiel* du 15 mai 1791 rapporte que Robespierre, furieux, se leva et lança cette diatribe :

« Si je pouvais soupçonner que parmi ceux qui ont combattu les droits des hommes de couleur, il y eût un homme qui détestât la liberté et la Constitution, je croirais qu'on cherche à se ménager le moyen d'attaquer toujours avec succès et vos décrets et vos principes. Quand il s'agira de l'intérêt direct de la métropole, on vous dira : vous alléguez sans cesse les droits de l'homme, vous y avez si peu cru vous-mêmes que vous avez décrété constitutionnellement l'esclavage. (Il s'élève beaucoup de murmures.) L'intérêt suprême de la nation et des colonies veut que vous demeuriez libres et que vous ne renversiez pas de vos propres mains les bases de la liberté. Périssent les colonies (il s'élève de violents murmures) s'il doit vous en coûter votre bonheur, votre gloire, votre liberté. Je le répète : Périssent les colonies, si les colons veulent par des menaces nous forcer à décréter ce qui convient le plus à leurs intérêts. Je déclare au nom de l'Assemblée, au nom de ceux des membres de cette Assemblée qui ne veulent pas renverser la Constitution, au nom de la nation entière qui veut être libre, que nous ne sacrifierons pas aux députés des colonies ni la nation, ni les colonies, ni l'humanité entière[7] !

La nouvelle de ce décret souleva de nouveau la colère des colons dominguois. Les mulâtres, voilà l'ennemi !

Beaucoup de ces derniers, fuyant en masse leurs maisons, se rallièrent à la horde de Jean-François et de Biassou. En grossissant leurs rangs, ils apportèrent aussi leur savoir et leur éducation, leur écriture qui serait si utile, et le maniement des armes à feu. La horde était maintenant multicolore. Un même ennemi : le Blanc, mais une liberté aux visages différents. Les uns rêvant d'égalité, les autres fuyant le fouet. Ceux-ci, voyant dans les révolutionnaires français une bande de brigands qui ne veulent pas de roi et qui resserrent les chaînes de leurs souffrances ; ceux-là, ayant foi en la république qui a soufflé l'espoir de leur émancipation. Une telle coalition de circonstances fondée sur de tels malentendus ne pouvait pas durer. De fait, au nord et à l'ouest, un groupe de mulâtres dirigés par Pinchinat, Pétion, Bonnet, Beauvais et André Rigaud entrèrent ouvertement en guerre et formèrent, tout près de Port-au-Prince, à la Croix-des-Bouquets, un nid de résistance pour défendre la cause des mulâtres. Ils prendront une grande part à la révolution de Saint-Domingue, mais s'opposeront aussi brutalement aux Noirs. Rigaud deviendra l'ennemi juré de Toussaint Louverture. Celui-ci suivait, en méditant sur son cheval, la course échevelée de sa horde vers la liberté. Quelle liberté ? Il y pensait. Celle du chien ou celle du loup de la fameuse fable ? Aucune des deux, sans doute. Entre les rêves des Noirs en échappée qui ne construisaient rien sinon une fuite sans fin, poussés par la soif et la faim, tourbillonnant, ballottant comme feuilles mortes aux quatre vents de l'île, et saisis par l'espoir d'un impossible retour aux terres d'Afrique, et les rêves des mulâtres aspirant comme les Blancs à la liberté de dominer les Noirs, il y avait non seulement une incompatibilité flagrante, mais un vrai déchirement qui remettait en cause l'avenir même de Saint-Domingue.

Porté par le rythme à trois temps de son galop sur les champs dévastés, le bon « docteur » Toussaint s'enfonçait dans ses songes. Quelle liberté ? Entre celle rêvée par Jean-François et celle de Rigaud et de sa bande, il fallait une synthèse, un

« troisième homme » comme il se dit en philosophie, pour qu'advienne un jour une liberté digne de ce nom. Une liberté qui sera le fruit du dépassement de cette opposition, un saut qualitatif ouvrant Saint-Domingue à un monde nouveau. Une liberté pour tous. Toussaint en était convaincu : il serait ce « troisième homme ». Il le savait. Les champs, les monts et les vallées, la rumeur de la mer et le souffle du vent, l'île tout entière, clamaient cette évidence. L'idée, par les sentiers de guerre, se faisait un chemin. Cette liberté, il commençait à la saisir. Elle aura même un nom. Elle s'appellera *liberté générale*.

Mais il était encore trop tôt. Il fallait suivre la horde, conduire jusqu'au temps opportun celui qu'il « chevauchait », le trépidant Biassou, faire la guerre contre les Blancs, contre les mulâtres, contre la France. Mais ce jour-là viendrait dans la sueur et le sang et au bout des fusils. Au bout du crayon et de la plume aussi, car il fallait refaire le monde et écrire l'Histoire. Il fallait changer Saint-Domingue, remettre en cause son système politique, social et économique, son mode de relation à la métropole, son statut de colonie. Si le système économique de Saint-Domingue ne pouvait vivre que par l'esclavage et la privation des libertés fondamentales d'une grande partie de la population, alors, comme disait Robespierre, « que périssent les colonies ! »

Tel était le débat qui en ce temps-là secouait l'Assemblée nationale. Informés des troubles sanglants qu'avait fait naître le décret du 15 mai porté à la connaissance des habitants de Saint-Domingue, beaucoup s'alarmèrent du péril des colonies. Pour le club Massiac, club parisien des colons, il n'y avait pas à hésiter entre la peste noire de la révolte des esclaves et le choléra blanc de l'esclavage. Même absurde et même injuste, c'est ce dernier qu'il fallait choisir comme garant des intérêts des Blancs et de la métropole. Le député Barnave porta leur parole au sein de l'Assemblée nationale, une parole cynique élevée au rang d'art, un vrai morceau d'anthologie dont notre Marianne à la cocarde posée sur sa stèle au Parlement peut encore rougir d'une honte plus que bicentenaire. Mais la République française ne verra le jour qu'un an plus tard, le 21 septembre 1792. Doit-on rougir et payer de sa personne les errances de ses parents ? C'est l'éternelle question. Vouloir les ignorer, quitte à refaire le même chemin et les mêmes erreurs, est une faute encourue. Ce fut le 24 septembre 1791, c'est-à-dire moins d'un mois après la Déclaration des droits de l'homme et du citoyen édictée le 26 août 1791, que Barnave émit cette funeste et lamentable parole :

En raison de l'effrayante disproportion qui existe entre le nombre des Blancs (33 000) et celui des esclaves (450 000), il faut pour contenir ceux-ci que le moyen moral vienne à l'appui de la faiblesse des moyens physiques. Ce moyen moral est dans l'opinion qui met une distance immense entre l'homme noir et l'homme blanc. C'est dans cette opinion qu'est le maintien du régime des colonies et la base de leur tranquillité. Du moment que le Nègre pourra croire qu'il est l'égal du Blanc ou que celui qui est dans l'intermédiaire (le mulâtre) est l'égal du Blanc, il devient impossible de calculer l'effet de ce changement d'opinion. Ce sont les préjugés qui sont la sauvegarde de l'existence des Blancs dans les colonies. Ce régime est absurde, mais il est établi et on ne peut y toucher brusquement sans entraîner le plus grand désordre ; ce régime est oppressif, mais il fait exister en France plusieurs millions d'hommes ; ce régime est barbare, mais il y aurait une plus grande barbarie à vouloir y porter les mains sans avoir les connaissances nécessaires : car le sang d'une nombreuse génération coulerait par votre imprudence[8].

C'est sur le terreau d'une telle raison sophistique que s'élèvera bientôt celui qui, dix ans plus tard, voudra transformer en cauchemar les rêves de l'homme noir qui méditait à Saint-Domingue dans le rythme à trois temps de son coursier de liberté : Napoléon Bonaparte. C'est sur ce même terreau que se fomentera le fumier nouveau où pousseront des fleurs de haine produites scientifiquement par une idéologie nouvelle, celle de la race. Idéologie cherchant à fonder sur la science la différence entre les hommes, afin de concrétiser de manière définitive et irréfutable « la distance entre l'homme noir et l'homme blanc » qui n'était jusque-là conditionnée que par ce qu'on appelait jadis le préjugé de couleur et qui deviendra désormais le racisme.

Conflits de liberté

Deux ans de guerre déjà depuis la cérémonie du Bois-Caïman en ce jour fameux du 22 août 1791. Quatre jours plus tard, le 26 août 1791, en métropole, l'Assemblée nationale avait proclamé la Déclaration des droits de l'homme et du citoyen. Mais ceux qui se battaient depuis deux ans déguenillés dans les marécages, au creux sombre des ravines et tout en haut des cimes sous un soleil de plomb, peinaient encore à accéder à la lumière de cette humanité qui illuminait et aveuglait, à Paris, les députés à l'Assemblée nationale.

Nous étions en 1793. Le trio avait maintenant levé une véritable armée. Des soldats aguerris et intrépides. Armés aussi. Des fusils avaient été complaisamment offerts par les Espagnols de l'autre partie de l'île, Santo Domingo, trop heureux de nuire à leurs voisins français. Trop heureux, le roi d'Espagne, de venger la destitution puis la mort de son cousin Louis XVI, par ses fusils aux mains d'esclaves *cimarrons*. Ne voyait-il pas ces hommes noirs, redoutables guerriers faisant honneur au dieu de la guerre, semer la terreur dans Saint-

Domingue en arborant un drapeau à fleurs de lys et criant « Vive le roi » ? Oui, ils étaient royalistes, rien d'étonnant. Ne voyaient-ils pas les petits Blancs racistes et haineux épouser la cause de la Révolution française, s'ornant de pompons rouges contre les pompons blancs locaux, essentiellement les grands Blancs qui défendaient la cause du roi ? Bien sûr, le roi avait maintenu le Code noir, mais ce Code noir, malgré sa brutalité, devenait paradoxalement un rempart contre la sauvagerie et la cruauté sans bornes de certains maîtres usant d'un pouvoir abusif sur leurs esclaves. Cent fois, au nom du roi, dut-on brandir ce code afin de combattre de nombreuses exactions. Louis XVI l'avait pourtant fait aménager dans le sens d'une plus grande humanité... Non, décidément, l'ennemi n'était pas le roi mais bien la république qui n'était faite à leurs yeux que pour soutenir les petits Blancs racistes et renforcer leurs fers. Le décret du 15 mai 1791 ratifiait bien cela. Et puis le comble de l'horreur : ces révolutionnaires français, ces Blancs qui proclamaient la liberté et l'égalité, ces « bandits assoiffés de sang » qui avaient pris le pouvoir en France, venaient de commettre à leurs yeux l'innommable. Ils avaient tué leur roi. Alors, ces hommes sortis des fers, qui pour beaucoup avaient sur la poitrine une fleur de lys estampée au fer rouge par leurs propriétaires, arboraient au-dessus d'eux cette même fleur sur drapeau blanc, symbole de leur liberté. Paradoxal ? Oui, aussi paradoxal qu'une chaîne brisée encore attachée aux poignets d'un esclave devient une arme lorsqu'il s'en sert pour se défendre. Mais moins paradoxal que d'être un homme utilisé comme une chose, et bien moins encore qu'une Déclaration universelle des droits de l'homme qui ignore un pan immense de cette humanité.

Ces hommes perdus dans leurs forêts en recherche de lumière, n'ayant comme tout repère qu'une fleur de lys comme les marins l'étoile Polaire, si loin des grands débats houleux aux conséquences souvent sanglantes de l'Assemblée, entendirent l'appel de l'Espagne leur faisant des yeux doux. L'Espagne, Santo Domingo, voici l'alliée rêvée, voilà la solution. Ils s'en furent à bride abattue du côté espagnol mander la protection du roi, qui leur ouvrit les bras et les couvrit d'honneurs, leur offrant non seulement l'hospitalité, mais la consécration de leur liberté. Ils n'étaient plus des Nègres marrons, mais des sujets du roi d'Espagne et, qui plus est, soldats de Charles IV. Jean-François et Biassou furent rapidement nommés généraux et chevaliers de Saint-Louis. La République française serait désormais leur ennemie. Elle était née avec quatre jours d'avance sur l'île de Saint-Domingue, car c'est le 18 septembre 1792 que débarqua son émissaire, l'envoyé de la Convention, Léger-Félicité Sonthonax, lequel, muni des pleins pouvoirs, deviendrait de fait commissaire de la République. Il était assisté d'Étienne Polverel et d'Ailhaud. Trio accompagné des six mille hommes de troupe du général Laveaux, qui n'était alors que lieutenant-colonel.

Laveaux, de son nom complet Étienne Maynaud Bizefranc, comte de Laveaux, était un noble qui avait épousé les idées de la Révolution et qui tenait à ce qu'on l'appelle simplement Laveaux. La mission de ce trio était de rétablir l'autorité de la France, inciter les esclaves à retourner dans les plantations et mettre enfin en application cette loi qui accorde aux gens libres de couleur la pleine citoyenneté. Cette dernière tâche étant particulièrement ambiguë, car le terme « gens de couleur » avait connu un glissement de sens. Il ne s'appliquait plus aux Noirs que par exception et qualifiait essentiellement les métis, mulâtres et autres sang-mêlé. Durant tout ce temps de chocs et de frottements parlementaires, de torsions interminables à coups d'arguments spécieux cherchant à sauvegarder les apparences de l'égalité des droits civiques tout en préservant l'esclavage, les Noirs avaient en quelque sorte perdu leur couleur. Et se retrouvaient ainsi acculés dans l'angle mort d'un nouveau régime pressé de se rabattre devant l'ancien en le décapitant.

Sonthonax était un homme pressé et toujours un peu en avance, en avance sur son temps. Homme libre non seulement par le droit, mais par le fait de sa personne, de sa pensée, de ses actions. Un homme indépendant, infiniment complexe et « ingérable » comme on dit de nos jours. Il ressemblait en cela à Toussaint Louverture. Il avait la même capacité que lui de poursuivre son but ultime en épousant les plis du terrain politique qui ouvrait des chemins de contradiction apparente.

Cette ressemblance créera entre eux une véritable admiration, un sincère respect, mais également une profonde méfiance qui tournera parfois à la cordiale détestation. Ce type d'hommes, parfois, se « sentent » de loin. Le flair de Sonthonax lui dit très vite qui était le véritable leader de la révolte noire : Toussaint Louverture à n'en pas douter, qui se cachait à l'ombre des deux autres. Il alla même jusqu'à alléguer qu'il fut le véritable instigateur et l'organisateur de la révolte du Bois-Caïman. C'était aller sans doute un peu trop loin et lui faire trop d'honneur.

Toussaint avait vu venir Sonthonax et avait assisté à sa manière parfois peu orthodoxe de mettre en œuvre méthodiquement la mission que lui avait confiée l'Assemblée.

Il l'avait vu, le 12 octobre, supprimer l'assemblée coloniale « attendu que les libres n'y sont pas représentés » et la remplacer par une commission regroupant Blancs et sang-mêlé. Il l'avait vu, huit jours plus tard, exiler avec perte et fracas le pusillanime, le tremblant, l'indécis Blanchelande, alors gouverneur de l'île, qui avait été incapable de faire appliquer le décret du 15 mai et qui s'en était expliqué en ces termes au ministre de la Marine, lettre lue à l'Assemblée nationale du 22 août 1791 :

> ... La guerre civile la plus affreuse peut être la suite de l'indisposition des esprits. Je crains que ce décret, s'il n'est révoqué, n'occasionne l'effusion du sang de milliers de citoyens[1].

Mais il l'avait vu aussi se rapprocher de Rigaud et de sa bande de mulâtres de la Croix-des-Bouquets. Allaient-ils faire alliance sur le dos des Noirs ? C'est ce que cette proclamation de Sonthonax et des commissaires, faite le jour même de leur arrivée, laissait soupçonner :

> Invariablement attachés aux lois que nous venons faire exécuter, nous déclarons, au nom de l'Assemblée nationale et du roi, que nous ne connaîtrons désormais que deux classes d'hommes dans la colonie de Saint-Domingue : les citoyens sans aucune distinction de couleur et les esclaves[2].

Cela avait le mérite d'être clair : l'Assemblée nationale consacrait l'esclavage. Le doute n'était plus permis. Sonthonax allait dans le sens des mulâtres en leur offrant la citoyenneté et en garantissant le régime esclavagiste.

Toussaint, qui était un libre affranchi, aurait pu, à ce moment, se considérer comme citoyen français et participer à ce nouvel ordre politique. Mais la *liberté générale* avait, en lui, fait son chemin. Il ne travaillait plus à sa propre liberté comme le faisaient encore Biassou et Jean-François dont il allait peu à peu se détacher.

Par ailleurs, qu'était un homme libre dans l'esprit d'un Blanc ou d'un mulâtre ? De quelle société faisait-il vraiment partie ? Le décret du 15 mai ne définissait-il pas l'homme *libre* comme étant « né de père et de mère libres » ? Ce n'était pas son cas, ni celui de tous les affranchis. Oui, aux yeux de Toussaint, une alliance objective était bien en train de se sceller entre les Blancs et les mulâtres sur le dos des Noirs.

Comme à l'appui de ce qu'il subodorait, il vit alors se reproduire ce qui s'était déjà manifesté par le passé : les Blancs, irrités par la proclamation des commissaires, armèrent leurs esclaves noirs contre les mulâtres et les mulâtres armèrent les leurs contre les Blancs.

Toussaint fulminait. Les imbéciles ! Toujours l'action à courte vue. Ils ne voyaient pas que, ce faisant, armant des esclaves, les sortant de leurs fers, leur apprenant à se battre, à vivre donc, même si au bout c'était la mort promise, ils ne voyaient pas qu'ils éveillaient en eux une conscience d'homme, relevant la tête dans la grenaille et y flairant l'odeur de la liberté. Ces esclaves-là, devenus combattants, allaient, si on ne les avait pas tués avant, venir un jour renforcer les troupes de Jean-François et Biassou. Oui, si on ne les avait pas tués avant, car c'est bien ce qui s'était déjà passé avec l'histoire des trois cents Suisses. Horrible histoire. Toussaint s'en souvenait avec douleur. Une histoire qu'il fera, jusqu'à sa mort, peser sur la tête de Rigaud, dont il ne cessa de dénoncer la fourberie. C'est par le meurtre de trois cents hommes noirs enrôlés comme suisses dans l'armée des mulâtres révoltés que fut conclue la paix de la Croix-des-Bouquets. Des mains de Blancs serrant des mains de sang-mêlé sur les corps égorgés de trois cents Noirs qui avaient accepté de servir la cause des rebelles. Sonthonax lui-même avait accusé Pinchinat, complice de Rigaud, d'avoir lâchement laissé assassiner ces pauvres Noirs. Rigaud aura beau, comme à son habitude, prendre les choses de haut et se récrier avec des accents de vierge outragée, personne ne le croira, à commencer par Toussaint, évidemment. Plus tard, Rigaud dans ses *Mémoires* tenta de rejeter les accusations de Sonthonax, sans s'apercevoir que ses arguments ne faisaient que dénoncer davantage encore sa fourberie et sa mauvaise foi :

Que Sonthonax rougisse de honte d'accuser Pinchinat d'avoir sacrifié trois cents Noirs à la rage des factieux de Port-au-Prince. Non, Pinchinat ne les a pas sacrifiés. Il a pu être trompé par ces factieux, il croyait qu'il en résulterait une plus grande somme de bonheur pour tous les citoyens en général et tous les Noirs en particulier. On devait leur procurer tous les moyens possibles pour couler des jours heureux ; Pinchinat et nous en étions tellement convaincus, que nous envoyâmes avec eux quatre de nos frères pour être témoins de leur bonheur[3].

Bien sûr, « témoins de leur bonheur » ! C'était donc ça le bonheur, être expédié en terre inconnue, vers la baie du Honduras, avec, pour tout bien, quelques instruments aratoires et des fusils, en remerciement du courage et du dévouement dont ils avaient fait preuve ! Tout cela du fait que les mulâtres étaient arrivés à leurs fins. Une fois scellé l'accord qui les liait avec les Blancs à savoir :

1° Que la garnison de Port-au-Prince serait formée à moitié de gens de couleur et moitié de Blancs.

2° Que les juges d'Ogé et de Chavannes seraient voués à l'infamie.

3° Que l'assemblée serait dissoute et qu'on en élirait une nouvelle conformément aux dispositions du décret du 15 mai[4].

Alors, ils pouvaient bien donner ces Noirs en pâture à la peur des Blancs, craignant à juste titre que ces esclaves ayant, par les armes, goûté à la liberté ne consentissent pas facilement à reprendre leurs fers.

Oubliés, donc, les extraordinaires faits d'armes de ces Noirs qu'on détacha de leurs chaînes juste le temps d'un combat. Oublié Yacinthe, le sorcier noir, une queue de taureau à la main, assurant qu'elle protégeait de la mort, et qui promettait à ses troupes noires une résurrection en Afrique si elles se battaient avec courage. Oubliée, la geste de Yacinthe qui se précipitait au-devant des fusils, suivi par une masse de soldats noirs embrassant les fûts des canons pour retenir les boulets, tandis que d'autres, comme le racontèrent Madiou et Lacroix, y fourraient la main, cherchant à attraper les boulets, en s'écriant : « Venez, venez, nous les tenons. » Oubliés tous ceux qui, par une mort atroce, permirent à Rigaud de claironner : « Vive la liberté, vive l'égalité, vive l'amour ! »

La paix signée avec les Blancs, tous ces Nègres devenaient gênants et dangereux.

Bien sûr, il se trouva parmi les mulâtres de bonnes âmes pour les défendre, tel Daguin qui, s'entendant proposer de remettre aux fers ces Nègres devenus dangereux, sortit son épée et s'écria : « Tambours, battez la générale. » On le calma et

Pinchinat réussit à convaincre ses troupes qu'il fallait accepter d'exiler ces énergumènes ayant trop pris goût à la liberté.

On les embarqua pour le Honduras dans la frégate *L'Emmanuel*, mais ils n'en touchèrent jamais les côtes. Le capitaine, un certain Colmin, de Nantes, ayant tenté en vain de les vendre en Jamaïque, le gouverneur anglais les fit ramener à Saint-Domingue où les colons les mirent aux fers dans la rade du Môle. Une nuit, ils finirent tous égorgés.

Non, Toussaint n'oubliera jamais cette histoire si éclairante des trois cents suisses, emblématique de la manière dont les Noirs firent les frais des arrangements entre mulâtres et Blancs.

Alors, en assistant à cette alliance toute provisoire entre Sonthonax et Rigaud, Toussaint ne put s'empêcher de frémir. Mais il dut voir comme un juste retour de la justice divine ce qui arriva à trois cents mulâtres au mois d'avril 1793 après une bataille menée par les colons de la Grande Anse qui avaient armé des Noirs contre les troupes de sang-mêlé. Madiou rapporte ainsi l'histoire :

> Les mulâtres prisonniers qui ne furent pas égorgés furent entassés au nombre de trois cents dans la cale d'un navire négrier, le *Nouvel-Amour*, et livrés à toutes sorte de tortures. La municipalité fit faire des chemises de soufre pour les brûler vifs. Cette cruelle détermination fut mise aux voix dans l'assemblée des citoyens blancs. Il y eut, pour que ces malheureux fussent brûlés, 80 voix sur 163 votants. Alors on se contenta de leur inoculer la petite vérole[5].

Décidément, les Blancs de Saint-Domingue étaient de fins connaisseurs en matière de supplices…

Toussaint observait tout cela avec consternation. Voici les hommes ! Voici les Blancs ! Ceux qui prétendent apporter la civilisation se comportent comme les pires des barbares. Ils se déchirent entre eux et supplicient ceux qui, dans l'ensemble, sont leurs enfants, la chair de leur chair mêlée au sang de leurs Négresses concubines : la classe des mulâtres. Et ces mulâtres, qui ne veulent pas être en reste de sauvagerie, mènent au supplice les Blancs et sacrifient les Noirs à la haine des Blancs. Et voici tout ce beau monde qui se réconcilie un instant, se serre la main avec d'affreuses arrière-pensées. Et à la moindre occasion s'entredéchire. Et voici Sonthonax qui arrive au milieu de tout ça avec ses « tables de la Loi » venues de l'autre côté de l'Océan. Les Blancs s'attaquent à lui, et lui prend le parti des sang-mêlé. Mêlée de sangs, emmêlement de souffrances, concours de cruautés. Et c'est la guerre civile. Dieu n'y reconnaît plus les siens. Saint-Domingue est un enfer où les damnés sont leurs propres démons. Prendre de la hauteur, monter sur les montagnes, respirer l'air frais de la pensée, de la morale, d'un nouvel esprit de politique. Qui d'autre que Toussaint Louverture pouvait rompre ce nœud gordien formé des longs fils de l'horreur qui enserraient dans leur filet les enfants prisonniers d'Afrique ? Il fallait que ces derniers démêlent ces fils de tragédie dont ils étaient les proies et les sujets involontaires. Il fallait qu'ils soient sauvés de cette barbarie qui faisait couler tant de sang. Un vrai tonneau des Danaïdes. Il fallait donc qu'ils soient exempts de sauvagerie, qu'ils gagnent par leur élévation morale et leur courage. Toussaint montrait l'exemple et punissait ceux qui, dans l'ardeur des combats, s'étaient rendus coupables de cruauté. En cela, déjà, il prenait ses distances avec Jean-François et Biassou. Leur combat égoïste pour leur propre liberté n'était déjà plus le sien.

Toussaint se sentait appelé à rompre ce nœud qui tenait Saint-Domingue, l'étouffait à chaque mouvement, et la faisait sombrer dans l'abjection.

Mais pour être ce sauveur, il avait besoin d'aide. Le roi d'Espagne dont il était sujet ne pouvait garantir qu'une liberté fort provisoire. Une liberté individuelle liée aux intérêts du pays de l'Ibère en guerre contre la France. Mais l'Espagne était encore, et pour longtemps, un pays esclavagiste. Une lueur d'espoir se dessinait dans la mêlée, et c'était Sonthonax. Qui était donc cet homme étrange ? Un simple aventurier ? On le savait fils d'un négociant d'Oyonnax devenu avocat et monté à Paris. Un arriviste ? Peut-être. Mais on le savait aussi homme de principes et de convictions. Girondin, ami personnel de Brissot, il s'était rapproché de la Société des amis des Noirs et avait épousé leur combat pour l'abolition de l'esclavage. Ce dernier trait l'avait précédé à Saint-Domingue, et les Blancs l'attendaient avec leurs fusils chargés. Qu'était devenu l'abolitionniste dans les remugles de cette île maudite où les plus belles idées étaient corrompues par l'air fétide de l'intérêt et de la traite ? Rien pour l'heure ne démontrait dans son action ses belles intentions. Au moins pouvait-on dire qu'il mettait du cœur à appliquer à sa manière la mission que lui avait confiée l'Assemblée nationale alors que l'abolition de l'esclavage n'était bien sûr plus à l'ordre du jour de la nation. Restait donc le doute. Avait-il provisoirement remisé ses convictions en attendant l'heure favorable ou s'était-il simplement abjuré au contact des Blancs et des mulâtres ? Toussaint était de ceux qui pouvaient bien comprendre le paradoxe apparent entre son action politique immédiate et ses vraies convictions. Pour l'heure, Sonthonax serrait la main d'André Rigaud. Un drôle de couple. Sonthonax le sombre, le tortueux, le rigoureux, l'impénétrable, et Rigaud l'ambigu, le présomptueux, l'enflé, le soupe au lait, l'imprévisible. Ça ne pouvait pas durer. Ces deux caractères allaient vite s'opposer. Rigaud représentait aux yeux de Toussaint (et il ne doutait pas que cela vienne aux yeux perçants de Sonthonax) ce que les frottements entre Noirs et Blancs de la société dominguoise pouvaient offrir à la fois de mieux et de pire. Esprit brillant, militaire redoutable ayant bénéficié d'une bonne éducation, c'était un être instable et peu fiable. Fier et lâche à la fois. Cette instabilité constitutive due à la position sociale des mulâtres constamment placés entre le marteau du maître et l'enclume des esclaves, Rigaud l'avait complètement intégrée dans son caractère. Il avait l'instabilité de ceux qui reniaient leur mère pour aller vers leur père mais que le père méprise. À la fois blanc et noir, il n'était ni blanc ni noir tout en désirant être blanc. Ce qui, dans le mélange de sangs, par la rencontre de deux mondes, aurait pu être une richesse et une bénédiction, il le vivait comme une malédiction. Rigaud était un être foncièrement malheureux. Il combattait le Blanc par dépit et le Noir par nécessité. Bien que ce trait de caractère ne fût, fort heureusement, pas partagé par tous les mulâtres (car il y en eut beaucoup qui épousèrent la cause des esclaves noirs), il représentait socialement et politiquement cette classe de colons mulâtres qui bénéficiaient du régime de l'esclavage et qui désiraient acquérir tous les avantages iniques des Blancs. Cette liberté et cette égalité prônées par la République venaient renforcer l'iniquité de la condition des Noirs. S'il restait encore quelque chose en Sonthonax de cette sympathie pour les damnés de la terre contractée en fréquentant la Société des amis des Noirs, l'imposture n'allait pas tarder à lui sauter aux yeux.

Étant donné la manière dont il se comportait déjà vis-à-vis des Blancs et des mulâtres, en contestant de façon fort républicaine certains de leurs privilèges, il n'allait pas tarder à avoir les deux camps ralliés contre lui.

Toussaint était en embuscade. Il ne lui restait plus qu'à attendre.

La liberté arrachée

Son cheval piaffait, peut-être ressentait-il la crispation de son maître qui se tenait sur lui. Toussaint Louverture, les yeux tendus vers l'horizon, voyait monter au ciel les flammes de l'incendie du Cap. Ce 21 juin 1793, le Nord était en convulsions. Le général Galbaud, colon propriétaire envoyé malencontreusement à Saint-Domingue comme gouverneur de l'île, en dépit d'un décret qui interdisait aux créoles d'exercer des fonctions publiques dans les colonies, était le principal responsable de cette flambée de violence. Sonthonax et Polverel lui avaient signifié l'impossibilité juridique d'assumer cette charge en vertu de ce décret, et avaient tenté de le renvoyer en métropole. Ce dernier mit à profit des altercations entre des marins blancs et des gens de couleur pour prendre le maquis et former une armée de colons hostiles aux commissaires. Profitant du désordre régnant dans la ville du Cap où toutes les rues étaient devenues un véritable champ de bataille, un groupe de rebelles noirs vint délivrer les siens, captifs dans les geôles. Ils mirent le feu à la prison. Personne pour arrêter l'incendie. En quelques minutes, l'embrasement fut général, et ce fut toute la capitale du Nord qui fut la proie des flammes. Une des plus grandes catastrophes de ce temps-là.

Entre Galbaud et Sonthonax, la guerre était ouverte et tous les coups permis. Dans cette journée du 21 juin, jour du solstice d'été, c'est une capitale sous les tropiques qu'on incendiait en guise de feu de la Saint-Jean. Cinq cents personnes périrent. Leurs cadavres furent jetés dans la mer et les survivants assistèrent horrifiés au bal sanguinaire des requins. Galbaud, vaincu, put cependant prendre la fuite vers l'Amérique, accompagné de plusieurs centaines de colons.

La situation pourrissait de jour en jour. Sonthonax était débordé. La loi de la République ne régnait toujours pas à Saint-Domingue, et Toussaint attendait. Il était maintenant général des armées du roi d'Espagne. Le second de Biassou était monté en grade, et faisait parler de lui. Qui ne connaissait maintenant Toussaint Louverture ? Celui à qui rien ni personne ne résistait et qui taillait à coups d'épée des failles sanglantes dans les rangs des ennemis. Sonthonax, aux abois, était bientôt mûr pour faire appel à lui. Un des commissaires, Ailhaud, avait abandonné la partie et était retourné à Paris. Sonthonax et Polverel s'étaient séparés. Ce dernier partit vers le sud et Sonthonax restait là, au Cap, sous le regard de Toussaint Louverture. Il fallait se séparer pour mieux gérer une situation complexe et périlleuse. De leurs côtés, les colons avaient fait appel aux

Anglais, qui attendaient avec vingt-deux vaisseaux, parés pour débarquer à tout moment. Les Espagnols étaient sur le pied de guerre, prêts à fondre sur Saint-Domingue. L'appel au secours de Sonthonax ne tarda pas. Toussaint y répondit immédiatement, le 25 juin, par la négative. Oui, vous avez bien lu : par la négative ! Il fallait faire monter les enchères. On ne pouvait l'acheter comme ça, Toussaint, il fallait payer le prix fort. Qu'est-ce que Sonthonax avait de mieux à lui offrir que la liberté des Espagnols, le grade de général, les honneurs de leur nation et la grâce du roi d'Espagne ? Qu'avaient apporté jusque-là les Français, sinon cette liberté idéale et universelle pour les Blancs, le mépris des autres peuples, la perpétuation de l'esclavage et la guerre civile à Saint-Domingue ? Une nation, la France ? Une nation sans roi, une nation barbare qui avait décapité son roi. Non, il fallait qu'il fasse monter les enchères. Ce Sonthonax, qu'il aille jusqu'au bout de lui-même. Toussaint savait ce qu'il était capable de faire. Alors, il lui fit cette réponse :

« Nous ne traiterons jamais avec des commissaires civils dont nous méconnaissons l'autorité et les pouvoirs. Nous déclarons qu'ayant jusqu'à présent, conjointement avec nos autres frères, combattu pour la cause du roi, nous répandrons tous jusqu'à la dernière goutte de notre sang pour la défense des Bourbons auxquels nous avons promis une inviolable fidélité jusqu'à notre mort[1]. »

Comme en écho à Tousssaint Louverture, et sans doute pour des raisons moins stratégiques, Jean-

François et Biassou, contactés eux aussi par Sonthonax, lui répondent par une missive en date du 6 juillet 1793 :

> Nous ne pouvons nous conformer à la volonté de la nation, vu que depuis que le monde règne, nous n'avons exécuté que celle d'un roi. Nous avons perdu celui de la France, mais nous sommes chéris de celui d'Espagne qui nous témoigne des récompenses et ne cesse de nous secourir ; comme cela, nous ne pouvons vous reconnaître commissaire que lorsque vous aurez trôné un roi[2].

Il est des jours où un homme se sent bien seul au monde. Ce dut être le cas de Sonthonax ces jours-là, d'autant que, dans une nouvelle tentative, demandant à un dénommé Allemand, commandant la Tannerie, d'essayer de ramener Toussaint à la raison et à la République, celui-ci se livra au chef noir avec sa troupe entière.

Trois jours plus tard, le 9 juillet, l'Espagne déclara ouvertement les hostilités et fondit sur Saint-Domingue avec à sa tête Jean-François et Biassou. Toussaint mangea sa part du gâteau et attaqua Saint-Domingue en progressant méthodiquement, ville après ville, prenant le temps de renforcer ses bases. Par l'intermédiaire du général Laveaux et de son officier, un jeune commandant mulâtre nommé Chanlatte, Sonthonax utilisa sa dernière cartouche, destinée à faire plier Toussaint Louverture. La réponse de ce dernier, en date du 27 août 1793, à la médiation de Chanlatte fut sans appel :

Toussaint Louverture, général des armées du Roy, à Monsieur Chanlatte jeune le scélérat, perfide et trompeur.

Quartier général ce 27 août 1793

J'ai reçu vos trois lettres que vous m'avez écrites en triplicata et qui me sont parvenues par trois de mes différents camps...

Je vous répondrai donc que je suis on ne peut plus sensible aux marques d'intérêt que vous prenez à ma personne. Je suis pénétré de votre humanité, vous m'en avez donné des marques par les cruautés que vous avez commises par trois différentes fois envers mes gens en les martyrisant de toutes manières. Mais je vous attends à la quatrième.

Mes principes sont bien différents des vôtres, et en mettant la main sur votre conscience, vous saurez en faire la différence, et pour lors vous ne direz pas que vous êtes rempli d'humanité. Il n'est pas possible que vous combattiez pour le droit de l'homme, après toutes les cruautés que vous exercez journellement. Non, vous ne vous battez que pour vos intérêts, et satisfaire votre ambition ainsi que vos traîtres projets criminels. Je vous prie de croire que je n'ignore pas vos forfaits, et soyez persuadé que nous ne sommes pas si faibles de lumières pour nous laisser tromper comme vous voudriez le faire accroire. Nous savons bien qu'il n'y a plus de roi, puisque vous, traîtres républicains, l'avez fait égorger sur un indigne échafaud. Mais vous n'en êtes pas encore où vous voulez et, qui vous dit au moment où je vous parle, qu'il n'y en ait pas un autre ? Vous êtes très peu instruit pour un agent des commissaires. L'on voit bien que vos portes sont bien gardées, et que vous ne recevez pas souvent des nouvelles de France. Vous en recevez encore bien moins de la Nouvelle Angleterre. Je croirais bien que vous ne l'ignorez pas, mais étant trop lié avec les commissaires d'intérêt, vous êtes trop politique pour travailler contre en divulguant la vérité. Faites vos réflexions. Le temps n'est pas trop éloigné où la justice divine va s'appesantir sur les criminels, et je désire sincèrement pour l'intérêt que je prends à tous mes semblables, qu'ils puissent revenir de leurs erreurs.

Quant aux commissaires, ne m'en parlez pas. Leurs stratagèmes sont connus, et depuis leur arrivée dans la colonie, nous avons suivi leurs démarches parjures, et ils ont développé leurs soi-disant bonnes intentions trop tard. C'était dans le temps qu'ils nous faisaient poursuivre et faisaient endurer à ceux qu'ils attrapaient des nôtres les pires cruautés, c'était dans ce temps, dis-je, qu'ils devaient nous faire envisager ce qu'ils veulent nous faire croire aujourd'hui pour nous tromper. Et à ce sujet, lorsque vous verrez les commissaires, ils vous communiqueront certainement mes remarques à l'égard de leur sage conduite, en réponse à une de leurs tentatives ordinaires auxquelles je suis accoutumé ainsi que tous les états-majors de ma troupe.

Je vous désire bien de la santé et vous engage, pour un homme soi-disant humain, à ne pas gaspiller vos munitions sur des malheureuses victimes de toutes couleurs, comme vous faites tous les jours ! C'est chez nous où règne le véritable droit de l'homme et de la justice ! Nous recevons tout le monde avec humanité et fraternité, même nos plus cruels ennemis, et leur pardonnons de bon cœur. Et c'est avec la douceur que nous les faisons revenir de leurs erreurs[3].

TOUSSAINT LOUVERTURE

Ce fut comme un coup de tonnerre, une véritable révélation qui frappa Sonthonax à la lecture de cette missive. Ecce homo. Voici l'homme ! Celui qu'il attendait, qu'il recherchait sans le savoir vraiment, sur cette terre meurtrie et désolée. Son intuition l'avait porté d'emblée vers Toussaint Louverture. Il y recherchait son semblable. Il y trouva un homme libre, vraiment libre, un de ces hommes qui savait prendre de la hauteur, de la distance avec les contingences, et leur passé, un homme qui savait avancer en pardonnant à ses ennemis d'hier et qui regardait au-delà de l'écume sanglante des jours.

Comme ce Rigaud devait lui apparaître minuscule tout à coup, tout empêtré qu'il était dans sa couleur et dans son égoïsme de classe. Sonthonax était un enfant d'Oyonnax, un humaniste par la culture, cette seconde nature. Un de ceux qui savent lire un homme dans un seul geste. Il était totalement conquis. L'ami des Noirs sortit de la gangue boueuse du commissaire empêtré dans sa mission. La métropole, l'Assemblée nationale, lui paraissaient si loin. Les députés y étaient par trop englués dans leurs luttes d'intérêts. Bien trop sous la pression du lobby du club Massiac défendant les colons, et de tous ces agents du commerce colonial. Trop loin de la lumière pour percevoir l'intérêt suprême de la nation qui leur commandait l'application des droits universels de l'homme à toute l'humanité. Une étincelle brillait dans le ciel de Saint-Domingue. Elle avait allumé sa flamme, celle d'une liberté qui scintillait dans les cieux glacés d'un droit universel abstrait.

Mais il fallait un Prométhée qui l'amenât sur terre. Ce Prométhée, ce serait lui, Léger-Félicité Sonthonax. Plus de doute : une mission plus haute encore que celle pour laquelle il était venu ici lui imposait ce geste fou, inattendu, définitif. Il allait, certes, par cette décision, se faire de Rigaud et consorts de nouveaux ennemis ? Mais qu'importe, il avait fait le tour de la question. Les mulâtres l'insupportaient. Ils n'étaient que des alliés de circonstance. Et quand bien même (ce dont il doutait), avec leur secours, il pourrait se sortir de ce bourbier où les Espagnols, les colons et, bientôt, les Anglais l'assaillaient de toutes parts, les mulâtres finiraient par l'entraîner dans une impasse : celle de la couleur. La réalité du terrain le ramenait à sa conviction profonde : c'est pour les Noirs qu'il lui fallait œuvrer.

L'Assemblée nationale ne manquerait pas de le blâmer pour une décision fondamentale qu'elle n'avait pas avalisée et qui était normalement de son unique ressort. Qu'importe ! Eh bien, soit, il leur expliquerait le moment venu, à tous ces députés parisiens, qu'il n'avait pas eu le choix. C'est la réalité du terrain qui lui avait imposé une telle décision. Et il avait à l'Assemblée suffisamment d'amis pour plaider sa cause et l'emporter.

Il allait tenter son va-tout. Si Toussaint, par cette décision, se ralliait à lui, il avait avec lui une force considérable qui formerait de surcroît un vrai rempart contre l'armée des colons et leurs suppôts anglais. Quant à Rigaud, sans doute n'aurait-il pas le choix ; pris comme d'habitude entre l'enclume et le marteau, il serait obligé de continuer de se battre à ses côtés.

Et puis il y avait l'orgueil. Celui de Sonthonax soufflait en ce sens comme un mistral brûlant. Par cette décision tout à fait inédite, il allait franchir le Rubicond et entrer dans l'histoire. Alea jacta est, les dés en étaient jetés. Le lendemain de la réception de cette lettre de Toussaint, ce 29 août 1793, il décréta l'abolition de l'esclavage.

Ce même jour, Toussaint le conquérant faisait sa première grande déclaration publique à la population de Saint-Domingue, une déclaration de guerre :

Au camp Turel, le 29 août 1793

Frères et amis,

Je suis Toussaint Louverture, mon nom s'est peut-être fait connaître jusqu'à vous. J'ai entrepris la vengeance. Je veux que la liberté et l'égalité règnent à Saint-Domingue. Je travaille à les faire exister. Unissez-vous à nous, frères, et combattez avec nous pour la même cause.

Votre très humble et très obéissant serviteur,

TOUSSAINT LOUVERTURE,
général des armées du roi,
pour le bien public[4].

L'esclavage aboli

Saint-Domingue était en liesse. La nouvelle s'était répandue comme une traînée de poudre parmi les Noirs. L'esclavage était aboli, et Sonthonax était le « bon Dieu ». Pour les colons, c'était le diable fait homme. Ils avaient été contraints de signer la liberté de leurs esclaves sous peine d'une émeute sans précédent. Une signature de mauvaise foi avec l'arrière-pensée que les Anglais, venant à la rescousse, allaient remettre les Noirs aux fers.

Cette déclaration d'abolition était placardée sur tous les murs de Saint-Domingue. Elle était sans ambiguïté sur le fond bien que tout en contorsions sur la réalité présente et la mission confiée par la nation. Voici un bel exemple de rhétorique politique :

Les hommes naissent et demeurent libres et égaux en droit. Voilà, citoyens, l'évangile de la France. Il est plus que temps qu'il soit proclamé dans tous les départements de la République. Envoyés par la nation, en qualité de commissaires civils à Saint-Domingue, notre mission était d'y faire exécuter la loi du 4 avril, de la faire régner de toute force, et d'y préparer graduellement, sans déchirement et sans secousse, l'affranchissement des esclaves... Nos pouvoirs ne s'étendaient pas jusqu'à pouvoir prononcer sur le sort des Africains, et nous eussions été parjures et criminels si la loi eût été violée par nous.

Aujourd'hui, les circonstances sont très changées, les négriers et les anthropophages ne sont plus. Les uns ont péri, victimes de leur rage impuissante, les autres ont cherché leur salut dans la fuite et l'émigration. Ce qui reste des Blancs est ami des lois et des principes français. La majeure partie de la population est formée des hommes du 4 avril, de ces citoyens à qui vous devez votre liberté, qui, les premiers, vous ont donné l'exemple du courage à défendre les droits de la nature et de l'humanité ; de ces hommes qui, fiers de leur indépendance, ont préféré la perte de leurs propriétés à la honte de reprendre leurs anciens fers. N'oubliez jamais, citoyens, que vous tenez d'eux les armes qui vous ont conquis la liberté. N'oubliez jamais que c'est pour la République française que vous avez combattu ; que, de tous les Blancs de l'univers, les seuls qui soient vos amis sont les Français d'Europe.

La République française veut la liberté et l'égalité entre tous les hommes, sans distinction de couleur. Les rois ne se plaisent qu'au milieu des esclaves. Ce sont eux qui, sur les côtes d'Afrique, vous ont vendus aux Blancs ; ce sont les tyrans d'Europe qui voudraient perpétuer cet infâme trafic. La République vous adopte au nombre de ses enfants ; les rois n'aspirent qu'à vous couvrir de chaînes ou à vous anéantir[1].

Aucun doute là-dessus, la déclaration s'adressait à tous, mais Sonthonax l'avait écrite à destination d'un lecteur unique : Toussaint Louverture. Le couplet sur les rois en est le signe le plus flagrant. Suivaient les deux articles du décret :

Article premier.

La Déclaration des droits de l'homme et du citoyen sera imprimée, publiée et affichée partout où besoin sera, à la diligence des municipalités et bourgs et ses commandants militaires dans les camps et postes.

Article 2.

Tous les Nègres et sang-mêlé actuellement dans l'esclavage sont déclarés libres, pour jouir de tous les droits attachés à la qualité de citoyens français[2].

Sonthonax gardait son œil fixé sur l'horizon du côté des montagnes. En vain, aucun message, aucune manifestation de Toussaint Louverture. Il avait pourtant fait le geste attendu. Qu'attendait-il de plus ? Un silence impressionnant et un vide angoissant. Et pire que tout, Sonthonax apprenait jour après jour les avancées du général noir sous la bannière du roi d'Espagne. Il avait mis la main sur le Nord-Ouest. Plaisance, le Limbé, Gros-Morne, l'Acul, Terre-Neuve, Port-Margot, étaient maintenant en sa possession. Il s'en prenait désormais à l'Ouest et marchait sur les Verrettes et la Petite-Rivière qui allaient se soumettre. Puis vint le tour des Gonaïves et de la Marmelade. Comment l'arrêter ? Pas un jour où ne parviennent à Sonthonax les nouvelles des éclats de cet Attila créole. Que voulait-il donc ? La soumission de Saint-Domingue au roi d'Espagne ? Mais l'Espagne était esclavagiste. Voulait-il rétablir l'esclavage ? Sonthonax s'était-il trompé ? Oui, certainement. Pas en abolissant l'esclavage, mais en croyant que, par cet acte, Toussaint lui tomberait dans les bras. C'était faire peu de cas de l'intelligence politique et tactique de cet homme-là. Oui, il avait obtenu ce qu'il désirait le plus ardemment : l'abolition de l'esclavage qui ouvrait à la liberté générale. Mais justement, ça, il l'avait. Mais il avait aussi à ses ordres une armée conquérante qui avançait et prenait possession de Saint-Domingue. Ce n'était vraiment pas le moment de lâcher les Espagnols. Se joindre immédiatement aux Français aurait été une faute stratégique lourde. Cela aurait réduit Toussaint à n'être qu'un pion soumis à leur politique immédiate. Monter les enchères, prendre le pouvoir, devenir un des maîtres de l'île et, à ce moment, discuter d'égal à égal, c'étaient ça son ambition et sa ligne de conduite.

Par ailleurs, la déclaration d'abolition de l'esclavage faite à Saint-Domingue restait une intention tant qu'elle n'était pas avalisée par le pouvoir central. Il ne pouvait traiter qu'avec une autorité légitime. Biassou et Jean-François avaient raison. Quelle était la vraie légitimité de Sonthonax qui semblait agir en franc-tireur ? Cette République française était-elle capable de remplacer le roi qu'elle avait décapité et prendre au nom de la nation des décisions fondamentales comme celle d'avaliser le décret d'abolition de Sonthonax ? Peut-être, et là, et seulement là, Toussaint pourrait reconnaître la République française dans sa pleine légitimité et se soumettre à Sonthonax comme son digne représentant. Mais quand bien même cette décision serait prise un jour de l'autre côté de l'Océan, cela demanderait du temps. Un temps qu'il mettait à profit pour avancer. Alors, comme disent les Anglais, *wait and see*.

Nous étions déjà en 1794, plusieurs mois s'étaient écoulés depuis la déclaration d'abolition de l'esclavage. Le marquis de Hermona, qui pouvait tout à loisir observer Toussaint dans cette campagne, était tombé sous le charme, c'est du moins ce que laisse entendre cette phrase, la sienne : « Si Dieu descendait sur terre, il ne pourrait habiter un cœur plus pur que Toussaint Louverture. »

Pur sans doute, mais nullement soumis, et ce marquis en serait bientôt pour ses frais, lui qui allait connaître l'amère désillusion et qui pourrait, comme d'autres, crier à la trahison. Mais qui Toussaint avait-il trahi ? L'Espagne qui se servait de lui pour instaurer à Saint-Domingue un nouvel état d'esclavage ? Pour être fidèle à l'Espagne, ne fallait-il pas qu'il fût un traître à son peuple et à ses convictions profondes ? L'ennemi pour lui n'était ni la France, ni l'Angleterre, ni l'Espagne, mais les colons de tous pays. Son seul ennemi était la servitude et son champ d'espérance, la liberté générale.

Sonthonax, de son côté, était au désespoir. Le Nord était tombé entre les mains des Espagnols tandis que la flotte anglaise montrait ses voiles à l'horizon. Le 20 septembre 1793, le lieutenant-colonel Whitelocke prit possession de Jérémie en faisant aux mulâtres cette déclaration : « Hommes de couleur, avez-vous pu vous laisser aveugler par les déclarations de ces traîtres ? En vous vantant la liberté et l'égalité, ne vous ont-ils pas avilis vous-mêmes, puisqu'ils vous les font partager avec vos esclaves en vous dépouillant de votre propriété ? Choisissez entre la jouissance des droits que notre Constitution accorde aux hommes de couleur dans nos colonies et la punition de tous vos crimes[3]. » Tous les mulâtres de la paroisse de Saint-Marc s'étaient alors rendus aux Anglais. Le 22, ce fut le commodore Ford qui mit le pied au Môle Saint-Nicolas vendu par les colons. Une guerre triangulaire s'amorça alors. Les Français furent refoulés vers le sud-ouest tandis que les Anglais se frottèrent aux Espagnols. Léogâne se rendit au capitaine Smith, et le 5 juin 1794, c'est Port-au-Prince qui tomba aux mains du commodore Ford. Au fur et à mesure des avancées des troupes ennemies, l'esclavage était rétabli.

Le 12 novembre 1793, Sonthonax lança un appel de détresse à Genest, représentant la Convention auprès des États-Unis :

> L'oubli où nous laisse le pouvoir exécutif de la République est incroyable. Nous n'avons pas reçu de nouvelles officielles de France depuis le 17 février dernier et nous ignorerions absolument ce qui s'y passe, si vous ne nous en aviez instruit. La disette la plus absolue est un des effets de l'abandon où l'on paraît nous condamner. J'ai quitté le Cap le 10 du mois passé, et j'ai laissé la province du Nord dans le plus grand dénuement. J'arrive au Port-Républicain ci-devant Port-au-Prince et je trouve cette province aussi dépourvue que l'autre. On manque généralement d'armes, de poudre, de gibernes, de salaisons, de toiles, de souliers. Nous n'avons même pas du papier. Usez de toute votre influence sur le commerce pour nous faire des envois furtifs et clandestins. Nous les paierons en denrées[4].

Mais que faisait donc la France ? Sonthonax ne savait pas encore que, tout comme son collègue Polverel, il y était tombé en disgrâce.

À l'Assemblée nationale, cependant, on fut contraint de prendre en compte, bon an mal an, la décision qu'il avait imposée. Diligentés par Sonthonax, trois députés dominguois arrivèrent le 3 février 1794 à l'Assemblée nationale. Ce trio possédait une caractéristique inédite, celle d'être composé d'un Blanc (Dufay), d'un Noir (Belley) et d'un métis (Mills, désigné comme le « jaune »). Un tel trio fit sensation. Il était le symbole d'un temps nouveau, et incarnait en soi l'humanité, l'universel entrant dans le triangle de la liberté, de l'égalité et de la fraternité. En voici le compte rendu. C'est d'abord Camboulas qui prend la parole, avec enthousiasme :

« Depuis 1789, l'aristocratie nobiliaire et l'aristocratie sacerdotale étaient anéanties, mais l'aristocratie cutanée dominait encore. Celle-ci vient de pousser le dernier soupir, l'égalité est consacrée : un noir, un jaune, vont siéger parmi nous au nom des citoyens libres de Saint-Domingue[5]. »

Tandis qu'un tonnerre d'applaudissements clôt l'intervention, Lacroix, député d'Eure-et-Loir, se lève et dit, à haute et intelligible voix :

« L'Assemblée désirait avoir dans son sein des hommes de couleur qui furent opprimés pendant tant d'années. Aujourd'hui elle en possède deux. Je demande que leur introduction soit marquée par l'accolade fraternelle du président[6]. »

Le lendemain, 4 février 1794, devant un parterre de députés nombreux et excités, Dufay explique les circonstances qui ont contraint Sonthonax à prendre cette décision. Tout avait commencé par l'incendie du Cap dont Galbaud était à l'origine :

« Les esclaves qui étaient en insurrection depuis deux ans, instruits par les flammes et les coups de canon que le Cap était attaqué, crurent sans doute cette occasion favorable pour rentrer en grâce et vinrent en foule offrir leurs services ; ils se présentèrent en armes devant nos délégués : "Nous sommes nègres, Français, leurs dirent-ils ; nous allons combattre pour la France ; mais pour récompense nous demandons la liberté." Ils ajoutèrent même les droits de l'homme.

Si on les avait refusés, ils auraient pu accepter les propositions des Espagnols qui les sollicitaient depuis longtemps, et qui avaient gagné quelques principaux chefs. Les commissaires civils préférèrent les rallier au parti de la République, d'autant plus qu'ils étaient aguerris depuis deux ans aux exercices militaires. Nous étions dans la confusion ; les Noirs sentaient leur force ; ils auraient même pu la tourner contre nous, si on les avait indisposés. Il n'y avait pas à balancer dans la position où se trouvaient les délégués ; ils déclarèrent alors que la liberté serait accordée, mais seulement aux guerriers qui combattraient pour la République contre les Espagnols ou contre les ennemis intérieurs... Vous en serez convaincus, j'espère, que c'est la force des événements qui a amené ensuite, qui a entraîné la grande mesure de liberté dans la partie du Nord, comme le seul port de salut pour conserver la population blanche et même les citoyens du 4 avril (les libres de couleur)[7]. »

Une question fuse des bancs des députés :

« Entendu, mais alors, cette liberté de circonstance ne justifie en aucune mesure cet acte de libération générale du 29 août décidé par Sonthonax sans même consulter la nation !

— La colonie, répond Dufay, se trouvait replongée dans un nouveau chaos dont rien ne pouvait plus la tirer, et la souveraineté générale était à jamais anéantie. N'était-il pas plus prudent d'éviter ce danger ? Les Espagnols et les Anglais, auxquels s'était déjà réuni un grand nombre de contre-révolutionnaires, étaient là tout prêts, qui les appelaient et leur tendaient les bras. Les Espagnols leur offraient de l'argent avec la liberté, et même des grades supérieurs ; il ne fallait pas laisser échapper l'instant favorable, sans quoi tout était perdu. N'était-il pas d'une politique sage et éclairée de créer de nouveaux citoyens à la République pour les opposer à nos ennemis ? Dans cette extrémité pressante, votre commissaire en résidence au Cap rendit la proclamation du 29 août. Les Noirs de la partie du Nord étaient déjà libres par le fait, ils étaient les maîtres. Cependant, la proclamation, en les déclarant libres, les assujettit à résidence sur leurs habitations respectives, et les soumet à une discipline sévère en même temps qu'à un travail journalier, moyennant un salaire déterminé, ils sont en quelque sorte comme attachés à la glèbe.

— Je demande, s'écrie le député Levasseur, de la Sarthe, que la Convention, ne cédant pas à un mouvement d'enthousiasme, mais aux principes de la justice, fidèle à la Déclaration des droits de l'homme, décrète dès ce moment que l'esclavage est aboli sur tout le territoire de la République. Saint-Domingue fait partie de ce territoire, et cependant nous avons des esclaves à Saint-Domingue. Je demande donc que tous les esclaves soient libres sans distinction de couleur. »

Tohu-bohu dans l'assemblée. Le député Lacroix, au comble de la joie et de l'enthousiasme se lève et déclare :

« En travaillant à la Constitution du peuple français, nous n'avons pas porté nos regards sur les malheureux hommes de couleur. La postérité aura un grand reproche à nous faire de ce côté ; mais nous devons réparer ce tort. Inutilement avons-nous décrété que nul droit féodal ne serait perçu dans la République française. Vous venez d'entendre un de nos collègues dire qu'il y a encore des esclaves dans nos colonies. Il est temps de nous élever à la hauteur de nos principes de la liberté et de l'égalité. On aurait beau dire que nous ne reconnaissons pas d'esclaves en France, n'est-il pas vrai que les hommes de couleur sont esclaves dans nos colonies ? Proclamons la liberté des hommes de couleur. En faisant cet acte de justice, vous donnerez un grand exemple aux hommes de couleur esclaves dans les colonies anglaises et espagnoles. Les hommes de couleur ont, comme nous, voulu briser leurs fers ; nous avons brisé les nôtres, nous n'avons pas voulu nous soumettre au joug d'aucun maître ; accordons-leur le même bienfait.

— S'il était possible, reprend Levasseur, de mettre sous les yeux de la Convention le tableau déchirant des maux de l'esclavage, je la ferais frémir de l'aristocratie exercée dans nos colonies par quelques Blancs.

— Président, conclut Lacroix, ne souffre pas que la Convention se déshonore par une plus longue discussion. »

Nouveau tohu-bohu, cris d'enthousiasme : Vive la République ! Vive la Montagne ! Vive la Convention !

« Citoyens députés, intervient alors Cambon, faisant taire la salle, une citoyenne de couleur qui assiste régulièrement aux séances de la Convention, et qui a partagé tous les mouvements révolutionnaires, vient de ressentir une joie si vive en voyant la liberté accordée à tous ses frères, qu'elle a entièrement perdu connaissance ! (Applaudissements à tout rompre.) Je demande que ce fait soit consigné au procès-verbal, que cette citoyenne, admise à la séance, reçoive au moins cette reconnaissance de ses vertus civiques. »

Danton monte alors à la tribune :

« Représentants du peuple français, jusqu'ici nous n'avons décrété la liberté qu'en égoïstes et pour nous seuls. Mais aujourd'hui nous proclamons à la face de l'univers, et les générations futures trouveront leur gloire dans ce décret, nous proclamons la liberté universelle. Hier, lorsque le président donna le baiser fraternel aux députés de couleur, je vis le moment où la Convention devait décréter la liberté de nos frères. La séance était trop peu nombreuse. La Convention vient de faire son devoir. Mais après avoir accordé le bienfait de la liberté, il faut que nous soyons pour ainsi dire les modérateurs. Renvoyons aux comités de salut public et des colonies, pour combiner les moyens de rendre ce décret utile à l'humanité sans aucun danger pour elle. Nous avons déshonoré notre gloire en troquant nos travaux. Les grands principes développés par le vertueux Las Cases avaient été méconnus. Nous travaillons pour les générations futures, lançons la liberté dans les colonies ; c'est aujourd'hui que l'Anglais est mort ! »

Des applaudissements frénétiques de l'Assemblée contraignent Danton à interrompre sa diatribe, qui reprend :

« En jetant la liberté dans le nouveau monde, elle y portera des fruits abondants, elle y poussera des racines profondes. En vain, Pitt et ses complices voudront par des considérations politiques écarter la jouissance de ce bienfait, ils vont être entraînés dans le néant ; la France va reprendre le rang et l'influence que lui assurent son énergie, son sol et sa population. Nous jouirons nous-mêmes de notre générosité, mais nous ne l'étendrons pas au-delà des bornes de la sagesse. Nous abattrons les tyrans comme nous avons écrasé les hommes perfides qui voulaient faire rétrograder la révolution.

Ne perdons point de notre énergie ; lançons nos frégates ; soyons sûrs des bénédictions de l'univers et de la postérité, et décrétons le renvoi des mesures à l'examen des comités[8]. »

Donc, les jeux étaient faits. Aux yeux de Danton, l'esclavage était un outil de richesse des colonies. Aujourd'hui, ce 4 février 1794, la liberté devenait une arme nouvelle contre les Anglais. On la « jetait » dans le nouveau monde comme on lance une grenade. L'utilité restait la maladie opportuniste des grands principes. Soit ! Que tout cela ne gâche pas le plaisir. L'abolition de l'esclavage, prononcée le 29 août 1793 par un éclaireur sous le ciel noir de Saint-Domingue, était inscrite ce jour-là en lettres d'or dans les cahiers de la République française. Voilà ce qu'attendait Toussaint Louverture, et, derrière lui, tout le peuple asservi de Saint-Domingue.

Il était temps ! Car le 2 février 1794, deux jours avant cette proclamation, des navires anglais avaient mouillé dans la rade de Port-au-Prince et, en vertu d'un accord avec les colons qui leur garantissait la propriété de l'île en échange de la pérennisation de l'esclavage, avaient sommé Sonthonax de leur livrer la ville. Devant le refus de Sonthonax, le commodore Ford avait menacé de déclencher un bombardement en règle. Le commissaire de la République lui avait alors répondu : « Monsieur le Commodore, nos canonniers sont à leurs pièces. » L'équilibre des forces n'étant pas encore en sa faveur, Ford avait préféré se retirer.

Le 6 juin 1794, les voiles de *L'Espérance* apportèrent la loi tant attendue en rade de Port-au-Prince.

Toussaint n'attendit pas que *L'Espérance* dresse ses voiles sur l'horizon. Il connaissait déjà la décision de l'Assemblée nationale. Surtout ne pas attendre que Sonthonax ait la loi dans ses mains. Toujours jouer avec un coup d'avance, gage de liberté. Symboliquement, il ne se soumettait pas à la loi, il la précédait.

Un mois jour pour jour avant l'arrivée de *L'Espérance*, il entra dans une église et fit une prière. Certains hommes prient avant de commettre un forfait comme d'autres se lavent les mains avant de les salir. Toussaint Louverture avait peut-être l'âme pure, mais pas les mains. En sortant de l'église, il réunit sa troupe d'hommes noirs et fit égorger consciencieusement les soldats espagnols. L'instant d'après, des drapeaux tricolores flottaient sur les camps espagnols. Toussaint était devenu républicain.

L'exultation de Sonthonax fut de courte durée, car en même temps que la loi, *L'Espérance* apportait un mandat d'amener décerné contre lui et Polverel. Prométhée doit toujours être puni. On ne peut pardonner à ceux qui ont un temps d'avance, qui volent le feu du ciel même si c'est pour le bien de tous, car ils dérogent aux préséances, dérèglent l'ordre du pouvoir, déstabilisent les équilibres basés sur l'inertie.

La chute des Girondins à l'Assemblée nationale entraîna celle de leur leader Brissot, ami de Sonthonax, qui n'était désormais plus en mesure de défendre son ami contre les attaques virulentes du club Massiac, ce club rallié aux colons, et qui l'accusait de forfaiture. Accusations qui reçurent une oreille attentive de la part des Montagnards agacés de se voir forcer la main sur la question de l'abolition. Robespierre, pour sa part, avait soigneusement pris garde de ne pas se prononcer sur la question…

La mort dans l'âme, Sonthonax et Polverel se constituèrent prisonniers et embarquèrent le 16 juin à bord de *l'Espérance,* qui mit immédiatement toutes voiles dehors en direction de Brest. Le gouvernement par intérim de l'île revint au général Laveaux. Le général Rigaud se vit confier le commandement des Cayes, Villatte, celui du Cap et Beauvais, celui de Jacmel.

Un quarteron de généraux mulâtres et blancs se partageait désormais le commandement de l'île. C'est avec eux que Toussaint Louverture devrait dès lors composer. Fort heureusement, en confiant à Laveaux le gouvernement par intérim, Sonthonax savait ce qu'il faisait. Moins visionnaire, moins impulsif, moins intuitif que ce dernier, Laveaux était de ces militaires dont droiture, méthode et pragmatisme sont les trois règles de conduite. C'était un homme prudent et avisé, ne s'avançant jamais sur des terrains trop incertains. Un homme dont il était peu aisé d'acquérir la confiance, mais dont on était certain qu'il y serait fidèle dès lors qu'elle lui avait été acquise. Il ne fut pas de ceux qui exultèrent lorsqu'il apprit que Toussaint Louverture s'était rallié à la cause républicaine. Il prit la chose froidement et définit immédiatement les cadres dans lesquels on pouvait intégrer ce nouveau venu, cet allié encombrant. Voici ce que le 24 mai 1794 il écrit à Sonthonax et Polverel, aussitôt connu le ralliement du général noir :

Les députés de Terre-Neuve et de Port-à-Piment m'avaient annoncé que Toussaint Louverture, après avoir abandonné le parti espagnol dont il avait reconnu la scélératesse, avait attaqué le parti des émigrés aux Gonaïves. Après avoir détruit beaucoup de monde il a arboré le pavillon national. Les députés de Port-à-Piment m'ont ajouté qu'il serait intéressant que je lui écrivisse une lettre pour affermir ses sentiments, ce que j'ai fait avec plaisir dont je vous envoie la copie...

Il sera bien intéressant que vous écriviez sur-le-champ une lettre à Toussaint Louverture, que vous lui fassiez connaître quelles sont les obligations qu'il a à remplir, quelle est la soumission qu'il doit avoir à mes ordres. Il sera même très important que vous régliez quelle est la place que doit tenir Toussaint Louverture dans le cas où il se trouverait des troupes de lignes réunies avec celles qu'il commande dans ce moment et régler tout pour éviter toutes difficultés qui seraient toujours nuisibles au bien-être de la République. C'est avec une grande impatience que j'attends votre réponse.

Général LAVEAUX[9]

S'il fallait justifier encore les raisons pour lesquelles Toussaint ne s'était pas empressé de se jeter dans les bras de la République, mais avait construit d'abord sa force sur le terrain pour négocier avec plus de pouvoir sa place dans le dispositif français à Saint-Domingue, cette lettre en fournit clairement la réponse.

Sonthonax savait Laveaux non seulement rigoureux et honnête, mais aussi clairvoyant et juste. Son esprit rationnel ne s'accommodait que fort mal des ambiguïtés des généraux mulâtres et, à l'instar du commissaire de la République, il s'en méfiait beaucoup et ressentait à leur encontre une certaine antipathie. Comme lui, il avait peu à peu épousé la cause des Noirs.

Toussaint saurait aisément gagner sa confiance et même son amitié. Une amitié profonde et partagée formant un couple de forces qui, s'opposant aux ennemis intérieurs comme extérieurs et aux mulâtres, allait peu à peu dessiner un visage d'avenir pour Saint-Domingue, écartant les menaces du retour de l'esclavage. Une amitié fidèle qui réchaufferait le cœur de Toussaint Louverture jusqu'au sein de sa prison glacée du fort de Joux.

TROISIÈME PARTIE

Les voiles de L'Espérance

Retour de l'ombre

L'Espérance avait affalé ses voiles en rade de Port-au-Prince. *Le Héros* tirait ses bords sur une mer incertaine où se croisaient les flottes de guerre des pays coloniaux et leurs navires marchands parfois armés jusqu'à la gueule. Le commerce des esclaves avait repris, et le *Bel-Amour,* au ventre bercé par l'Océan entre Gorée, le port de Nantes et les Antilles, enfantait tous les jours sur les couches de l'horreur négrière une portée de malheureux qui allaient naître une seconde fois dans les fers de l'enfer où les démons, le fouet au poing, avaient une peau blanche et des yeux bleus.

Ce 29 novembre 1802, la mulâtresse Solitude serait exécutée après avoir accouché la veille d'un enfant né dans les fers. L'espoir avait capitulé sur la terre de Guadeloupe. Rappelons-le, le colonel Delgrès, mulâtre rendu au bord du désespoir, s'était, avec sa garnison, fait sauter à Matouba tandis que les troupes victorieuses de Richepanse envoyées par Napoléon, dans ces îles Sous-le-Vent, vent du malheur, pour rétablir l'esclavage, avaient ouvert le chemin noir d'une ère nouvelle, celle d'un commerce colonial moderne, actif et impérieux.

Dans sa prison glacée, Toussaint, perclus de solitude, luttait sous le manteau glacé de cet hiver où les droits de l'homme et du citoyen étaient saisis du givre d'une pensée blanche qui déniait à la couleur ses droits naturels d'existence.

Comme on se couche sous l'avancée d'un ouragan, il assistait impuissant à la venue du cauchemar annoncé. Bonaparte triomphait avec son armée de colons, la République capitulait. L'antiesclavagisme était en train de perdre la partie. Son ami Laveaux, envoyé en 1801 à la Guadeloupe, venait d'être révoqué pour sa pensée abolitionniste et mis à la retraite. Un épais silence de la conscience s'abattait sur les Noirs. Étaient-ils même encore des hommes ?

Toussaint, au fort de Joux, restait allongé sur son grabat qu'il ne quittait plus. La maladie l'attaquait de toutes parts. Fièvres, maux de tête et de reins, rhumatismes. Ballotté par une douleur incessante, il s'en remit à Baille. Pauvre Baille, une autre maladie bien plus sournoise que la fièvre jaune avait pris possession de son esprit, une sorte de fièvre noire : le préjugé racial. Il n'était pas bien méchant, ce Baille, et c'est en toute bonne foi que le chef de bataillon du fort de Joux, impuissant devant les douleurs de son ex-protégé, fit cette déclaration : « La composition des Nègres ne ressemblant en rien à celle des Européens, je me dispense de lui donner ni médecin ni chirurgien qui lui seraient inutiles[1]. »

Décision qui n'était rien moins que le pur produit du mariage entre la lâcheté et la bêtise. Ce disant, il confortait tout à la fois les positions de ses chefs qui lui avaient reproché d'avoir introduit dans la cellule de Louverture un médecin qui n'était qu'un allié déguisé, et celles, officielles, de la médecine et de la science, soumises à l'idéologie coloniale triomphante, qui instauraient la hiérarchie et la différence définitive des races humaines.

Virey venait de publier, en 1801, son *Histoire naturelle du genre humain,* où on pouvait notamment lire :

> Des différences d'inclination faciale s'observent avec constance dans les races humaines. L'Européen a un angle d'environ 85 degrés, et même davantage dans les plus belles têtes ; le Mongol en a 80, et le Nègre ne s'élève guère au-delà de 75. Plus cet angle se rapetisse, se resserre, plus la face doit s'allonger, comme dans la brute ignoble et stupide ; en même temps que le cerveau se rétrécit et se comprime davantage, la sphère de l'entendement décroît par une semblable raison[2]...

Poursuivant ses allégations, il définissait une échelle où, au plus haut degré, se situaient le Blanc et, au plus bas, les Noirs et les Hottentots. En vertu d'une telle hiérarchisation, l'Européen se voyait donc confier par l'humanité entière une mission civilisatrice due aux obligations que lui conférait sa supériorité :

> Sans les Européens, que serait notre monde ? Nations puissantes, race superbe et indomptable, immortels génies des arts et des sciences, heureuse civilisation, vous ne l'auriez pas illustré de vos productions et couvert des palmes de la gloire !

Tous les canaux de l'industrie seraient desséchés, toutes les routes des sciences, toutes les inventions de génie, tant d'arts enchanteurs seraient demeurés éternellement dans la nuit de l'oubli.

L'Européen, appelé par ses hautes destinées à l'empire du monde qu'il sait éclairer de son intelligence et dompter par sa valeur, est l'homme par excellence, et à la tête du genre humain ; les autres, vile tourbe de barbares, n'en sont pour ainsi dire que l'embryon[3].

En ce mois de novembre 1802, Saartjie Baartman, dite la Vénus Hottentote, avait tout juste treize ans. Elle était née en 1789, année de la Révolution française, dans un village d'Afrique du Sud près du Cap. Elle serait capturée, et son enfant tué dans une rafle organisée par les Boers, une chasse à courre sauvage. Pendant ce temps, un fidèle de Napoléon, le savant Lacepède, devenu sénateur, mettait la dernière main à sa théorie des inégalités raciales. Les Noirs y étaient présentés à l'égal des bêtes. Théories confortées par le savant Cuvier, qui verra dans Saartjie Baartman, sa *Vénus Hottentote*, une espèce de singe proche de l'orang-outang. Celle-ci, amenée en Europe, fit le tour de l'Angleterre puis de la France à l'intérieur d'un zoo humain où elle fut présentée comme une bête curieuse. Après sa mort, un moulage de son corps réalisé par Cuvier finira exposé dans le musée des Sciences naturelles, puis au musée de l'Homme tel un curieux spécimen appartenant à une sorte de chaînon manquant entre l'homme et la bête.

La soumission de la pensée au pouvoir dominant, l'envie de plaire, la cupidité et la simple bêtise formeront alors une immense vague portant les navires négriers, qui ira recouvrir toute une humanité. Une mer d'ignorance abyssale sous la lumière douteuse de sciences des races humaines qui, telles la physiognomonie de Lavater ou la craniologie, « font de l'esprit un os » comme l'écrivit si justement Hegel. Cette pensée surgie des couches les plus profondes du cortex, où se rencontre l'instinct du prédateur, utilisera les acquis de la science pour former une idéologie de la domination. Elle surgira en ce début du XIXe siècle comme une marée montante qui ne pourra se retirer sans laisser sur la plage des consciences un épais sédiment formé de préjugés agglomérés sur la peau noire. Les oiseaux d'espérance y étaient englués.

En cet hiver 1802, l'espoir était en berne. La pensée des Lumières avait baissé son pavillon d'humanité. L'Aigle impérial tenait toute la philosophie entre ses serres acérées.

Toussaint Louverture se mourait dans sa prison glacée de solitude. Une solitude existentielle. Celle d'une pensée clairvoyante qui avait vu venir la vague gigantesque qui allait renverser le fragile édifice d'une liberté forgée à la force des poignets. Il avait conçu à la hâte sa Constitution comme un rempart vite balayé mais lui laissant le temps de remonter sur les montagnes. La force brute avait vaincu grâce au mensonge d'une belle vague levée sur l'horizon. Tous les naïfs et les crédules s'y étaient laissé prendre. Mais en ce mois de novembre, terme de la saison des pluies et des cyclones,

Leclerc fut terrassé par la fièvre jaune, et Saint-Domingue tout entier se leva pour jeter à la mer cette vague raciste et recouvrer sa liberté.

L'Espérance, resté en rade à Port-au-Prince, était loin d'être désarmé. Mais c'est à cet espoir que s'accrochait Toussaint Louverture ; à lui, et à la pensée de sa famille dispersée quelque part entre Bayonne et Belle-Île-en-Mer. Cette famille dont il avait fait le moellon, le noyau compact et incorruptible de sa vision d'un nouveau Saint-Domingue. Un temple sacré dont sa femme était le *poteau mitan*, le pilier central.

Comme un naufragé sur son radeau, ballotté au beau milieu de l'océan, Toussaint, couché sur son grabat tout au long des jours froids, se raccrochait aux beaux moments de son passé. Il revivait cette fabuleuse décennie qui l'avait amené au pouvoir, avec sa femme à ses côtés. Cette femme, Suzanne, contrairement aux usages chez les Noirs et les esclaves à Saint-Domingue, où la règle était le concubinage, il avait souhaité l'épouser. Ce mariage à l'église définissait dans l'esprit de Toussaint le symbole d'une sorte d'orthodoxie sociale ouvrant le chemin d'une forme d'égalité entre les Blancs, qui se mariaient, et les Noirs, qui ne se mariaient pas. La liberté et l'égalité passaient pour lui par le mariage et s'inscrivaient au fondement même de la famille. Une union faite à l'église et consacrée par un prêtre. Il était fier de cette femme-là qu'il avait choisie contre l'avis de son maître qui voulait lui imposer une concubine.

C'est auprès d'elle qu'il puisait sa force et effilait sa volonté. C'est avec elle qu'il fonda une famille et, autour de cette famille modèle, une société. La première famille noire qui allait prendre la place de la famille blanche dominatrice. Un rêve simple, dont la simplicité était confondante, mais qui s'inscrivait pourtant dans une stratégie révolutionnaire qui ferait basculer le monde et remplacerait l'ancien régime par le nouveau.

L'amour était donc le fondement de cette famille nouvelle qui allait vivre dans un monde nouveau.

Aux belles heures de sa gloire, ayant conquis Saint-Domingue et bénéficiant d'un état de grâce rayonnant jusqu'à Paris, Louverture fut ainsi dépeint par un voyageur dans *Le Moniteur* du 9 janvier 1799. Un de ces articles que ne renieraient pas aujourd'hui ces journaux qu'on dit « people » :

> Depuis longtemps j'avais conçu le désir d'aller étudier le général Toussaint chez lui-même. J'y fus conduit par un de ses neveux. À mon arrivée je ne trouvai sur l'habitation que la femme du général. On vint, pendant notre entretien, lui annoncer l'arrivée du général. Au nom de son mari, je vis son visage s'épanouir ; elle se leva pour aller l'embrasser. Revenus auprès de moi, ils s'assirent l'un à côté de l'autre. Il succéda un silence de quelques minutes... Je rompis ce silence pour témoigner au général combien j'étais flatté de le voir. Il me répondit par un sourire, me prit la main et embrassa encore sa femme. La conversation devint bientôt gaie et dans toute la soirée il ne fut question que de sa femme. Il me raconta presque tous les détails d'une vie domestique de vingt ans, semée de traits du plus grand intérêt.

« C'est moi, me disait-il, qui ai choisi ma femme ; mes maîtres voulaient me lier avec de jeunes et fringantes Négresses, j'ai toujours su résister aux volontés qui contrariaient mon goût dans l'idée que je me formais d'un heureux ménage. Jusqu'au moment de la révolution, je n'avais pas quitté ma femme une heure ; nous allions travailler à notre champ en nous donnant la main, nous revenions de même. À peine nous apercevions-nous des fatigues du jour. Le ciel a toujours béni notre travail ; car non seulement nous vivions dans l'abondance et nous faisions des épargnes, mais nous avions encore le plaisir de donner des vivres aux Noirs de l'habitation lorsqu'ils en manquaient.

Le dimanche et les fêtes, nous allions à la messe, ma femme, moi et mes parents. De retour à la case, après un repas agréable, nous passions le reste du jour en famille, et nous le terminions par une prière, que nous faisions en commun.

Au moment de la révolution, ma plus grande peine fut d'avoir quitté ma femme ; je ne me suis battu avec courage et n'avais l'esprit libre pour toutes mes opérations que lorsque je la savais en sûreté. Je n'ai été parfaitement heureux qu'après avoir acquis pour elle cette retraite, où je viens passer les jours les plus agréables et me soulager des inquiétudes des affaires publiques. »

Tout respire l'ordre et la décence dans la maison du général Toussaint ; son épouse, malgré le soin qu'elle prend de son ménage, travaille encore elle-même à la culture du café. Toussaint m'a montré une partie de son terrain cultivée par elle et par les femmes qui la servent.

La citoyenne Toussaint a environ quarante ans ; et quoique la plus grosse femme que j'aie vue, l'ensemble de sa personne n'est pas désagréable ; sa physionomie est douce, exprime la candeur, elle paraît avoir la modestie d'une fille de vingt ans, tout ce qui l'entoure partage ses mœurs simples[4].

Nous sommes encore, dans ce tableau idyllique et bourgeois donné à l'édification du lecteur parisien, bien loin de cette « tourbe barbare » décriée par Virey. Et cependant, deux ans plus tard, cette belle image sera salie par l'encre indélébile de savants à la solde du futur empereur. C'est qu'au moment où fut dépeint ce tableau Napoléon fourbissait encore ses armes, qui n'étaient pas seulement militaires, mais aussi intellectuelles. Le racisme jaillissait, comme un pétrole nouveau des ossements fossiles étudiés par Cuvier, d'une paléontologie et d'une anthropologie posant le Blanc, l'Européen, comme l'essence de l'homme.

Pour Toussaint Louverture, c'est sans doute ce tableau présenté par *Le Moniteur* qui défilait devant ses yeux au moment même où il luttait contre le froid et une mort annoncée. C'était cela, son idéal, qu'il voulait partager avec l'ensemble des gens de Saint-Domingue. Un idéal bourgeois pourrait-on dire. Oui, mais dont la signification humaine et universelle fut pour lui si profonde que cet homme riche parmi les siens, et jouissant d'une liberté non partagée, n'hésita pas un seul instant à en quitter la jouissance égoïste pour prendre les armes auprès des esclaves révoltés. Sa famille en pâtit, et sa femme la première. Celle-ci en souffrira jusqu'à en perdre la raison. Le colonel Vincent, directeur des fortifications, demeuré un grand ami de la famille, témoigne dans une lettre à Isaac, fils de Toussaint, toute sa sympathie pour Mme Toussaint, et lui adresse ses condoléances pour les malheurs qu'elle traverse :

Bayonne 6 octobre 1806

C'est avec un intérêt bien vrai, Monsieur, que j'ai saisi les occasions qui se sont présentées pour m'informer de votre situation et de celle de votre excellente mère ; je n'oublierai jamais combien je l'ai vue bonne et charitable ; j'ai reçu moi-même, sous son toit hospitalier, des soins que le malheur des circonstances rendait encore bien plus précieux pour moi, et plus dignes de ses vertus. J'apprends avec une peine extrême que ses malheurs ont porté quelque atteinte à son moral. Une excellente épouse, la meilleure des mères, devait connaître l'altération de ses facultés à la suite des nombreuses adversités qu'elle a vu succéder à la vie la plus régulière, toute donnée aux soins les plus estimables dans son sexe. Croyez, Monsieur, que personne ne partage plus réellement que moi ses peines ; je savais trop combien elle méritait un meilleur sort, et je vous prie de lui renouveler mes sentiments les plus distingués.

Le directeur des fortifications,
VINCENT[5]

Vincent faisait partie de ces hommes qui, comme Laveaux ou Sonthonax, ne regardaient pas leur prochain à travers le prisme déformant des couleurs. Ceux-ci restaient comme « intouchés » par cette vague déferlante d'un racisme généralisé, institutionnalisé. Leur sens de l'humain passait par le bon sens et l'écoute de l'autre, son prochain. Leur amitié pour Toussaint Louverture était intacte et leur soutien, entier.

Parmi les philosophes et les penseurs, beaucoup luttaient encore contre cette rage aveugle et cette scientifique bêtise. Ce fut le cas du père Grégoire, alors évêque de Blois et fervent antiesclavagiste, ce fut aussi celui de Jean-Baptiste Say, un des directeurs de la revue *La Décade* à laquelle Grégoire collaborait jusqu'à ce que ce journal fût rattaché de force par Napoléon au *Mercure de France*, alors proesclavagiste. Grégoire était un des premiers défenseurs de la thèse de Volney qui, dans son *Voyage en Égypte et en Syrie*, affirmait que les Égyptiens des temps pharaoniques étaient des Noirs. Faisant feu de tout bois contre l'idée des inégalités entre les races, il réussit à rallier à sa cause son ami physiologue allemand, J. F. Blumenbach, qui écrit ceci :

> Le genre humain n'a qu'une espèce, et tous les peuples de tous les temps et de tous les pays (qui nous sont connus) peuvent provenir d'une couche commune. Toutes les différences nationales dans la conformation et la couleur du corps humain ne sont pas plus frappantes et plus inconcevables que celles qui défigurent presque sous nos yeux tant d'autres espèces de corps organisés, et principalement nos animaux domestiques ; mais toutes ces différences se perdent pour ainsi dire les unes dans les autres par tant de nuances, par tant de transitions insensibles, qu'elles ne peuvent donner lieu qu'à des divisions arbitraires, et point du tout tranchantes[6].

Ce fut ce même Grégoire qui organisa à l'Assemblée un « tableau vivant » présentant, tout en chatoiements, l'unité fondamentale du genre humain fait d'infimes transitions et de nuances infinies. Le compte rendu officiel de la séance de l'Assemblée du 4 juin 1793 est sur ce point éclairant :

> Une députation des Américains libres, composée en grande partie de gens de couleur, se présente à la barre. L'orateur de la députation, après avoir sollicité, pour ses camarades et

pour lui, la faveur de défiler devant l'Assemblée, rappelle aux représentants qu'ils ont été appelés pour faire le bonheur d'une grande nation, pour jeter les fondements de la liberté du monde et pour faire que de tous les peuples il n'y en ait qu'un. Il offre au nom de ses concitoyens un drapeau tricolore, dont la devise exprime l'horreur qu'ils ont vouée à la tyrannie et à l'anarchie, et dépose sur le bureau une adresse présentée au nom des Nègres détenus en esclavage dans les colonies françaises d'Amérique. Le président accepte le drapeau et accorde aux pétitionnaires la faveur de défiler devant la Convention. (Ils traversent la salle au son d'une musique militaire. L'étendard tricolore est porté devant eux : un Blanc, un mulâtre et un Noir y sont peints debout, armés d'une pique surmontée d'un bonnet de la liberté. On lit sur l'étendard cette inscription : « Notre union fera notre force. » Parmi les pétitionnaires se trouve une femme de couleur, âgée de cent quatorze ans : elle marche appuyée au bras de deux pétitionnaires. À son arrivée devant le bureau, l'orateur de la députation déclare qu'elle se nomme Jeanne Odo et qu'elle est née à Port-au-Prince. L'Assemblée rend un hommage respectueux à la vieillesse, en se levant tout entière, et le président, en signe de vénération, lui donne le baiser fraternel[7].)

Grégoire, ayant pris la parole à plusieurs reprises durant la séance, déclara notamment ceci :

« Lorsque dans l'Assemblée constituante un vieillard de cent vingt ans vint du Jura la remercier à la barre d'avoir brisé le joug féodal sous lequel la tête de ses frères avait longtemps été courbée, l'Assemblée, par respect pour ce citoyen vénérable, s'est levée tout entière. Vous avez imité ce beau mouvement : le respect pour la vieillesse est une vertu qui, mère de toutes les autres, ne vous est point étrangère. Je demande que le procès-verbal fasse mention de ce mouvement. J'ai une autre demande à soumettre à votre humanité et à votre philosophie. Il existe encore une aristocratie, celle de la peau : plus grands que vos prédécesseurs dont les décrets l'ont, pour ainsi dire, consacrée, vous la ferez disparaître. J'espère bien que la Convention nationale appliquera les principes d'égalité à nos frères des colonies, qui ne diffèrent de nous que par la couleur ; j'espère que cette pétition déposée sur votre bureau, dont la lecture serait trop longue à cette heure, ne restera pas enfouie, comme tant d'autres, dans un comité et qu'incessamment on vous fera un rapport sur lequel vous prononcerez la liberté des Noirs[8]. »

La scène se passait en 1793. Neuf ans plus tard, le message humaniste de ce tableau vivant était effacé et oublié. Les Noirs de la Guadeloupe et des îles Sous-le-Vent étaient de nouveau dans les fers. Celui qui représentait cette liberté des Noirs en mouvement croupissait en prison, à l'article de la mort au fort de Joux. Mais Saint-Domingue résistait toujours.

Que s'était-il donc passé depuis ces neuf années, et depuis le jour où *L'Espérance*, après avoir rapporté à Saint-Domingue la loi si attendue, avait ramené prisonnier en France celui qui l'avait promulguée dans la fièvre des combats sur le terrain ?

En 1794, Bonaparte n'avait encore que vingt-quatre ans. Il venait d'être nommé général. Loin des élans humanistes de l'Assemblée, ce fut entre Marseille et Nice, où il avait alors pour mission l'inspection de cette côte, qu'il apprit la décision de l'Assemblée d'abolir l'esclavage. Son ambition sans bornes s'était déjà fait connaître jusqu'à Paris. Quelques initiatives malheureuses du côté de Marseille lui avaient valu de connaître la prison et sans l'intervention des frères Robespierre, ses bons amis, nul ne sait ce qui serait réellement advenu de cet « enragé ». Justement, Maximilien Robespierre, qui ne s'était jamais prononcé pour l'abolition de l'esclavage et s'y était même montré hostile, avait, du haut de la Montagne, pris le pouvoir sur la Gironde. Et c'est un Girondin, Sonthonax, qu'on ramenait prisonnier de Saint-Domingue pour rendre compte de son action à Saint-Domingue. À peine l'espoir s'était-il levé qu'il retombait déjà comme un soufflet. La réaction était en marche et Bonaparte avait commencé son irrésistible ascension. Elle était parallèle à celle de Toussaint Louverture, de trente ans son aîné et qui, dans cette course qui allait durer neuf ans, partait avec un handicap certain.

Naissance d'une amitié

La glace avait resserré son étreinte autour du fort de Joux. En ce mois de janvier 1803, Baille faisait ses adieux à Toussaint Louverture. Il quittait son poste, et Amiot le remplaçait. Un départ qui n'enchanta guère le prisonnier de Napoléon, car la faiblesse de Baille abritait en elle un reste d'humanité. Ses visites quotidiennes étaient empreintes d'une chaleur humaine devenue nécessaire pour celui qu'on avait enfermé dans une solitude presque totale. Il s'était tissé des liens au fil des mois entre le geôlier et son captif. La fragilité et la situation précaire dans laquelle celui-ci se trouvait ne lui laissaient donc rien augurer de bon à ce départ.

Bien que soumis aux ordres impératifs de sa hiérarchie qui voulait rabaisser l'ex-général noir à l'état de moins-que-rien, et influencé par cette idéologie raciale qui emportait les esprits les plus faibles, Baille avait toujours gardé pour son prisonnier de l'estime et de la commisération. Avec sa chaleur humaine, il était pour Toussaint le dernier rempart contre la glace et l'isolement. Baille apportait, lors de ses visites quotidiennes, à la fois la parole d'un homme et ce bois si précieux à sa survie qui brûlait dans la cheminée. Notre héros se savait condamné au jour le jour. Il suffisait d'un jour ou d'une nuit que ce bois vienne à lui manquer et, par ces températures polaires, c'était une mort assurée. Par cette torture d'un subtil raffinement, l'Empereur signifiait à ce Nègre que sa vie ne tenait à rien, une simple décision de sa part ou un « oubli » de son administration.

Alors, oui, le remplacement de Baille en plein mois de janvier était de nature à renforcer l'angoisse du prisonnier de Joux.

Les yeux perdus dans les flammes à longueur de journée, Toussaint ne pouvait éviter d'y voir danser et grimacer ce fameux visage poupin coiffé d'un bicorne. Le diable en personne. Mais ce diable-là — Toussaint en était convaincu —, s'il pouvait le retenir dans son enfer glacé, ne pouvait rien contre l'Histoire qu'il avait mise en marche. Il avait construit un pays nouveau, il était pharaon d'une pyramide de liberté dont les soubassements étaient dorénavant indestructibles.

Toussaint refaisait mentalement tout ce chemin qui l'avait conduit à cette fameuse Constitution qui en était la dernière étape : le serment du Bois-Caïman, la folle épopée d'une horde sauvage ivre de liberté à travers les champs dévastés de l'île, le ralliement aux Espagnols et la constitution d'une nouvelle force, une armée noire enfin qui pouvait alors choisir à qui confier le flambeau de sa liberté. Les Français avaient su faire le geste malgré eux et avec toutes sortes de contorsions. Mais ils l'avaient fait, ce geste, et parmi ces Français, des gens de bonne foi : Sonthonax, Polverel ou Laveaux, amis des Noirs auxquels Toussaint pouvait accorder sa confiance.

Sa première grande victoire, Toussaint l'avait remportée au sortir de cette messe où il avait dû retourner subitement son armée noire contre les Espagnols. Il se voyait encore descendre vers Laveaux et lui présenter par écrit ses forces avec une certaine fierté : « Gonaïves, le Gros-Morne, canton d'Ennery, Plaisance, Marmelade, Dondon, l'Acul et toute la dépendance avec le Limbé sont sous mes ordres, et je compte quatre mille hommes armés dans tous ces endroits, sans compter cependant les citoyens du Gros-Morne qui sont au nombre de six cents hommes[1]. »

Le général Laveaux était impressionné et presque inquiet de cette puissance qui se ralliait à sa cause. Non, Toussaint et son armée ne venaient pas quémander la liberté : ils venaient l'apporter.

Toussaint avait impressionné, imposé sa présence, mais cela n'était pas suffisant. Il fallait maintenant gagner la confiance. Cela devait se faire à petits pas. Ce fut d'abord l'admiration. Elle se lit dans le journal de Laveaux à la date du 23 mai 1794 :

À l'insurrection Toussaint a été l'un des chefs contre les Blancs et les mulâtres... Il a fait la guerre contre nous, il a usé toutes sortes de moyens pour séduire, tromper nos camps, et véritablement il a toujours réussi contre nous par la ruse, car jamais il n'a battu nos troupes ou emporté de nos camps d'assaut. Les Espagnols lui ont donné des honneurs, du bien ; finalement il a ouvert les yeux, il a vu que Jean-François, qui disait combattre pour la liberté, vendait lui-même les Nègres enfants, les Négresses et quelques grands Nègres qu'on disait mauvais sujets. Alors réfléchissant que la France donnait la liberté, il s'est retourné du côté des Français. En outre, Toussaint, sur l'offre que les Espagnols lui firent de lui donner douze millions pour faire égorger tous les hommes et femmes de couleur [mulâtres], et les autres habitants [colons] de la colonie, se méfia d'eux et résolut de les abandonner.

En effet, il s'empara des Gonaïves, où il y avait un camp d'Espagnols et de Français immigrés, il tua 150 hommes et le reste fut obligé de se sauver par la mer. Il fit arborer le drapeau tricolore[2].

Puis, dans sa note du 8 août 1794, ce fut l'estime qui lui vint sous la plume :

« Toussaint est venu me voir. J'ai eu une longue conversation avec lui. Il a la confiance générale de tous les Nègres. Depuis qu'il est au nombre des républicains, il s'est supérieurement montré, a conquis une portion du pays, et l'a rangée sous le pavillon national[3]. »

Enfin, dans la page rédigée le 26 août 1794, et dans laquelle il raconte le mauvais tour que Toussaint a joué aux Anglais, le début d'une vraie complicité :

J'ai reçu une lettre de Toussaint Louverture qui me fait part de toutes les démarches des Anglais, des promesses à lui faites par le commandant, pour livrer les Gonaïves, de la proclamation des Anglais dont j'envoie un exemplaire.

Toussaint, par sa lettre, me propose de consentir à tout, de s'emparer du commandant anglais et de sa suite, s'il est assez fou de venir lui-même prendre possession des Gonaïves. Je lui ai répondu : ruse contre ruse, vous êtes dans les bons principes vis-à-vis de ces traîtres.

Il y a eu plusieurs entrevues entre Toussaint et le commandant anglais, enfin, le jour étant pris, et le commandant anglais devant se rendre aux Gonaïves, par le conseil de Savary, mulâtre, habitant de Saint-Marc, il a envoyé des fondés de pouvoirs. Toussaint les a laissés entrer et les a faits prisonniers[4].

Toussaint continue à batailler auprès de Laveaux. Il s'attaque à Jean-François et remporte la victoire lui permettant de conquérir la majeure partie de la province du Nord. Laveaux exulte, sa méfiance est levée. Les mots lui manquent pour trouver comment qualifier cet officier noir qui fait montre de tant de qualités. Il explose en ces paroles définitives qui, avec l'estime, l'admiration et la complicité entre gens de guerre, apportent enfin cette confiance si attendue, si nécessaire. C'est le début d'une ère nouvelle qui commence par ce rapport du 25 mars 1795 au Comité de la marine et des colonies :

C'est un citoyen dont je ne puis trop parler, plein de vertu, de courage, de talents militaires, obéissant à ses supérieurs, soumis à la loi au-delà de toute expression, rempli d'humanité, vraiment conquérant infatigable dans ses travaux guerriers, sachant lire et écrire, pensant encore mieux, faisant lui-même ses affaires, ayant la confiance générale de tous les Noirs...

Il a avec lui d'excellents officiers, entre autres Moïse, Dessalines, Bonaventure, Jean-Pierre Dumesnil, Clerveaux, Maurepa ; Christophe, Vellery, Cazimir, Laurent, Vincent, André...

J'ai donné à Toussaint Louverture le brevet de colonel et commandant en chef de tout le cordon composé de cinq mille six cents hommes de troupe[5].

La confiance est donc accordée, et avec elle le commencement d'une amitié indéfectible qui tracera, la main du Blanc dans celle du Noir, le chemin vers la *liberté générale* effective, et œuvrera au vaste chantier de reconstruction de la société et de l'économie de Saint-Domingue.

Poussé par l'enthousiasme d'une telle rencontre humaine, et par la nouvelle puissance que l'apport de Toussaint conférait à ses armées, Laveaux eut tôt fait d'imaginer rallier à la cause de la République d'autres officiers noirs combattant sous le drapeau espagnol. Cet homme courtois, prudent et rigoureux perdit tout à coup ses réserves et fit appel chaleureusement, sans aucune précaution de forme, à Jean-François.

Il arrive souvent que des hommes parmi les plus sympathisants de la cause noire, précisément au nom de l'affection qu'ils leur portent, en oublient parfois les règles élémentaires de distance dues au respect de la personne et à sa fonction. Le tutoiement arrive rapidement et le protocole est très vite oublié. Les Noirs qui font l'objet de tels comportements en sont, souvent à juste titre, froissés et attribuent cela à une forme d'irrespect conséquente d'un préjugé racial parfois inconscient. Il ne suffit pas d'aimer les Noirs, il faut aussi les respecter. Ce qui signifie les traiter avec les mêmes égards qu'on le ferait pour un Blanc. S'adressant à Jean-François, Laveaux en oublia ces précautions de forme et s'attira cette réplique cinglante, pleine d'orgueil et de panache, et sans appel, du général noir des armées espagnoles :

Jean-François, général des troupes auxiliaires de Sa Majesté catholique, à Étienne Laveaux, gouverneur général pour la République française au Cap.

Fort-Dauphin le 28 novembre 1794

Général,

Votre lettre datée du 30 brumaire de l'an troisième de la République française, que je viens de recevoir, me fait connaître les nobles sentiments avec lesquels vous l'avez dictée.

Elle commence avec les mépris que tous, vous autres, aurez toujours pour les gens de ma race. J'ai l'honneur d'être nommé général parmi mes amis et mes ennemis, titre glorieux que je me suis acquis par mes exploits, ma bonne conduite, ma probité et mon courage, et vous me privez de cet honneur dans la première partie de votre lettre, en me nommant, avec un air dédaigneux et méprisant, Jean-François, tout comme vous pouviez faire dans ces temps malheureux où votre orgueil et votre cruauté nous confondaient avec les chevaux, les bêtes à cornes et les plus vils animaux, et précisément dans une occasion où vous avez besoin de moi !

Vous me proposez la perfidie la plus noire, que vous cherchez à embellir avec des promesses séduisantes, menteuses et remplies d'artifice et par lesquelles vous faites connaître l'indigne idée que vous avez de mon caractère et de mon procédé. Mon parti est pris, et je suis inébranlable une fois déterminé. Je vivrai, je mourrai, dans la belle cause que j'ai adoptée. Sans tâcher de faire l'apologie de MM. les Espagnols, je pourrai vous prouver que je n'ai que des louanges à faire d'eux, les ayant trouvés toujours fidèles et religieux observateurs dans toutes leurs promesses.

Quoique je pourrais bien répondre à tous les chapitres de votre lettre, je les omets, parce qu'ils sont presque tous détaillés dans un manifeste que j'ai fait circuler à mes compatriotes, dans lequel je leur fais connaître sans artifice le sort qui les attend, s'ils se laissent séduire par vos belles paroles d'égalité, de liberté, etc., etc. Jusqu'à ce que je voie que M. Laveaux et d'autres messieurs français de sa qualité accordent leurs filles en mariage aux Nègres, alors je pourrai croire à l'égalité prétendue.

Il ne me reste plus, monsieur le général, que de vous demander la grâce de m'envoyer cette lettre de M. le président (le gouverneur de Santo Domingo, président de l'Audiencia [la cour de justice]), que vous citez dans d'autres écrits qui sont entre mes mains, lettre dans laquelle il vous promet ma tête pour la rançon de tous les prisonniers espagnols ; de vous prier de faire la guerre en respectant le droit des gens et cette générosité observée anciennement par les nobles guerriers français, dont vous trouverez bien des exemples dans vos illustres ancêtres, et de vous instruire que jamais la trahison et la perfidie ne seront le partage du général Jean-François[6].

Soufflet sans doute bien mérité pour Étienne Laveaux qui avait manqué de discernement à plus d'un titre. Jean-François était un être fier et orgueilleux. Il n'avait pas la patience d'un Louverture, qui sans doute aurait relevé l'affront, mais aurait répondu avec plus de diplomatie. La patience de ce dernier était liée à un tempérament de stratège qui savait prendre de la distance avec l'événement pour mieux assurer le but à atteindre.

Du reste, il semblait clair que Jean-François ne cherchait d'autre but que sa propre liberté. Clair, aussi, qu'il serait irréductible. Son camp était celui des Espagnols, là où il était choyé et honoré.

Laveaux, bien informé, devait connaître ces hommes et leurs différences de caractère. Autant Jean-François était vif, emporté, bel homme et bien fait, bon vivant aimant bonne chère et beaux habits, soucieux de son apparence et courant moult jupons, autant Louverture était pondéré, modeste et sombre, et d'une sobriété exemplaire.

Le premier appelait au respect, le second le forçait. Deux hommes à ne confondre sous aucun prétexte. Mais ce qui, dans cette histoire en marche, faisait leur différence la plus radicale est que l'un était un rebelle et un révolté, et l'autre un révolutionnaire.

Ces deux généraux noirs se livreront désormais une guerre sans merci, Jean-François soutenu par Biassou, et Louverture par Laveaux.

Présenter ainsi la chose peut paraître singulier dans la mesure où, selon l'ordre des hiérarchies, il eût été plus juste de dire « Laveaux soutenu par Louverture ». Mais nous savons déjà, compte tenu de la personnalité de notre héros, qu'il est hasardeux de contenir son action, sa pensée, ses stratégies dans l'ordre des préséances. Nous avons vu comment il s'est mis au service de Biassou pour mieux le diriger, comment il s'est mis au service de l'Espagne et de sa couronne royale pour mieux l'utiliser, comment en subalterne il força l'admiration du marquis de Hermona pour mieux le retourner et rompre avec la soumission qu'il avait dans un premier temps acceptée. Il n'est pas douteux alors que le même procédé fût mis en œuvre en ce qui concerne sa soumission aux ordres de Laveaux. Il y a chez Louverture un mental de cocher, un savoir-diriger intégré par des années d'expérience des hommes tout autant que des bêtes. Cocher qui sait ce qu'il faut de recul derrière l'énergie de la bête pour contrôler sa force brute, ce qu'il faut de souplesse en même temps que de fermeté, ce qu'il faut de soumission et d'empathie au mouvement qu'elle impulse pour mieux la dominer. Selon la tradition vaudou, lorsqu'un esprit (un *loa*) prend possession d'une personne, il la « chevauche » dans la transe. En ce sens, on pourrait dire que Toussaint Louverture fut une sorte de *loa* incarné qui « chevauchait » à chaque moment la monture dont il avait besoin. Oui, il était bien à ce moment déjà auprès de Laveaux, cet « esprit du monde sur son cheval » qui étendait sur Saint-Domingue sa domination pour incarner et faire exister cette chose inouïe, universelle et inédite qu'on appellera *liberté générale*. Certains grands esprits ont vu dans cette faculté de s'immiscer dans le mouvement du monde et, pour ainsi dire, danser étroitement avec ceux qui dirigeaient le bal quelque chose de pervers, un esprit opportuniste qui sert pour mieux trahir. Trahir ? Quelle trahison ? Le cavalier est-il le traître de sa monture lorsqu'il exerce son art, faisant surgir en elle ce qu'elle sait faire de mieux ? Il la flatte, la caresse et la pique, l'apaise et la pousse, la ménage et l'excite pour la mener plus loin qu'elle ne saurait le faire toute seule. Soit ! Les hommes ne sont ni des bêtes ni des choses, et il y a quelque imposture à les traiter ainsi, à les utiliser. De plus, d'un point de vue strictement moral, d'une morale individuelle, il y a bien des questions à se poser. Toute morale suppose des choix. Mais quel choix avait-il ? Dans les circonstances où il se trouvait, dans cette culture de l'utilisation des hommes par d'autres hommes qui caractérisait la société de Saint-Domingue fondée sur l'esclavage ; dans ce moment de la réification générale de l'être humain où il n'y avait de choix qu'entre être l'esclave ou le maître, le dominant ou le dominé, la main ou l'outil ; en ces temps crépusculaires où la morale fondamentale basée sur l'action désintéressée ne pouvait être qu'une chimère, oui, quel choix moral lui était-il donné ?

S'il choisit la morale religieuse pour guide de ses actions, c'est que le décalogue posait au-dessus des hommes et de leur conscience un chemin bien tracé parsemé d'interdictions marquant la limite claire entre le bien et le mal : un chemin transcendant la réalité douloureuse et amorale de Saint-Domingue. Mais l'avait-il bien suivi ? Autant qu'il l'avait pu. Il n'avait pas eu d'autres dieux devant la face de Dieu. Il n'avait pas fait d'idoles et ne les avait pas servies. Il n'avait jamais prononcé en vain le nom de l'Éternel. Il s'était toujours souvenu du jour du repos pour le sanctifier. Il avait honoré son père et sa mère, il avait honoré ses chefs comme ses pères, et s'était fait père de tous. Il n'avait pas convoité la maison de son prochain ni les choses qui lui appartenaient. Mais il avait tué et de la pire manière. Mais il avait dû mentir à son prochain. Mais il avait volé, au nom de la libération. Oui, il avait même violé à maintes reprises ces trois derniers commandements. Mais cela avait été dans l'exercice du chemin qu'il s'était tracé, le chemin du pouvoir qui croise et dévoie de force : celui de la transcendance. Reste un commandement, celui qui dit : « Tu ne commettras pas l'adultère. » Nous resterons pour l'instant muet sur ce point, et retiendrons pour l'heure qu'il fut un bon époux amoureux de sa femme, et que cet amour-là avait construit tout le reste. Mais l'homme a ses jardins secrets qu'il cultive au cœur silencieux de son existence et peuvent n'apparaître au grand jour qu'au moment de sa mort, un peu comme les entrailles parlent au légiste sous les coups d'un scalpel curieux et indiscret.

Oui, le décalogue avait été son chemin, mais il y avait pris des raccourcis, des sentiers de traverse qui sinuaient au-delà du bien et du mal, là où sa volonté de puissance imposait son empire.

Il y a du Zarathoustra en cet homme-là. Aussi faut-il, pour comprendre son action, porter son regard où il se tient, au-dessus de l'horizon, au-delà d'une conception étroite de l'éthique, en distinguant la morale pure de la morale de l'action.

Il n'est cependant pas faux de dire que cet homme-là fut bon. Les portraits contrastés que dressèrent de lui maints commentateurs, faisant apparaître tantôt sa face d'ombre, tantôt sa surface lumineuse, trahissent plutôt la posture dans laquelle ils se tinrent pour regarder cet homme. « Nul, disait encore Hegel, n'est un grand homme pour son valet de chambre. » Alors, pour l'apprécier à sa juste mesure, ne soyons pas valets de chambre, prenons cette hauteur où lui-même se tenait pour faire enfin advenir, dans ce cauchemar de l'esclavage, le rêve qui le hantait et qui avait pour nom Liberté.

Il usa donc d'une amitié réelle avec Laveaux pour l'amener peu à peu à ses vues. On peut dire qu'il utilisa ce général comme celui-ci s'en servit aux fins de la nation française qui voulait étendre à Saint-Domingue les lois de la République. Une volonté qui ne reposait pas seulement sur des principes d'universalité et des bons sentiments, mais aussi sur le désir d'étendre l'influence de la France dans le champ de l'économie comme dans celui du politique.

Si Toussaint fut le fer de lance de la République dans cette colonie, Laveaux fut pour celui-ci l'outil de l'établissement de la fameuse *liberté générale* et de l'émancipation des Noirs telles qu'il les rêvait. Mais l'un pensait nation française tandis que l'autre pensait Saint-Domingue, pays des esclaves libérés. Deux vues convergentes pour un moment, mais qui, peu à peu, vont diverger au fur et à mesure de la réalisation de leurs desseins respectifs.

Pour l'heure, ils devaient régler ensemble le problème des invasions anglaises et espagnoles, la révolte des colons, la question embarrassante des mulâtres, mais aussi, et ce n'était pas la moindre affaire, celle des hordes de rebelles noirs insoumis à tout pouvoir et qui compliquaient singulièrement la tâche des pacificateurs.

La plume et l'épée

Dans cette guerre qui faisait rage sur plusieurs fronts, les mulâtres constituaient une clef de voûte stratégique. Il fallait les convaincre de faire corps pour leur intérêt avec le parti de la République. Dans cette tâche difficile, le Noir Toussaint Louverture n'était pas des mieux placés. S'il avait des amis parmi les mulâtres, si certains s'étaient ralliés spontanément à son armée, une grande partie, à commencer par les leaders, lui était franchement hostile. Ils voyaient en lui, à juste titre, le fossoyeur de tous leurs privilèges de classe. Par contre, pour rallier les Noirs rebelles à leur cause, il était clair qu'il serait le mieux écouté.

Ainsi, du point de vue diplomatique, le partage des tâches était simple : Toussaint devait s'adresser en priorité aux Noirs, Laveaux aux Blancs et aux mulâtres en ménageant les Noirs. Donnant à ces derniers suffisamment de garanties de non-agression, il limitait la tentation des premiers de s'en servir comme chair à canon. Usant habilement de la raison et de la peur, de l'autorité de la nation française qui garantissait ses promesses autant que de la crainte qu'inspirait auprès de ses ennemis la figure de Toussaint Louverture, ce général, maniant le verbe avec talent, pénétrait toute la complexité d'une situation où les protagonistes — Français, Anglais et Espagnols — imposaient leur empire sur la division des couleurs.

N'en prenons pour preuve que cette sommation du 12 septembre 1794 par laquelle Laveaux fait montre d'un sens aiguisé de la diplomatie, s'adressant en ces termes aux Blancs, aux mulâtres et aux Noirs de Saint-Marc :

26 fructidor, an II de la République française

Ordonnons à Toussaint Louverture de porter aux habitants de Saint-Marc la sommation ci-jointe, et d'en être le plus scrupuleux observateur.

Aux habitants de Saint-Marc

Vous avez plongé une partie de la colonie dans l'erreur la plus grande, vous avez été les auteurs de la majorité des maux qui ont résulté de votre erreur... Elle vous a portés jusqu'à appeler à votre secours les puissances ennemies de votre patrie, et cependant dans votre acte de coalition que j'ai lu, vous dites que « vous voulez rester français, vous y jurez fidélité aux décrets et à la volonté nationale, quand elle vous serait connue », dans le même moment, vous vous êtes livrés aux ennemis de la France et aux vôtres mêmes.

Vous, citoyens du 4 avril, pour qui la France a travaillé afin de vous faire jouir des droits politiques, quels motifs pouviez-vous avoir pour montrer autant d'ingratitude et tourner vos armes contre vos bienfaiteurs ? Dans votre aveuglement, vous m'objecterez peut-être la proclamation de la liberté générale : ouvrez donc les yeux et voyez en tout l'avantage. Ne sont-ce pas vos propres parents à qui la France donne la liberté ? ne sont-ce pas les enfants de vos mères ? ces mêmes hommes qui vous ont défendus et qui ont porté les armes pour vous, lorsque les riches planteurs vous disputaient vos droits politiques ?

Si vous avez eu le courage de vous battre pour ces droits qui seuls distinguent l'homme d'avec les animaux, ayez donc la générosité d'admirer le décret bienfaisant qui délivre vos frères des fers qui les tenaient dans l'esclavage.

Mais, me direz-vous peut-être, nous ne ferons plus de revenus, il n'y aura plus de travail. Quel est encore votre aveuglement ! Est-il besoin d'être esclave pour travailler ? L'homme libre qui n'a rien connaît le besoin du travail, le fait avec plus de patience et de satisfaction lorsqu'il est sûr de retirer le fruit de ses travaux...

Vous, citoyens blancs, venus de France, étiez-vous nés pour recevoir un joug aussi dur que celui que vous imposent les Anglais à qui vous vous êtes livrés ? Vous aviez cru trouver des protecteurs et vous n'avez trouvé que des maîtres, qui se sont emparés de presque tous vos revenus...

Et vous, citoyens nègres, serez-vous encore longtemps les instruments passifs de la cupidité de vos anciens maîtres ? Serez-vous assez aveugles pour vous livrer aux Anglais qui, ayant trompé les Blancs, vous tromperont de même ? Voyez leur supercherie, lorsqu'ils vous excitent à rapporter vos fusils et vos sabres pour une somme d'argent ; ils veulent vous désarmer pour vous égorger.

Il en est encore temps, citoyens de toutes les couleurs ; réveillez-vous, armez-vous tous, et chassez de vos murs les ennemis de la République.

Je vous accorde, du moment que vous recevrez ma sommation, vingt-quatre heures de réflexion pour arborer le pavillon national, chasser l'ennemi et rendre la ville à Toussaint Louverture, à qui je donne l'ordre d'en prendre possession au nom de la République française.

Si vous acceptez ma sommation, je jure au nom de la République, et j'ordonne qu'il ne soit fait aucun pillage ni mal à personne, que tout ce qui est contraire aux lois soit anéanti.

Les vingt-quatre heures expirées, si les conditions ne sont pas acceptées, j'ordonne à Toussaint Louverture, comman-

1 Toussaint Louverture.
Gravure, XIXe siècle.

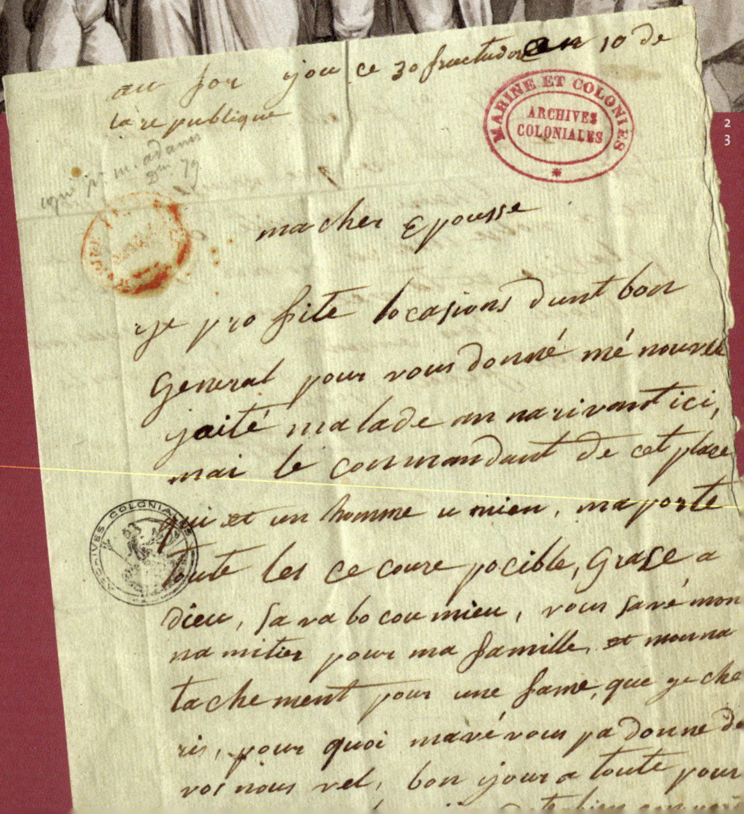

au jor jou ce 30 fructudor an 10 de la republique

MARINE ET COLONIES
ARCHIVES COLONIALES

ma cher Epouse

je profite locasions dunt bon General pour vous donné mé nouvelle jaité malade en narivant ici, mai le commandant de cet place qui et un homme u mien, ma porte toute les ce coure pocible, Grace a dieu, sa va bo cou mieu, vous savé mon na mitier pour ma famille et mon na tachement pour une fame que je cheris, pour quoi mavé vous pa donne de voi nous vel, bon jour a toute pour

ARCHIVES COLONIALES

2 Monneret, *Toussaint reçoit une lettre du Premier Consul, 1802*, lavis. Malmaison, châteaux de Malmaison et Bois-Préau.

3 Lettre de Toussaint Louverture à son épouse. Fort de Joux, 17 septembre 1802. Aix-en-Provence, CAOM.

4 Le fort de Joux, gravure, vers 1860.

5 Villain, *Mort de Toussaint Louverture au fort de Joux*, lithographie. Paris, BnF.

« Je suis Toussaint Louverture, mon nom s'est peut-être fait connaître jusqu'à vous. J'ai entrepris la vengeance. Je veux que la liberté et l'égalité règnent à Saint-Domingue. Je travaille à les faire exister. Unissez-vous à nous, frères, et combattez avec nous pour la même cause. »

Camp Turel, le 29 août 1793.

4

5

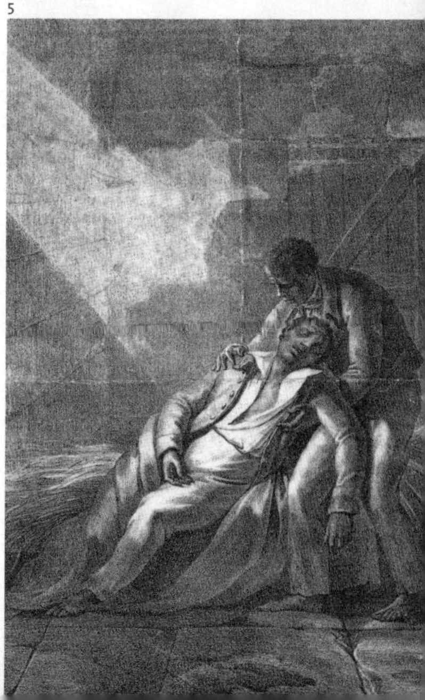

6

7

8

9

10

« L'homme aux multiples visages »

6 Gravure par Bonneville.

7 Gravure anonyme.

8 Lithographie.

9 et 10 Lithographies de Delpech d'après Maurin.

11 Volozan, *Portrait équestre de Toussaint Louverture sur son cheval Bel Argent*, dessin. Coll. part.

11

« Un citoyen plein de vertu, de courage, de talents militaires, obéissant à ses supérieurs, soumis à la loi au-delà de toute expression, rempli d'humanité, conquérant infatigable dans ses travaux guerriers, sachant lire et écrire, pensant encore mieux... »

Rapport de Laveaux au Comité de la marine et des colonies, le 25 mars 1795.

12

« *Le plus renommé de ces chefs, le nègre Toussaint Louverture, semble destiné à être le Washington des colonies. C'est le chef le plus fort et le plus acrédité de tous les Noirs.* »

L'abbé de Pradt, *Les Trois Âges des colonies*.

13

14

12 *Isle de Saint-Domingue. Partie française de Hayti*, 1789-1804.

13 D'après Raffet, *Les Noirs de Saint-Domingue se révoltent et attaquent les Français affaiblis par la fièvre jaune, 30 juin 1803*, gravure , vers 1850.

14 Barlow, *Limiers attaquant une famille noire dans les bois*, gravure pour *An Historical Account of the Black Empire of Haiti* de Marcus Rainsford, 1805.

15

15 Gravure par John Kay of Edinburgh.

dant de la partie de l'Ouest, d'employer tous les moyens de rigueur pour se rendre maître de la place, et de donner le sac à la ville avec ordre cependant d'épargner les Nègres ci-devant esclaves.

Le courage et l'honneur me commandent de vaincre les ennemis, mais l'humanité et le cœur d'un vrai républicain oublient tout lorsque les hommes égarés rentrent dans leur devoir.

Salut.

LAVEAUX[1]

Cependant, les habitants de Saint-Marc ne cédèrent ni aux promesses ni aux intimidations, et Toussaint Louverture dut lancer son assaut. Mais ce fut cette fois-ci un échec. Toussaint s'était blessé à la main en montant un canon sur son affût. Il dut se retirer à plusieurs lieues du champ de bataille, laissant le commandement de l'opération à ses subordonnés. Cette absence conjuguée à une pénurie de munitions constitua vite un handicap pour les attaquants. Cela n'en découragea pas pour autant notre héros qui, sitôt rétabli, s'attaqua cette fois aux Espagnols et conquit de haute lutte Saint-Michel et Saint-Raphaël. Admiratif, Laveaux lui fit envoyer un plumet de grenadier qui ornerait désormais son tricorne.

L'association de ces deux généraux faisant merveille, la République regagnait peu à peu du terrain.

Mais aussi étrange que cela puisse paraître, Toussaint Louverture et Laveaux ne se connaissaient encore que par leurs actes et plusieurs échanges épistolaires. Leur véritable rencontre n'eut lieu qu'au mois de novembre 1794. Laveaux, dans sa correspondance, en fait le récit :

Je voulais visiter les postes de ce brave homme. Arrivé à la Marmelade, tous les habitants et surtout les Blancs ne se lassaient pas d'honorer les vertus de Toussaint qui rendait des services à tous sans distinction d'opinion ni de couleur, et qui faisait observer, par le droit de propriété, le respect sans lequel il n'existe ni ordre ni société. Je lui donnai rendez-vous au Dondon et j'eus l'occasion de louer son intelligence pour la disposition des postes, la discipline des troupes et le choix de ses officiers supérieurs qu'il me présenta, tels que Moïse, Dessalines, Christophe, Derouleau, Clerveaux, Dumenil, Maurepas, Bonaventure.

Beaucoup de Blancs étaient revenus de leurs habitations... Beaucoup de femmes blanches, dont les propriétés étaient envahies par les Anglais, nous exprimèrent combien elles avaient reçu de cet homme étonnant d'attention et de secours... La paroisse de la Petite-Rivière nous offrit le coup d'œil satisfaisant de plus de quinze mille cultivateurs rentrés tout pleins de reconnaissance envers la République : Blancs, Noirs, mulâtres, militaires, cultivateurs, propriétaires, tous bénissant le chef vertueux dont les soins maintenaient parmi eux l'ordre et la paix[2].

Dès lors, Toussaint prit un véritable ascendant sur Laveaux qui lui déléguait chaque jour plus de pouvoir, de telle sorte qu'on peut avancer qu'il était déjà devenu dans les faits, en 1795, le vice-gouverneur de l'île. Son comportement s'en ressentit clairement, son discours aussi qui, au nom du peuple français, prenait la dimension et l'autorité de Laveaux. En témoignent ces deux proclamations. La première aux habitants de l'Artibonite :

Au nom du peuple français, Toussaint Louverture, commandant général du cordon de l'Ouest et de l'armée de la République française, aux Français dans l'erreur campés sur l'habitation Motet.

Français, le tocsin sonne, réveillez-vous, revenez de vos erreurs trop fatales où vous avez été plongés ; l'occasion vous en est offerte pour la dernière fois. Les fers du despote d'Angleterre ne sont pas faits pour vous : reprenez votre dignité de citoyens français, reprenez votre caractère national. La trompette héroïque a dû vous instruire des hauts faits de votre patrie qui s'est couverte de gloire aux yeux de l'univers. Je suis envoyé par Laveaux, gouverneur général de cette colonie, pour vous porter des paroles de paix. Si, guéris par le temps et l'expérience, vous rentriez sous les lois humaines de la République, dites un mot et rien ne sera oublié pour vous préserver du sort déplorable qui vous attend si vous persistez dans votre horrible rébellion.

Je vous exhorte à ce retour à la patrie, au nom du gouverneur général. Comme tous les républicains, je suis animé du désir ardent de ne trouver que des frères et des amis partout où je ferai marcher les troupes confiées à mon commandement. L'humanité est un des devoirs sacrés qui nous fera dépasser tous les autres peuples. Il entre aussi dans nos principes de retirer nos frères de leur égarement et de leur tendre une main secourable.

Que vos propriétés ne vous fassent pas hésiter à redevenir français, elles seront à l'abri de tout attentat, et je jure que la loi sera exécutée envers celui qui cherchera à y porter la moindre atteinte.

D'après cet épanchement de mon cœur pour vous, je vous somme, au nom de la République, de vous rallier à moi dans l'espace d'une heure. Ce délai expiré, je déploierai contre vous la force et je vous vaincrai ; mais je vous déclare que, m'obligeant à cette mesure violente, tous les prisonniers seront passés par le fil sans distinction.

TOUSSAINT LOUVERTURE[3]

La seconde proclamation, faite aux habitants des Verrettes, et qui déclinait déjà sa volonté de reconstruction de Saint-Domingue sur la base du travail et de l'agriculture, mais aussi son désir de légiférer en ce sens :

Toussaint Louverture à tous ses frères et sœurs actuellement aux Verrettes.
12 mars 1795

Frères et sœurs

Le moment est arrivé où le voile épais qui obscurcissait la lumière doit tomber. On ne doit plus oublier les décrets de la Convention nationale. Ses principes, son amour pour la liberté sont invariables, et désormais il ne peut pas exister d'espoir de l'écroulement de cet édifice sacré.

J'ai appris avec une joie infinie le retour des citoyens du haut des Verrettes dans le sein de la République ; ils trouveront le bonheur qu'ils fuyaient à l'instigation des soldats de la tyrannie et de la royauté.

Leur donner des secours, les consoler des fautes passées et leur faire abjurer les erreurs dans lesquelles ils ont été insidieusement nourris est pour les républicains un devoir absolu et la maxime sacrée des Français.

C'est pourquoi non seulement en vertu des pouvoirs à moi confiés par le général en chef Laveaux, mais encore animé des sentiments d'humanité et de fraternité dont je suis pénétré, je dois rappeler aux citoyens du haut des Verrettes leurs égarements ; mais autant ils ont été préjudiciables aux intérêts de la République, autant je sens que leur retour, s'il est sincère, peut être avantageux à l'accroissement de nos succès.

Les Français sont des frères ; les Anglais, les Espagnols et les royalistes sont des bêtes féroces qui ne les caressent que pour sucer à loisir, jusqu'à satiété, leur sang, celui de leurs femmes et de leurs enfants.

Citoyens, je ne cherche pas ici à faire l'étalage de vos torts, je ne les ai de tout temps considérés que comme des erreurs.

Vous êtes rentrés dans le sein de la République : eh bien ! tout le passé est dès lors oublié ; votre devoir est maintenant de concourir par tous les moyens physiques et moraux à faire vivifier votre paroisse et à y faire germer les principes de la sainte liberté. S'il en est autrement, n'espérez plus de marques de notre fraternité. Réfléchissez bien là-dessus.

C'est en ces circonstances que j'ai ordonné et ordonne ce qui suit :

Article premier. Tous les citoyens qui se sont rangés et se rangeront sous l'étendard de la nation française, soit dans la paroisse des Verrettes, soit dans tous les camps de la République au cordon de l'Ouest, sont et seront mis sous la sauvegarde et la protection de la loi. Défendons de leur médire et méfaire.

Article 2. La conservation des propriétés des citoyens est assurée par la Constitution ; en conséquence il est ordonné à tous les commandants des paroisses, camps et postes du cordon d'avoir à les faire respecter et conserver, et ce, sous leur responsabilité personnelle.

[...]

L'article 3 manque.

Article 4. Le commandant des Verrettes, vingt-quatre heures après la publication de la présente proclamation, fera organiser en compagnie de gardes nationales les citoyens qui se sont récemment ralliés à la République, pour faire leur service et pour la nomination dans les formes des capitaines et officiers. Il me fera passer sous le plus bref délai les noms des capitaines et officiers.

Article 5. Tous les cultivateurs, vingt-quatre heures après la publication de la presente proclamation, rentreront pour se livrer à tous les travaux de la culture dans les habitations dont ils dépendent, excepté celles contiguës au territoire ennemi. Les cultivateurs de ces habitations voisines de l'ennemi, s'ils ne sont pas devenus des guerriers, se verseront dans les autres habitations pour donner la main à l'ouvrage.

Article 6. Le travail est nécessaire, c'est une vertu ; c'est le bien général de l'État. Tout homme oisif et errant sera arrêté pour être puni par la loi. Mais le service aussi est conditionnel et ce n'est que par une récompense, un salaire justement payé qu'on peut l'encourager et le porter au suprême degré[4]...

Toussaint expérimentait jour après jour le pouvoir de l'écriture dont il usait volontiers. Sa plume devenait alerte, sûre et efficace. Une arme puissante qui pouvait, sur le champ de bataille, pallier les insuffisances d'une charge de cavalerie ou les bombardements d'un front ennemi. Il savait également user avec habileté de sa couleur dans cette guerre étrange où les tons de la peau prenaient le pas sur les drapeaux et la teinture des uniformes.

Si Rigaud, le général mulâtre, bataillait vaillamment dans le Sud et ne remportait pas moins de succès, mais avec des méthodes moins orthodoxes, il demeurait un problème à régler pour Laveaux et Louverture. Cependant, le Noir, le Blanc et le mulâtre formaient une équipe soudée contre les envahisseurs autant que contre les ennemis intérieurs qu'étaient les colons blancs et les hordes de rebelles, dont celle de Dieudonné comportant cinq mille soldats et qui représentait à la fois un ennemi redoutable et un cas d'espèce. Celui-ci menaçait de se rallier aux Anglais et, sans foi, ni loi, ni parti, avait commencé en secret les négociations avec eux. Rigaud et son collègue Beauvais tentèrent de le rallier à la cause républicaine, mais celui-ci leur répondit vertement qu'il n'obéirait jamais à aucun mulâtre et que, d'ailleurs, il ne désirait pas l'égalité entre les Noirs et les sang-mêlé. Ceux-ci s'en remirent donc à Toussaint, le mieux placé en tant que Noir pour ramener Dieudonné à la raison.

Toussaint prit alors la plume et celle-ci fut d'un effet foudroyant :

Verrettes, le 23 pluviôse, l'an IV de la République française
(12 février 1796)

Mon cher frère et ami,

Je vous envoie trois de mes officiers, pour vous porter un paquet que le général et gouverneur de Saint-Domingue me charge de vous faire parvenir. Malgré que je n'aie pas le plaisir de vous connaître, je sais que, comme moi, vous portez les armes pour la défense de vos droits, pour la liberté générale ; que nos amis les commissaires Polverel et Sonthonax avaient la plus grande confiance en vous, parce que vous étiez un vrai républicain. Aussi, je ne puis croire aux bruits injurieux que l'on fait courir sur vous : que vous avez abandonné votre patrie, pour vous coaliser avec les Anglais, ennemis jurés de notre liberté et de l'égalité.

Serait-ce possible, mon cher ami, qu'au moment où la France triomphe de tous les royalistes et nous reconnaît pour ses enfants, par son décret bienfaisant du 9 thermidor, qu'elle nous accorde tous nos droits, pour lesquels nous nous battons, que vous vous laisseriez tromper par nos anciens tyrans, qui ne se servent d'une partie de nos malheureux frères que pour charger les autres de chaînes ? Les Espagnols, pendant un temps, m'avaient de même fasciné les yeux, mais je n'ai pas tardé à reconnaitre leur sceleratesse ; je les ai abandonnés et les ai bien battus ; j'ai retourné à ma patrie qui m'a reçu à bras ouverts et a bien voulu récompenser mes services. Je vous engage, mon cher frère, de suivre mon exemple. Si quelques raisons particulières vous empêchaient d'avoir de la confiance dans les généraux de brigade Rigaud et Beauvais, le gouverneur Laveaux, qui est notre bon père à tous, et en qui notre mère patrie a mis sa confiance, doit aussi mériter la vôtre. Je pense que vous ne me la refuserez pas aussi à moi, qui suis un Noir comme vous, et qui vous assure que je ne désire autre chose dans le monde que de vous voir heureux, vous et tous nos frères. Pour moi, je crois que nous ne pouvons l'être qu'en servant la République française ; c'est sous ses drapeaux que nous sommes vraiment libres et égaux. Je vois comme cela, mon cher ami, et je ne crois pas me tromper. S'il m'avait été possible de vous aller voir, j'aurais eu le plaisir de vous embrasser, et je me flatte que vous ne m'auriez pas refusé votre amitié. Vous pouvez vous en rapporter à ce que vous diront mes trois officiers ; ce sera la vérité. Si, quand ils reviendront, vous voulez m'envoyer deux ou trois des vôtres, nous causerons ensemble, et je suis sûr que je leur donnerai de si bonnes raisons, qu'ils vous ouvriront les yeux. S'il est possible que les Anglais aient réussi à vous tromper, croyez-moi, mon cher frère, abandonnez-les, réunissez-vous aux bons républicains, et tous ensemble chassons ces royalistes de notre pays : ce sont des scélérats qui veulent nous charger encore de ces fers honteux que nous avons eu tant de mal à briser.

Malgré tout ce qu'on m'a dit de vous, je ne doute point que vous soyez un bon républicain : ainsi vous devez être uni avec les généraux Rigaud et Beauvais qui sont de bons républicains, puisque notre patrie les a récompensés de leurs services. Quand même vous auriez quelques petites tracasseries ensemble, vous ne devez pas vous battre contre eux, parce que la République, qui est notre mère à tous, ne veut pas que nous nous battions contre nos frères. D'ailleurs, c'est toujours le pauvre peuple qui en souffre le plus. Quand nous, chefs, nous avons des disputes entre nous, nous ne devons pas faire battre les soldats qui nous sont confiés les uns contre les autres, mais nous devons nous adresser à nos supérieurs qui sont faits pour nous rendre justice et pour nous mettre d'accord. Rappelez-vous, mon cher ami, que la République française est une et indivisible, que c'est ce qui fait sa force et qu'elle a vaincu tous nos ennemis.

Croyez-moi, mon cher ami, oubliez toute animosité particulière ; réconciliez-vous avec nos frères Rigaud et Beauvais ; ce sont de braves défenseurs de la liberté générale, qui aiment trop leur patrie pour ne pas désirer de tout leur cœur d'être vos amis, ainsi que tout le peuple que vous commandez.

Malgré que je n'aie pas l'avantage de connaître le commandant Pompée, je vous prie de lui présenter mes civilités.

Je vous embrasse et vous salue en la patrie, vous et nos bons frères.

TOUSSAINT LOUVERTURE[5]

Si Toussaint Louverture avait envoyé une bombe en plein milieu du camp de Dieudonné, cela n'eût pas eu un effet plus dévastateur. La lettre fut lue par un de ses trois représentants. Elle feignait de s'adresser au chef des rebelles, mais en réalité, c'est à l'attention de ses lieutenants et de son camp tout entier qu'elle était écrite. Toussaint n'attendait rien de Dieudonné, qui était un de ces hommes déterminés tirant tout son pouvoir de la fureur de son intransigeance et de sa faculté à enfermer ses suiveurs dans une logique d'action dont seul il détenait la clef. Un tel homme, fondant l'action sur la passion, n'est pas en mesure d'écouter la voix d'une raison par nature son ennemie. Une raison explosive lorsqu'elle touche ceux qui le suivent, offrant un aliment au doute qu'ils étouffent prudemment tant qu'une force alliée ne leur a pas donné les armes pour surmonter la crainte d'une position critique. Cette lettre faisait éclater au grand jour toute l'absurdité de l'attitude du chef et l'irrationnel d'une action sanguinaire qui, pour des raisons personnelles, risquait la vie de ses soldats. Il ne voulait pas collaborer avec des mulâtres ? Soit ! Alors Toussaint se donnait en exemple, et quel exemple ! Un Noir, leur frère, le plus illustre, collaborait avec Rigaud et Beauvais pour le bien supérieur de tous, surmontant les « petites tracasseries » personnelles dans le but suprême de la *liberté générale*.

La lettre « déshabilla » d'un coup Dieudonné de toute sa légitimité. Ses lieutenants sautèrent sur lui et le firent prisonniers. L'un d'eux, un dénommé Laplume, prit la tête de trois mille hommes et s'offrit à Toussaint. Il fut, à la demande de ce dernier, nommé colonel, tandis que Dieudonné allait croupir en prison, où il mourut un an plus tard. Toussaint ne fut pas peu fier de ce coup de maître qu'il s'empressa de communiquer à son supérieur :

Toussaint Louverture à Étienne Laveaux

Gonaïves (24 février 1796)

Je m'empresse de vous faire part de l'arrivée du docteur et de Maurepas, que j'avais envoyés en députation auprès de Dieudonné. Ils ont été jusqu'au camp Néret, où ils ont lu vos dépêches et les miennes au peuple et à la troupe assemblés. Elles ont produit le meilleur effet ; tous nos pauvres frères, ouvrant les yeux aux vérités qu'ils entendaient, se sont répandus en invectives contre Dieudonné et quelques scélérats comme lui ! Un de leurs principaux chefs, nommé Laplume, qui a la plus grande influence, a profité de cet instant de ferveur : sur-le-champ, il a arrêté Dieudonné et deux de ses conseils qui sont actuellement prisonniers. C'est ce qui pouvait arriver de plus heureux au peuple de ces cantons que ce brave Laplume se soit décidé à arrêter Dieudonné, qui, par l'influence qu'il avait sur le peuple, l'aurait conduit d'abîme en abîme. J'avais fait la leçon à mes officiers auparavant de partir que s'ils s'aperçoivent que Dieudonné était tout à fait gagné par les Anglais de prendre à part les autres chefs, de leur démontrer de vive voix qu'on les trompait et que Dieudonné, qui déjà était vendu aux Anglais, voulait aussi les y vendre. C'est ce qu'ils ont exécuté le mieux du monde[6].

Tous ces coups, ces ruses de guerre ourdies ensemble, ou que Toussaint rapportait non sans joie et sans humour à Laveaux, soudaient une amitié durable entre les deux complices, alimentée par une abondante correspondance. Ils en venaient même à se tutoyer.

Le problème des rebelles noirs grandement réglé par l'arrestation de Dieudonné, restait celui des mulâtres, encore alliés mais dont on percevait clairement l'hostilité. Contrairement à l'Angleterre, qui n'avait pas quitté la partie à l'occasion du traité de Bâle, l'Espagne signa la paix avec la France, laquelle avait félicité Laveaux qu'elle avait confirmé dans ses fonctions, tout comme Toussaint Louverture nommé général de brigade en même temps que les mulâtres Rigaud et Villatte. Cette égalité de statut ne convenait guère aux mulâtres, d'autant, qu'avec raison, ils percevaient clairement le parti pris de Laveaux pour la cause noire, souligné par sa complicité avec Toussaint, qu'il ne prenait même plus la peine de cacher.

Ainsi le trio mulâtre constitué de Rigaud, Villatte et Pinchinat décida-t-il que le temps était venu pour renverser ce couple et prendre le pouvoir. Pinchinat ourdit un plan bancal selon lequel Villatte, après avoir neutralisé Laveaux, se fera nommer gouverneur à sa place, tandis que Rigaud, restant bien prudemment et de manière très hypocrite à l'écart, mènera l'affaire en sous-main.

Villatte profita d'un mécontentement de la population du Cap, qui se vit retirer par Laveaux assisté de l'ordonnateur Perroud le droit d'occuper gratuitement des maisons, qu'elle avait pour ainsi dire « squattées » après l'incendie de la ville. Alors que la foule manifestait dans la rue aux cris de « Laveaux, tyran ! », Villatte le fit arrêter le 26 mars 1796, se fit nommer gouverneur par la municipalité et placarda sur les murs de la ville la proclamation suivante :

> Au nom du peuple, le gouverneur et l'ordonnateur viennent d'être emprisonnés ; ils ont perdu la confiance publique. Le général Villatte est nommé gouverneur de Saint-Domingue. Le général Villatte qui, par son grade remplace de droit le gouverneur par absence ou autrement, sera de suite requis de faire tout ce qu'il jugera convenable pour le bien public[7].

Gouverneur, Villatte le resta une journée. Si ce n'était la vigilance et la diligence de Toussaint*, le putsch des mulâtres aurait réussi. Il intervint sur-le-champ, envoyant les colonels Dessalines et Belair marcher sur le Cap et menaçant dans une lettre virulente la municipalité de sérieuses représailles en lui disant qu'il allait lui aussi se mettre en marche de façon imminente, tandis que les Noirs, levés par ses alliés, défilaient dans la rue

* Alerté immédiatement par le chef de brigade Pierre Michel, lui-même averti par le colonel Pierre Léveillé fait prisonnier par Villatte du fait de son refus de participer au complot.

aux cris de « Force à la loi, force à la loi ». Villatte, qui avait présumé de sa popularité et du courage de la municipalité, voyant le socle de légitimité sur lequel il s'était imprudemment reposé quelque peu fragilisé et, trop peu sûr des seules forces de sa garnison, prit la fuite et se replia à l'habitation Lamartinière.

Le véritable fiasco de cette tentative de prise du pouvoir par la caste des mulâtres marquera une date importante dans l'histoire de Saint-Domingue. Un tournant qui consacrera l'autorité de Toussaint et la défaite définitive des mulâtres. Défaite que soulignera le retour imminent de Sonthonax, dont le premier geste fut de faire mettre Villatte aux arrêts.

Laveaux, redoublant d'admiration et de reconnaissance pour Toussaint, lui raconta en détail dans un récit épique qui ne manque pas de sel les événements de ce jour mémorable :

À dix heures du matin, le 20 mars, j'étais seul dans ma chambre à coucher, assis près d'une table, causant avec l'ingénieur en chef. Six ou huit personnes entrent par la porte de mon cabinet, une centaine par le salon, tous citoyens de couleur, pas un citoyen noir, pas un blanc. Je crus que c'était une querelle qu'ils voulaient me donner à juger : tranquillement je me lève, ils font un cercle autour de moi, je leur demande : « Que voulez-vous, citoyens ? » Aussitôt celui qui devait donner le signal me lance un coup de poing sur la tête, je l'évite, je saute sur lui, je le terrasse. Je dis aux autres : « Vous êtes des assassins. Je suis sans armes » ; en même temps une douzaine sautent sur moi en disant : « Au nom du peuple, on va te traîner au cachot. » Je leur dis : « Où est la municipalité ? — Nous n'en avons pas besoin ; marche, coquin, me répond-on !

— Non, leur dis-je, vous n'êtes pas le peuple ; il n'y a ici ni citoyens noirs ni citoyens blancs, vous êtes des assassins ! » Aussitôt on m'assomme de coups, je me débats, je me défais un instant d'eux, j'appelle. L'ingénieur est saisi ; Rogez, mon aide de camp, accourt ; on le frappe avec des bâtons, il ne peut se réunir à moi.

On m'accable de coups de bâton et de coups de poing. J'étais en pantoufles, je les perds en me débattant. Enfin, pieds nus, tête nue, je suis traîné de chez moi, par les cheveux et par les bras, dans les prisons de la ville. Perroud y était déjà. En vain j'ai demandé le médecin Albert ; j'ai resté le 30 ventôse et le 1er germinal jusqu'à huit heures et demie sans voir personne, sans aucun secours.

À huit heure et demie du soir, la municipalité est venue me trouver et me dire qu'elle était au désespoir de mon arrestation, aussi injuste qu'abominable, et qu'elle espérait me faire sortir sous peu. Mais le brave colonel Léveillé avec son régiment, le brave Barthélemy, Thonens, Mouvion, Flaville, Gagnet, le brave Pierrot, chacun à la tête de leurs troupes, se sont réunis au général Pierre Michel qui s'est formellement refusé d'obéir aux ordres de Villatte.

Grâce à leur activité, grâce aux lettres menaçantes que tu leur as écrites, les méchants ont tremblé et à cinq heures du matin, je suis sorti. La municipalité, en écharpe, avec une suite nombreuse de citoyens, est venue me sortir. Je suis entré avec Perroud dans la salle municipale aux grands applaudissements du peuple, surtout de mes enfants adoptifs, les Noirs.

J'ai dit, par amour pour le bien, que je ne poursuivrai pas les coupables ; mais un pareil crime ne peut s'oublier. Le même jour, à quatre heures du soir, Perroud et moi avons été, en haut du Cap, remercier nos libérateurs, qui étaient bien décidés à exécuter tes ordres. Le soir je suis rentré, escorté par Léveillé, par Pierre Michel et par Flaville.

Le lendemain 3, j'ai été malade tout le jour.

Cette nuit, à minuit, nous avons appris que Villatte était passé à la Petite-Anse d'en haut du Cap avec une vingtaine de nos assassins pour se rendre au camp de Thomas ou au camp Villatte.

Il faut, mon ami, que tu m'envoies des forces pour réduire sur-le-champ les rebelles. Je pars à l'instant pour m'emparer de ma Petite Anse, que les troupes de Villatte occupent ainsi que le Petit-Morne. Bonjour. Que d'affaires à la fois[8] !

Quelques jours plus tard, le 28 mars, Toussaint, qui avait eu le temps de rejoindre le Cap, sauva une deuxième fois Laveaux. Villatte avait fait courir la rumeur auprès de la population noire que des navires chargés de chaînes avaient été commandités par le général en chef afin de rétablir l'esclavage. Sa maison prise d'assaut par la foule en furie, Laveaux n'eut la vie sauve que grâce à l'intervention de Louverture qui eut la bonne idée de faire ouvrir les magasins généraux afin de prouver qu'aucun fer ne s'y trouvait.

Le 1er avril, Laveaux fit au Cap une déclaration retentissante, dans laquelle il affirmait que Toussaint était « le sauveur des autorités constituées, un Spartacus noir, le Nègre prédit par Raynal pour venger les outrages faits à sa race », et le nomma, dans la foulée, son lieutenant au gouvernement, tout en assurant qu'il ne prendrait aucune décision sans le consulter. Dans l'enthousiasme, Toussaint s'écria : « Après Dieu, c'est Laveaux. » Il se disait son fils, l'accès au paradis était donc à portée de main. La route était bel et bien dégagée, et c'est en véritable leader que, le 20 mars 1796, il fit au gouvernement français ce rapport :

L'attentat le plus horrible et le complot le plus infâme viennent d'éclater dans la ville du Cap ; la souveraineté nationale est outragée, dans ce moment ; dans les personnes du gouverneur général et de l'ordonnateur civil de Saint-Domingue ; le coup le plus funeste est porté aux principes de la Convention nationale, à la liberté et à l'égalité. Mais l'Être suprême, qui veille sans cesse sur les bons, n'a pas permis que le crime fût consommé, il a voulu me conserver en me faisant éviter leurs pièges ; actuellement je m'occupe à mettre en usage tous les moyens qui me sont confiés et à assurer à la France, au péril de ma vie, les restes précieux de cette colonie[9].

Toussaint se trouvait en position de force lorsque Sonthonax, échappé de justesse à la guillotine, et réhabilité après la mort de Robespierre, débarqua au Cap, le 11 mai 1796, en compagnie de quatre autres commissaires : Roume, Leblanc, Giraud et le mulâtre Raimond. Une arrivée qui ne fit qu'amplifier son pouvoir. Car, le 17 août de cette même année, il fut nommé par le Directoire et, à la demande des nouveaux arrivants, général de division par l'arrêté ci-dessous qui annonce également l'envoi de ses enfants en métropole afin de parfaire leur éducation, tout en le gratifiant de plusieurs récompenses sous forme d'objets symboliques de grande valeur :

Arrêté du Directoire exécutif

Le 30 thermidor an IV

Article premier. L'arrêté des agents du Directoire à Saint-Domingue qui nomme le citoyen Toussaint Louverture général de division est confirmé. Les deux enfants de cet officier seront envoyés en France pour y recevoir l'instruction et l'éducation aux frais du gouvernement.

Il lui sera envoyé un sabre et une paire de pistolets de la manufacture de Versailles.

Article 2. Les autres arrêtés des agents particuliers, par lesquels les citoyens Pierre Michel, Pajeot, Léveillé et Pierrot ont été promus au rang de général de brigade, sont pareillement confirmés.

Les quatre généraux de brigade dénommés dans cet article recevront chacun un sabre de la manufacture de Versailles.

Signé : RÉVEILLÈRE-LEPEAUX,
Président[10]

Les faiseurs de rois

À ce point crucial de son ascension, tout semble sourire à Toussaint Louverture. Mais le chemin sera encore long et les nouveaux obstacles viendront essentiellement de ses amis du moment : Sonthonax, Laveaux et Roume. C'est à ce moment-là que, peu à peu, apparaîtra sa divergence d'avec ces représentants de la République. Les deux derniers inscrivant Saint-Domingue au sein de la République comme élément éloigné d'un État centralisé, Toussaint concevant déjà Saint-Domingue, en raison de sa distance d'avec la métropole, comme un pouvoir décentralisé* au sein de la République française, pouvant commercer librement avec la zone environnante. La position de Sonthonax est, elle, beaucoup plus ambiguë, car elle oscille entre une position centralisatrice et une indépendance totale qui ne s'avoue pas au grand jour, comme nous le verrons plus tard, position qui le mettra en conflit ouvert avec Toussaint.

* Le mot est ici anachronique mais juste. C'était, bien avant l'heure, l'idée avancée de l'autonomie d'une région.

Ce dernier a également une vision du grand Saint-Domingue qui unifierait à la partie française Santo Domingo, possession des Espagnols, laquelle en vertu des accords passés avec ceux-ci, allait devenir partie intégrante de la République. Roume avait précisément pour mission d'y représenter la France dans l'attente de l'intégration de ce territoire. Dans ses nouvelles fonctions, il deviendra, ainsi que nous le verrons, un ennemi féroce de notre héros, prenant le parti de Rigaud et des mulâtres.

Sonthonax se désolidarisera vite de celui qui peu à peu deviendra le nouveau maître de l'île. Laveaux restera un ami fidèle, bien que ne partageant pas toutes ses vues sur sa conduite d'une politique générale qui conduisait à une forme d'autonomie. Toussaint devra aimablement éloigner cet ami devenu gênant en le faisant, comme Sonthonax, élire député de Saint-Domingue.

Comme toujours, chez Toussaint, les intérêts du cœur sont en conflit avec l'intérêt supérieur de la mission qu'il s'est donnée. Il tente alors de trouver une raison sensible lui permettant de justifier son acte en réglant cette discorde intérieure. Il avance le fait que Laveaux, qui a tant donné pour Saint-Domingue, doit maintenant se préserver et retrouver une vie familiale qu'il a dû sacrifier pour ce combat. Mais cela n'est pas suffisant. Une autre raison, d'ordre stratégique celle-ci, vient à l'appui de la première. Elle n'est pas dénuée de fondement : il pense que son ami lui sera désormais plus utile au sein de l'Assemblée nationale qu'à Port-au-Prince.

Dans la lettre qui suit, datée du 17 août 1796, les raisons données à Laveaux pour l'inciter à accepter la députation et comprendre son empressement à le lui proposer, même si elles ont un fond de sincérité, masquent sa vraie motivation qui est de l'éloigner de Saint-Domingue :

Mon général, mon père, mon bon ami,

Comme je prévois avec chagrin qu'il vous arrivera dans ce malheureux pays, pour lequel et pour ceux qui l'habitent vous avez sacrifié votre vie, votre femme, vos enfants, des désagréments, et que je ne voudrais pas avoir la douleur d'en être spectateur, je désirerais que vous fussiez nommé député pour que vous puissiez avoir la satisfaction de revoir votre patrie et être à l'abri des factions qui s'enfantent à Saint-Domingue. Je serais assuré pour moi et pour tous mes frères d'avoir pour notre cause le plus zélé défenseur. Oui, général, mon père, mon bienfaiteur, la France possède bien des hommes ; mais quel est celui qui sera à jamais le vrai ami des Noirs comme vous ? Il n'y en aura jamais. Le citoyen Lacroix est le porteur de ma lettre ; c'est mon ami ; c'est le vôtre. Il vous dira qu'il serait essentiel que nous nous voyions et que nous causions. Que de choses j'ai à vous dire !...

Je vous embrasse mille fois, et soyez assuré que si mon désir et mes souhaits sont accomplis, vous pourrez dire que vous aurez à Saint-Domingue l'ami le plus sincère que jamais il y a eu.

Votre fils, votre fidèle ami[1].

L'homme le plus dangereux pour Toussaint Louverture à ce moment-là n'était pas Laveaux, mais bel et bien Sonthonax. Ce dernier avait acquis une grande popularité auprès des Noirs, s'acharnant à améliorer leur sort par tous les moyens, faisant quantité de proclamations visant à les rassurer sur le danger d'un éventuel retour des fers de l'esclavage, rendant par décret punissable toute personne faisant circuler la rumeur d'un tel retour. Il ordonna l'exécution de la loi qui abolissait la contrainte par corps. Il libéra les détenus pour dettes. Il mit en place, sur toute l'île, une administration efficace et structurée de la justice, et, bien avant l'heure, fit une réforme imposant la scolarisation des enfants, notamment pour la population noire ; enfin, il interdit l'accès à la profession militaire à tout homme qui ne saurait signer son nom. Il était bel et bien considéré comme le libérateur du peuple noir, et on rapporte que dans les familles, à l'heure du coucher, on faisait une prière pour sa préservation et pour le salut de son âme.

Faut-il croire alors que ce n'est que par une motivation de pure jalousie que Toussaint fit tout ce qui était en son pouvoir pour l'éloigner de son île ? Sans doute y avait-il un peu de vrai dans cette rumeur, une espèce d'agacement en somme. Mais connaissant notre homme, et la suite le montrera, un tel sentiment ne constitue pas une explication satisfaisante. Laveaux était également populaire et Toussaint, cependant, vivait sans problème sous son ombre.

Dans l'action politique, il avait peu de chose à reprocher à Sonthonax, qui ne faisait rien qui pût vraiment lui déplaire et qu'il ne pût utiliser plus tard à son profit. Le commissaire de la République mettait son énergie inépuisable, sa grande autorité et son savoir-faire d'« aménageur du territoire » au service de Saint-Domingue et de l'émancipation des Noirs. Alors, pourquoi ne le laissa-t-il pas œuvrer à sa guise, quitte à s'en débarrasser en temps voulu ? C'eût été tout à fait cohérent avec ce que nous savons de la manière d'agir de notre héros. Non, celui-ci s'empressa de l'éloigner au plus vite pour qu'il rejoigne Laveaux à l'Assemblée nationale. Pourtant, ce faisant, il savait qu'il n'aurait pas au Parlement un allié aussi sûr et aussi fidèle que le premier, bien au contraire, et que Laveaux ne pourrait sans doute pas, à lui tout seul, contrecarrer auprès des députés les médisances d'un homme de la stature de Sonthonax, qui avait, lui, au sein de l'illustre assemblée, des partisans influents et anciens.

Sans doute était-ce là un moindre mal, et les dégâts qu'il pouvait y commettre, réparés par Laveaux, seraient moins importants que ceux qu'il risquait d'occasionner en restant dans l'île.

Quel était donc ce si grand danger ? C'était l'homme lui-même, non ce qu'il pouvait faire ou déclarer, mais son dessein caché que Toussaint avait démasqué.

Autant Laveaux était un humble serviteur de l'État, autant Sonthonax, à l'origine un authentique républicain et un défenseur fidèle de la cause des Noirs, était mû par une ambition personnelle débordante qui le rendait d'abord serviteur de lui-même.

Voyant que Sonthonax s'éternisait à Saint-Domingue alors qu'il était élu député, Toussaint prit sa plume pour le rappeler à ses devoirs :

Toussaint Louverture, général en chef de l'armée de Saint-Domingue, au citoyen Sonthonax, représentant du peuple et commissaire délégué aux îles Sous-le-Vent.

Quartier général du Cap-Français, le 3 fructidor, an V
(20 août 1797)

Citoyen représentant,

Privés depuis longtemps de nouvelles du gouvernement, ce long silence affecte les vrais amis de la République. Les ennemis de l'ordre et de la liberté cherchent à profiter de l'ignorance où nous sommes pour faire circuler des nouvelles dont le but est de jeter le trouble dans la colonie.

Dans ces circonstances, il est nécessaire qu'un homme instruit des événements et qui a été le témoin des changements qui ont produit sa restauration et sa tranquillité, veuille bien se rendre auprès du Directoire exécutif pour lui faire connaître la vérité.

Nommé député de la colonie au Corps législatif, des circonstances impérieuses vous firent un devoir de rester quelque temps encore au milieu de nous ; alors votre présence était nécessaire : des troubles nous avaient agités, il fallait les calmer.

Aujourd'hui que l'ordre, la paix, le zèle pour le rétablissement des cultures, nos succès sur nos ennemis extérieurs et leur impuissance vous permettent de vous rendre à vos fonctions, allez dire à la France ce que vous avez vu, les prodiges dont vous avez été témoin et soyez toujours le défenseur de la cause sacrée que nous avons embrassée et dont nous sommes les éternels soldats.

Salut et respect[2].

À quels troubles faisait allusion Toussaint Louverture dans cette lettre ? Quelles « circonstances impérieuses » justifièrent-elles le fait que Sonthonax restât dans l'île ? Il s'agit de ces émeutes sanglantes du Sud dont les mulâtres et, à leur tête, Rigaud furent largement responsables.

Rigaud, souvenons-nous, avait participé en sous-main au complot ourdi par Pinchinat, et consistant à destituer le général Laveaux pour instaurer le gouvernement de Villatte installé dans le Nord. Si Rigaud ne s'était pas mis au premier rang de ce véritable putsch, c'est sans aucun doute parce que, étant maître incontesté et absolu de tout le Sud, l'installation de Villatte au gouvernement dans le Nord donnait de fait le pouvoir immédiat à la caste des mulâtres sur tout le territoire. Une fois Villatte destitué grâce à l'intervention de Toussaint et envoyé aux fers en métropole par la main de Sonthonax, Rigaud se sentit menacé, non sans raison, immédiatement.

Il avait instauré dans tout le Sud une véritable dictature et y régnait en monarque absolu. La vie sociale, ainsi que le pouvoir administratif et politique y étaient verrouillés par les mulâtres, Rigaud nommant à tous les emplois les siens et les cadres de l'armée. Les Noirs des bataillons ne pouvaient dépasser le grade de capitaine. Même à ce rang, ils étaient méprisés, n'y trouvant aucune légitimité, considérés en véritables subalternes. On les traitait d'« officiers de fortune ».

Sonthonax, face à l'existence bien réelle de cet État au sein de l'État, de ce royaume hébergé par la République, décida d'y mettre bon ordre en y envoyant une commission civile composée du général Kerverseau, de Leborgne et de Rey. Les trois hommes avaient pour mission de rétablir une administration et une justice républicaine. Kerverseau devant, lui, prendre le commandement des troupes.

Ils se mirent au travail dès le 30 juin 1796, envoyant Rigaud et ses troupes, par diversion, attaquer les Anglais. C'était sans compter sur le fait que Rigaud, loin d'être seul, avait préparé ses partisans à l'accueil des délégués. Ne pouvant s'opposer de front et se rendre coupables de rébellion, les chefs préparèrent dans le plus grand secret une insurrection des mulâtres qui éclata le 28 août. Aux cris de « Aux armes ! la liberté est en danger », tous les opposants aux mesures d'assainissement administratif et de rétablissement de la justice prises par les délégués s'emparèrent du fort de l'Islet aux Cayes.

Le 31 août, c'est une violente révolte qui éclata dans la ville, les insurgés s'attaquant sans ménagement à la demeure des représentants de la République. L'autorisant à quitter le front où il avait été envoyé, ces derniers firent appel à Rigaud, lequel, arrivé ventre à terre, se contenta d'observer les désordres et les massacres causés par ses partisans, et de se faire porter malade.

En cette seule journée, on déplorera soixante morts. La véritable guerre civile qui s'ensuivra ne dura pas moins de six jours.

Rigaud, obligé de tenir son rang, dut faire mine de réprimer les insurgés et porta l'hypocrisie à son comble en s'écriant : « Mon Dieu, qu'est-ce que le peuple en fureur ! »

Devant tant d'horreurs et de massacres, la commission civile, débordée, dut se retirer, obligée de laisser le gouvernement du Sud à Rigaud bien qu'elle n'ignorât pas sa part de responsabilité dans cette affaire. Elle abdiqua en ces termes :

Les délégués de la commission civile, considérant que le salut du peuple est le premier devoir des gouvernants comme la première des lois, et que dans les circonstances actuelles ils sont dans l'impuissance de l'opérer, chargent le général Rigaud de prendre les mesures convenables pour le rétablissement de l'ordre et de la paix, mettant sous sa sauvegarde et sous sa responsabilité la sûreté des personnes et des propriétés, et la liberté individuelle des citoyens.

Aux Cayes le 14 fructidor an IV (31 août 1796)

KERVERSEAU, LEBORGNE[3]

Dès le lendemain, Rigaud rédigea la proclamation suivante :

Les malheureux événements qui viennent de se passer ayant déterminé la délégation à me charger à prendre des mesures convenables pour le rétablissement de l'ordre et de la paix, j'annonce à tous les citoyens que j'ai pris en main les rênes du gouvernement jusqu'à ce que le rétablissement entier de la paix m'ait mis à même de suivre les formes prescrites par la Constitution[4].

À peine les délégués avaient-ils tourné le dos, que le fourbe mit à bas l'œuvre qu'ils avaient accomplie, réinstaurant sur-le-champ son système de domination absolue de la classe des mulâtres sur des Noirs retournés à l'état de semi-servitude.

Pendant ce temps, Toussaint était reparti sur le front contre les Anglais au Mirebalais et l'emportait tambour battant, obligeant in fine le brigadier général Churchill et le colonel Dessources à se replier sur Saint-Marc. Ayant circonscrit l'avancée de l'armée anglaise, la contraignant à une position de défense, celle-ci ne possédait plus que les villes de Port-au-Prince, Jérémie, Saint-Marc, le Môle Saint-Nicolas et l'Arcahaye. Un état de paix relatif régnait alors. Aux yeux de Toussaint Louverture, nommé pour ses dernières victoires commandant en chef de l'armée de Saint-Domingue, il n'y avait donc plus de « circonstances déterminantes » qui pussent justifier que Sonthonax restât sur l'île. Il maîtrisait la situation.

Voulait-il gouverner seul et avoir ainsi le destin de l'île entre ses mains ? C'eût été illusoire, car il savait pertinemment que l'heure n'était pas venue, et que le gouvernement allait aussitôt dépêcher un nouveau gouverneur. Ce qui fut fait en la personne du général Hédouville. Cet ancien pacificateur de la Vendée était également missionné pour surveiller le pouvoir grandissant de Louverture qui commençait à inquiéter le Directoire, et prendre des mesures pour arrêter Rigaud.

Au grand étonnement du nouveau gouverneur, Toussaint refusa net de s'attaquer à Rigaud, arguant des grands services qu'il avait rendus à la République. Quoi ! L'occasion n'était-elle pas trop belle pour se débarrasser de ce rival gênant et qui, en outre, opprimait les Noirs ? Rigaud arrêté, il pouvait régner sans partage sous le gouvernement de la République. Non, Toussaint voyait plus loin que ça, toujours un coup d'avance. Il avait encore besoin de Rigaud, non seulement pour combattre les Anglais et ce qui restait des ennemis intérieurs, mais aussi, et surtout, pour maîtriser une triangulation des pouvoirs entre les Blancs, les mulâtres et les Noirs. Triangle d'équilibre de forces sans lequel il se trouverait sous la coupe directe du gouverneur et en une position frontale pleine des dangers liés aux responsabilités politiques qu'on pourrait à tout moment lui faire endosser afin de causer sa perte. Il avait besoin de Rigaud et Rigaud ne lui faisait pas peur. Il savait comment maîtriser l'homme dont il connaissait bien les faiblesses, ce qu'il confia un jour à un visiteur créole qui le rapporta au général Pamphile de Lacroix :

« Je pourrais bien le faire arrêter... mais Dieu m'en garde... j'ai besoin de M. Rigaud... Il est violent... il me convient pour faire la guerre et cette guerre m'est nécessaire... La caste des mulâtres est supérieure à la mienne... si je lui enlevais M. Rigaud, elle trouverait un chef qui vaudrait mieux que lui... Je connais M. Rigaud, il abandonne son cheval quand il galope... Il montre son bras quand il frappe... Moi je galope aussi, mais je sais m'arrêter sur place, et quand je frappe, on me sent, mais on ne me voit pas... M. Rigaud ne sait faire des insurrections que par du sang et des massacres. Moi, je sais aussi mettre le peuple en mouvement... M. Rigaud gémit de voir en fureur le peuple qu'il excite... Moi, je ne souffre pas la fureur... Quand je parais, il faut que tout se tranquillise[5]. »

Ce prince noir n'avait pas lu celui de Machiavel, et Baltasar Gracián lui était inconnu. Mais il savait ce qui fait d'un homme un prince, ce « je-ne-sais-quoi » qui établit sa distinction. Il posait entre Rigaud et lui autant d'écart qu'entre l'être et le paraître, entre le faire et le vouloir-faire. Il était l'acte, le geste uni à la volonté qui n'a besoin d'aucun bruit, d'aucun écho, que son propre silence dans le mouvement. Rigaud, au contraire, était une espèce de danseur qui avait besoin d'un miroir. Besoin du bruit et de l'écho même de ses gestes et de ses paroles, celui qui s'écoute parler et se regarde galoper. Un être dédoublé. Toujours à côté de lui-même. Cet être-là servait de référent à toute sa caste, et la maintenait à sa place. Il eût été dangereux de la lui enlever. Ainsi, le caractère même de Rigaud pouvait en faire un pantin pour le véritable maître à danser, ce cocher d'humanité qu'était Toussaint Louverture.

Tout autre était le commissaire Sonthonax. En effet, aucun moyen de manipuler celui qui était lui-même passé maître en manipulations et qu'animait une ambition démesurée. Toussaint eut tôt compris qu'il avait pour dessein de se servir de lui pour accéder à son rêve. Son rêve ? Sonthonax était un faiseur de rois qui voulait être roi. Aussi incroyable que cela puisse paraître, c'est bien ça que Sonthonax avait en tête. Une vérité qui éclata au grand jour dans cette lettre en date du 1er juin 1798, dans laquelle il se confiait à son ami Laveaux :

J'ai appris avec le plus grand étonnement que vous avez été un des représentants du peuple de Saint-Domingue qui s'est le plus empressé d'accueillir favorablement Sonthonax, le monstre qui, vous le savez, ne s'occupa pendant sa seconde mission qu'à ranimer les passions et les vengeances, qu'à diviser, bouleverser, révolutionner… Quel est donc cet étrange républicain encore préconisé par quelques âmes vertueuses ?… Sonthonax m'a proposé de rendre la colonie indépendante de la métropole… Je l'ai renvoyé parce qu'il m'avait proposé l'indépendance et aussi l'égorgement des Européens[6].

Toussaint y allait fort. Sonthonax sanguinaire ? On a de la peine à l'accepter. On a également peine à croire que, connaissant le caractère modéré et l'esprit pondéré de Laveaux, le général en chef de Saint-Domingue ait pu penser que son ancien supérieur et néanmoins ami accepterait sans difficulté une telle allégation. Un autre motif d'étonnement est le ton et le propos de cette lettre de la part d'un Toussaint habituellement posé et prudent. Est-ce qu'il voulait par l'outrance même de ces mots se prémunir contre l'accusation qu'une telle idée d'indépendance ait pu fleurir en son esprit ? Il y a sans doute de cela. La haine et le ressentiment envers le commissaire de la République ne peuvent à eux seuls expliquer la charge.

Il est, par contre, tout à fait pensable que Sonthonax ait avancé cette idée d'indépendance. Il n'était d'ailleurs pas seul parmi les Européens à l'envisager comme la voie dans laquelle Toussaint risquait de s'engager inéluctablement. Peut-être Sonthonax, toujours un peu en avance, à l'écoute des idées et des rumeurs de son temps, connaissant bien le général en chef et percevant sa vision politique, voulut-il monter dans le train en marche. Peu de temps après, en 1801, l'abbé de Pradt publiait *Les Trois Âges des colonies*, essai dans lequel on peut lire ceci : « Le plus renommé de ces chefs, le Nègre Toussaint Louverture, semble destiné à être le Washington des colonies. Son caractère paraît grand ; il a montré une élévation de sentiments qui l'honore, des talents qui le rendent recommandable ; c'est le chef le plus fort et le plus accrédité de tous les Noirs. Mais il est impossible de ne pas reconnaître les vues d'indépendance, dans toute la contexture de sa conduite ; elles percent sous le voile dont il s'enveloppe avec art. Il ne veut pas en avoir l'odieux, c'est pourquoi il ne la déclare pas ; il veut la recevoir du bénéfice des événements et du temps ; ils ne se feront pas attendre pour plusieurs raisons[7]. »

Les Français n'étaient pas les seuls à l'envisager. Ce fut in fine la position des Anglais qui, désespérant de conquérir Saint-Domingue par la force, proposèrent à Toussaint la couronne royale de Saint-Domingue et l'assurance d'être défendu par la marine anglaise s'il leur offrait en retour l'exclusivité du commerce avec l'Angleterre et ses colonies. Il rejeta fermement cette offre, qui lui sembla tout à fait importune.

Pourquoi Toussaint refusa-t-il ces propositions ? Était-il si profondément républicain et attaché à la France ? N'était-il pas d'abord attaché à son peuple et à la cause noire ? Les trompettes de l'indépendance n'avaient-elles pas soufflé dans son esprit ? Enfin, cette fameuse « Constitution » qu'il promulgua et qui fut le signal de sa fin ne consacrait-elle pas une manière d'indépendance et, dans la forme même du pouvoir qu'il s'octroyait, ne sanctionnait-il pas un règne autoritaire et définitif, de l'ordre d'une monarchie ?

Républicain, Toussaint l'était profondément. Il en avait fait le choix et en avait épousé la philosophie. La devise « Liberté et Égalité » constituait désormais les deux axes qui lui permettaient d'accéder au pouvoir. Il l'aimait, la France. C'était sa nation, son horizon, sa « mère patrie ». Mais c'était une mère qu'il avait adoptée. Il avait fait son chemin vers elle et il l'avait choisie. À plus de cinquante ans, après avoir de haute lutte conquis sa liberté, rompu avec les fers, il était en quelque sorte né une seconde fois dans les bras de la République. Il avait fait depuis longtemps le tri, parmi les Blancs, entre le bon grain et l'ivraie, et il avait compris que bien plus qu'un blason, ces deux mots, Liberté et Égalité, qui frappaient d'or le drapeau tricolore, étaient d'abord le mot d'ordre d'un combat. Un combat jamais gagné d'avance, une lutte permanente dont il était à ce moment un des fers de lance. Rompre avec la France et acquérir son indépendance, c'était alors renoncer à ancrer son combat dans l'ordre universel. Il avait sans doute compris qu'on ne pouvait pas faire la liberté dans un seul pays. Si Pradt avait raison de voir dans sa conduite l'horizon de l'indépendance, cet abbé avait tort de croire que c'était là son but ultime. L'indépendance ne pouvait être aux yeux de Toussaint Louverture qu'un pis-aller dans cet état du monde où la liberté générale était encore menacée dans ses fondements mêmes. Pour l'homme à peine sorti des fers, l'indépendance de son pays n'était qu'un luxe accessoire s'il n'était encore certain d'avoir assis la liberté individuelle et générale sur un socle sûr et inébranlable. Toussaint Louverture avait encore l'espoir, en 1798, de consolider cette jeune révolution portant l'émancipation des Noirs dans le mouvement général de la République française allant vers le progrès. Ce n'était pas le cas de l'Angleterre encore esclavagiste, ce ne sera plus le cas de la France lorsque Napoléon s'installera au pouvoir. Il sera alors temps pour lui de réviser sa position et, par sa Constitution, de tenter d'ériger un rempart pour protéger cette liberté aux ailes désormais repliées dans la cage bien fragile d'une indépendance toute relative. Il est en tout cas certain que l'indépendance, même si l'idée l'avait effleuré, n'était pas à l'ordre du jour lorsque Sonthonax la lui suggéra, croyant à l'instar de l'abbé de Pradt pouvoir en dévoiler sa face cachée. Mais il ne fit que mettre au jour sa part maudite, dimension d'un désir que sa raison même refoulait. Sonthonax, pour cet homme religieux, fut alors la figure du démon tentateur attisant une part de soi que l'on voudrait garder dans l'ombre. Sa colère contre ce commissaire de la République s'est nourrie sans doute de ce sentiment-là, amplifié d'une défiance pour son pouvoir, sa popularité et sa grande ambition. Ce Girondin jouait dans l'ombre et aurait gagné à tous les coups si le général noir s'était laissé prendre à cette tentation. Car c'est lui, Toussaint, qui aurait endossé toute la responsabilité de cet acte. Alors, de deux choses l'une : ou l'indépendance échouait sous la menace, et une guerre était immédiatement déclenchée avec la France. Toussaint eût alors été destitué et Sonthonax aurait pris le pouvoir. Ou l'indépendance était acquise, et il se trouvait seul face à Sonthonax qui pouvait, après l'avoir fait renverser, s'emparer des rênes du pouvoir, et se faire couronner roi de Saint-Domingue. Ce dernier cas était fort loin d'être improbable compte tenu de l'immense ambition du personnage et de l'assise qu'il avait prise dans la population de Saint-Domingue. Décidément, il valait mieux écarter ce « démon » au plus vite. Il devenait bien plus qu'embarrassant : un danger bien réel.

Mais un autre péril apparut très vite à l'horizon en la personne du général Hédouville, second de Hoche, qui, après le succès de sa campagne de pacification de la Vendée, débarqua au Cap le 8 mai 1798.

En vertu d'une formidable réputation acquise au pays des chouans, Toussaint le vit venir d'un bon œil et pensa que « les moyens dont il se servirait seraient toujours modérés et conciliatoires ». Il se trompait. Il avait affaire à un adversaire redoutable, qui masquera longtemps son jeu. Hédouville arrivait d'un horizon métropolitain qui était en train de se modifier. Un orage s'y préparait au loin : le coup d'État du 18 Brumaire an VIII.

Pour l'heure, le jeune général Bonaparte, vainqueur de la campagne d'Italie, auréolé de gloire, devenu commandant en chef de l'armée d'Orient, s'embarquait pour sa campagne d'Égypte après avoir été élu à l'Institut, au sein de la classe des sciences physiques et mathématiques. Pendant ce temps, le Directoire était aux abois. Après avoir réprimé le coup d'État royaliste de Fructidor (4 septembre 1797), il connaissait un moment de grande instabilité et le retour de la Terreur. Les émigrés rentrés en France constituaient une menace. Il les fit fusiller et exila les prêtres en Guyane. Les soucis financiers affluèrent, qui affaiblirent encore le Directoire. Sieyès, nouveau directeur en 1799, rêvera de restaurer l'ordre par la main d'un homme fort, un militaire ayant le sabre leste. Il attendra avec impatience le retour du général Bonaparte pour préparer ce coup d'État.

Le Directoire, qui confia à Hédouville sa mission en 1798, avait chassé de sa tête Lazare Carnot, poète, philosophe, homme de sciences, humaniste et abolitionniste, ami intime de l'abbé Grégoire avec qui il menait le même combat en faveur des Noirs. Il était alors dirigé par son successeur Nicolas-Louis François de Neufchâteau, un homme effacé, frileux, à l'image de l'état de l'institution qu'il dirigeait. Le temps n'était plus à l'humanisme, aux grands desseins, à la philosophie, mais à la gestion des rapports de force, et à la peur de l'immigration. Un Directoire contaminé par les idées de la réaction. La cause des Noirs était loin d'y être au centre des préoccupations et le préjugé de couleur y revenait en force. Un Directoire que Toussaint Louverture, par sa puissance montante et ses initiatives, inquiétait vivement. Hédouville fera tout pour saper son pouvoir dont il avait compris qu'il reposait sur cette triangulaire des forces blanches, mulâtres et noires. Hédouville avait pour mission de capturer Rigaud. Toussaint refusa. Hédouville s'opposait, comme dans tout l'Hexagone, au retour des émigrés. Toussaint, au contraire, encourageait les colons blancs à revenir, et leur offrait les moyens de développer des affaires pour la reconstruction de Saint-Domingue. Hédouville voulait traiter avec les Anglais de manière à l'isoler et l'empêcher de régler des accords commerciaux avec ceux-ci. Toussaint prit les devants et se porta comme premier interlocuteur des forces britanniques. Hédouville choisit alors le parti de Rigaud. Il l'opposa à celui-ci, tâchant de casser ce triangle de pouvoir sur lequel celui de Toussaint reposait.

La convention secrète

Au moment où Hédouville arrivait à Saint-Domingue, Toussaint, en position de force, négociait avec les Anglais leur reddition. Revenu de sa surprise devant le refus net et sans appel d'arrêter Rigaud, l'envoyé du Directoire se rapprocha de ce dernier, avec lequel il sympathisa sous l'œil méfiant mais impassible du général en chef qui avait pour l'heure d'autres sujets de préoccupation.

Le jeu était serré entre Toussaint et le général Maitland commandant les troupes anglaises qui lui avait proposé de prendre la couronne sous protection anglaise. Bien qu'ayant refusé il ouvrit un champ de négociations où les intérêts de Saint-Domingue pouvaient rejoindre ceux des Anglais du point de vue des échanges commerciaux. Toussaint, en faisant revenir les colons sous les yeux agacés d'Hédouville, avait le souci premier d'offrir à l'île le meilleur développement économique possible, et ce dans les plus brefs délais, afin d'affermir et d'assurer sur des pieds solides la croissance de ce nouveau-né de la liberté. En ces temps de guerre sans merci avec l'Angleterre, la dépendance directe et unilatérale par rapport à la France posait problème. Saint-Domingue allait vite en devenir l'otage. La plus grande puissance maritime du monde pouvait fort bien couper le cordon ombilical qui la reliait à la mère patrie, affamer et étouffer dans l'œuf cette jeune révolution qui, dès lors, n'aurait plus qu'à tendre ses bras décharnés aux fers gourmands cachés au fond des cales.

Toussaint avait pleine conscience qu'il fallait vite transformer son avantage provisoire sur les Anglais en un accord qui préservât l'avenir. Les Anglais, en position d'infériorité sur son terrain, voulaient à tout prix limiter le risque d'une contamination à l'ensemble des colonies anglaises* de cette révolution noire dont la figure de proue était un guerrier redoutable à l'aura rayonnante. L'avenir se jouait là, dans ce jeu complexe d'alliances ou de guerres commerciales entre les grandes puissances pour la maîtrise des colonies. Saint-Domingue y était alors un enjeu de taille. Toussaint avait la main. Il jouait avec les Anglais mais avait ouvert la table aux Américains, car la survie et le développement pacifique de Saint-Domingue passaient par une autonomie commerciale de libre-échange avec toute la zone caraïbe et l'Amérique. Pas question pour autant de se séparer de la France, mère patrie protectrice, garante de la République et porteuse de l'étendard de la liberté. Il fallait donc que ces tractations fussent et demeurassent secrètes.

* En premier lieu la Jamaïque.

C'est à ce moment qu'Hédouville, courroucé, intervint comme un chien dans un jeu de quilles. Il envoya des officiers prendre contact avec Maitland, tentant par là de devenir son principal interlocuteur. La réponse de ce dernier ne se fit pas attendre : « L'Angleterre n'ayant pas reconnu la République, son représentant ne peut ni ne doit traiter avec un agent de ce gouvernement. » Réponse de pure mauvaise foi. Était-ce à dire que Toussaint Louverture n'était pas lui-même soumis à la République ? Cela signifiait-il qu'à ses yeux il était indépendant ?

Toussaint prit les devants. Ce fut son coup de poker. Il écrivit son mécontentement à Hédouville et lui présenta derechef sa démission : « Ma franchise m'empêche, citoyen représentant, de vous dissimuler que ce manque de confiance m'a terriblement affecté.

En contradiction directe avec votre autorisation, sans égard pour ma position de commandant en chef de l'armée de Saint-Domingue, sans réflexion, sans même juger nécessaire de m'informer, vous envoyez des officiers subalternes pour négocier… et vous leur donnez des pouvoirs qui cumulent les miens. Cependant, il me semble que, selon la hiérarchie militaire, c'est moi, en ma qualité de chef de l'armée, qui aurais dû transmettre vos ordres à vos officiers subalternes… J'aurais préféré que vous me déclariez ouvertement que vous me jugiez incapable de traiter avec les Anglais[1]. »

Hédouville, se voyant contraint de refuser cette démission et de donner carte blanche à Toussaint

Louverture, ne pouvait endosser la responsabilité d'un échec de ces négociations. Le 1er octobre 1798, c'est avec un agacement mal dissimulé qu'il vit les Anglais rendre en grande pompe la ville du Môle Saint-Nicolas. L'entrée de l'armée de Saint-Domingue dans la ville, avec à sa tête Toussaint Louverture, fut un événement somptueux que nous fait revivre dans tous ses détails le général Pamphile de Lacroix :

> Les troupes bordèrent la haie, le curé vint processionnellement le recevoir sous le dais, portant à sa rencontre le saint sacrement ! C'était à qui se presserait sous ses pas. Les Anglais affectaient pour lui le plus profond respect, on le comblait de bénédictions. Une tente magnifique fut dressée sur la place d'armes, où le général Maitland lui donna un repas somptueux, à la suite duquel il lui fit présent, au nom du roi d'Angleterre, de l'argenterie splendide qui avait orné la table. Toussaint passa ensuite en revue les troupes anglaises, qui défilèrent devant lui. Après cette revue, le général Maitland lui fit encore publiquement présent, toujours au nom du roi d'Angleterre, de deux couleuvrines en bronze et de la maison du gouvernement, que les Anglais avaient fait bâtir et meubler de la manière la plus élégante[2].

Que s'était-il donc passé pendant ces négociations pour que les Anglais se retirent de si bonne grâce et couvrent ainsi leur vainqueur de lauriers ? Rondement menées, signées entre deux parties liées par un accord qui devait demeurer secret, ces négociations furent ratifiées le 31 août 1798, parallèlement à une convention officielle dont les termes étaient les suivants :

Article premier. Le général Maitland s'engage solennellement à ce qu'aucune troupe anglaise d'aucune sorte n'attaquera sous aucun prétexte l'île de Saint-Domingue pendant toute la durée de la guerre présente.

Article 2. Le général Toussaint Louverture promet de la manière la plus solennelle et la plus positive qu'aucune troupe coloniale, de quelque nature qu'elle soit, n'attaquera l'île de la Jamaïque d'aucune façon pendant toute la durée de la présente guerre.

Article 3. Le général Maitland promet que son gouvernement ne se mêlera dans aucun cas dans ce qui concerne les arrangements intérieurs et politiques de l'île de Saint-Domingue pendant toute la durée de la présente guerre.

Article 4. Le général Toussaint Louverture promet de la manière la plus solennelle et la plus positive qu'il ne prendra aucune part dans les arrangements politiques et dans le gouvernement de l'île de la Jamaïque pendant toute la durée de la présente guerre.

Article 5. Le général Maitland, en conséquence des articles ci-dessus, engagera son gouvernement de permettre d'arriver dans les ports de Saint-Domingue qui seront déterminés plus tard, la quantité de provisions qui seront déterminées plus tard, sans risques pour les croiseurs de Sa Majesté ; et le prix de ces provisions sera payé en produits coloniaux qui auront le privilège de quitter lesdits ports aussi sans risques de la part des croiseurs anglais.

Cette convention restera en vigueur dans toute sa force jusqu'à ce qu'une déclaration contraire soit faite par l'une des parties, dont avis sera donné dans ce cas un mois avant : la stipulation ci-dessus sera détruite par cette déclaration[3].

La France, consternée, assistait impuissante, par les yeux d'Hédouville, à un traité de paix séparée entre la « perfide Albion » et une de ses colonies. Elle avait pourtant tout à y gagner. Toussaint Louverture venait de sauver cette colonie et ouvrir de nouveau le canal de richesses qui la reliait à la France par le commerce. Il aurait pu vendre son île aux Anglais, comme le firent les colons de la Martinique en 1794, en échange de son couronnement et de sa toute-puissance. Il ne l'a pas fait. Au contraire, il les bouta hors de cette région de France outre-mer qui retrouvait enfin la paix. Il avait œuvré pour la France, et pour cela il lui fallait les mains libres. On aurait pu s'en tenir là, à cette simple constatation. Mais les Français, parfois, sont moins pragmatiques que les Anglo-Saxons. Surtout quand il y va de l'orgueil national, surtout lorsque l'orgueil se mêle au préjugé de couleur. En sauvant cette partie du territoire national de ses propres mains, ce Noir avait fait acte de lèse-majesté. Beaucoup virent, et voient encore, dans cette convention le premier acte d'indépendance de ce qui deviendra Haïti. Les premiers, en son temps, tel l'abbé de Pradt, y percevant la preuve d'un soupçon qui servait bien leur idéologie. Les seconds usant de l'effet de récurrence historique pour y voir les prémices d'une indépendance, aujourd'hui acquise, qui convient à leurs desseins et à leur positionnement politique.

Mais nous étions un an avant le coup d'État du 18 Brumaire, bien avant le surgissement nouveau de la menace qui imposera peu à peu, par une bêtise inouïe, l'indépendance comme seule planche de salut. Toussaint avait toutes les qualités du monde, excepté celle de devin. Il n'était pas non plus un idéologue. Un immense stratège bien sûr, mais avant tout un militaire qui œuvrait dans l'ici et le maintenant. Un pragmatique, pas un rêveur. Un homme de la terre. Il plantait pour demain, mais il laissait au ciel, à la nature et au climat le soin de faire advenir cet éventuel demain. L'orage n'était pas encore annoncé, et le Corse au bicorne était encore dans le vestibule de son destin, se mirant dans l'histoire du haut des pyramides d'Égypte, à l'ombre des pharaons qu'il pensait blancs, dessinant sur leur mémoire d'Empire et la pierre de Rosette volée par Champollion, table des lois détenant les secrets du pouvoir, le rêve de sa domination future. Le Petit Caporal, juché en haut des tombes des grands royaumes d'Afrique, n'en était encore qu'à ajuster son beau costume de futur empereur. L'indépendance, pour Toussaint, n'était donc pas à l'ordre du jour. Et, si cette convention cachait quelque chose, comme cela paraît évident à sa lecture même, ce n'était pas le secret désir d'un pouvoir indépendant, mais bien une autre chose, plus réelle, plus concrète. Elle était le masque d'un autre accord, tenu secret, celui-ci.

Toussaint, dans sa prison de Joux, en niait encore l'existence pour laisser cette fois-ci sa chance à l'indépendance devenue inéluctable, un processus qu'il avait pensé, dont il avait réglé le mécanisme pour préserver cette liberté chèrement acquise, face au nouveau danger que soufflait en ces jours noirs la folie coloniale du Petit Caporal. La correspondance entre Maitland et Toussaint que Victor Schoelcher a retrouvée dans les archives du ministère de la Guerre, atteste l'existence de cette convention secrète :

1° Maitland y « promettait d'envoyer à Saint-Domingue, aussitôt après son arrivée à la Jamaïque, des bâtiments chargés de comestibles que Toussaint payerait en denrées coloniales. » (Lettre de Maitland à Toussaint, du 20 mai 1799.) « L'arrangement que j'ai pris avec vous tendait à conserver mon pays (*sic*) en cherchant à lui fournir les objets dont il a besoin. J'avais déjà pris avec les États-Unis des arrangements pour les approvisionnements. » (Lettre de Toussaint du 21 mai à Maitland.)

2° « Toussaint s'engageait à donner, de la manière la plus entière, protection aux personnes et aux propriétés des habitants qui avaient jusque-là vécu sous la protection de Sa Majesté britannique. » (*Préliminaires d'une convention secrète du 13 juin 1799.*)

3° « On convenait qu'il y aurait à l'avenir relations amicales et commerciales entre le gouvernement anglais et Toussaint Louverture. » Cette dernière clause ressort clairement d'une lettre écrite de Londres par Maitland à Toussaint, le 15 janvier 1799[4].

Cette fameuse lettre de Maitland à Toussaint parle explicitement de la convention secrète, et tente de rassurer Toussaint sur sa fidélité à ses engagements en lui donnant quelques gages de sa bonne volonté. En voici un passage, cité par Victor Schoelcher :

J'ai appris avec beaucoup de chagrin, qu'après mon départ du Môle, quelque chose s'était passé qui vous a donné lieu de croire qu'il y avait quelque changement dans les articles mutuellement convenus entre nous sur le sujet de l'évacuation de cette ville. Mais je suis persuadé que quand vous serez informé des mesures que les ministres du roi viennent d'adopter, elles seront suffisantes pour vous convaincre qu'au contraire ils sont déterminés à entretenir avec toute l'énergie possible les dispositions amicales qui se trouvaient entre nous à cette époque et de porter en effet la convention secrète signée au Môle d'une manière qui ne peut pas manquer de donner la plus vive joie à tous ceux qui comme vous, monsieur le général, désirent de protéger l'humanité et de soutenir le bon ordre. Revêtu de pouvoirs à cet effet, et pour arranger finalement avec vous tout ce qui est nécessaire pour garantir à la partie de l'île de Saint-Domingue sous votre protection les avantages et les bonheurs de la tranquillité et du commerce, j'ai reçu les ordres des ministres de Sa Majesté de retourner encore une fois dans l'île... Je serai précédé de quelques jours par le colonel Harcourt, mon député, revêtu de pleins pouvoirs pour faire les arrangements qui seront nécessaires pour vous donner les facilités de vous procurer les quantités de provisions dont vous aurez besoin jusqu'à mon arrivée[5].

Voilà ce dont avait besoin Toussaint à ce moment précis. Non pas d'indépendance, mais de provisions, d'une autonomie nécessaire pour développer, pour le bien de son île, un commerce libre avec les pays voisins.

Il fallut pour cela une convention secrète, car la France se comportait alors comme une maîtresse ingrate, avare, exclusive et jalouse. Toussaint ne voulait surtout pas lui faire penser à la possibilité d'un acte d'indépendance, un désir de trahison qu'il n'avait pas en tête. Il se donnait simplement les moyens de reconstruire Saint-Domingue.

Le 24 septembre 1798, face à son île enfin pacifiée, il écrivait à Laveaux :

J'ai trouvé la colonie saccagée, démembrée, ruinée, occupée par les bandits de Jean-François, par les Espagnols et les Anglais qui s'en disputaient les lambeaux. Elle est aujourd'hui purgée d'ennemis, tranquille, pacifiée, et s'avance vers sa restauration complète[6].

Mais que faire contre le soupçon et la jalousie de celui qui en est atteint et qui préfère détruire l'être aimé plutôt que de l'imaginer libre ou dans les bras d'un autre ? À ce moment, Othello était blanc et noire était Desdémone.

Hédouville, saisi d'impuissance et de fureur, s'attacha alors à tout détruire.

Il harcela Toussaint, blâmant toutes ses actions, lui montrant tous les jours sa défiance, l'empêchant de travailler sereinement à la tâche qu'il s'était assignée : la reconstruction de Saint-Domingue. Ce harcèlement fut tel que ce dernier songea un instant d'en finir et de se retirer. L'état de paix étant instauré, une partie de l'armée renvoyée aux champs, Toussaint pouvait prendre sa retraite (il était déjà vieux et fatigué), retrouver sa famille et l'agriculture pour laquelle il avait une vraie passion. Le moment était venu, car il percevait clairement que les tracas causés par Hédouville risquaient fort de mettre à bas sa réputation et d'obscurcir le long chemin qui l'avait amené à la restauration de Saint-Domingue devenu le pays des hommes libres. Il voulut démissionner, et s'en remit encore une fois à son ami Laveaux :

Je vais vous parler à cœur ouvert de mes inquiétudes et des persécutions dont je fais l'objet. Le général Hédouville se montre à mon égard injuste et tracassier. Il n'est aucune de mes opérations qu'il ne blâme, aucune de mes actions qu'il ne censure. J'ignore quel est le compte qu'il rend au gouvernement, mais j'ai lieu de présumer qu'il renferme beaucoup d'erreurs et peut-être des insinuations mensongères contre les Noirs. Dans ces circonstances, mon bon ami, d'après les dangers que j'entrevois d'un pareil système, persuadé d'ailleurs que si je continuais mes fonctions, il faudrait passer le reste de ma vie à justifier le bien que j'ai fait, j'envoie le citoyen Guybre, mon secrétaire, demander ma retraite[7].

Si, comme le prétendent d'aucuns, Toussaint voulait l'indépendance, n'était-il pas alors contradictoire de demander une retraite qui aurait fort bien pu être acceptée, la colonie étant parvenue à un état de paix ?

Mais Hédouville alla trop loin dans son activité haineuse de sape. Il attisait les haines des mulâtres et des Blancs contre les Noirs et montait Rigaud contre Toussaint, quitte à provoquer une « guerre des races ». Il s'attaqua à son armée, cherchant à destituer les généraux noirs. Mal lui en prit, car le premier auquel il s'attaqua n'était rien moins que le général Moïse, neveu et fils adoptif de Toussaint Louverture. Ce dernier se leva, et le peuple avec lui. On voulait toucher à Moïse le bien-aimé. On en voulait à l'armée des Noirs et, à travers elle, à tous les Noirs. On entendait déjà les fers tinter. Ce fut une insurrection générale. Hédouville n'eut que le temps de hisser les voiles accompagné de mille huit cents hommes qu'il avait montés contre le commandant en chef, tous convaincus que la guerre civile était de retour. Le 22 octobre 1798, les navires de l'envahisseur disparaissaient à l'horizon. Mais le perfide envoyé du Directoire avait eu le temps de laisser sur l'île une bombe à retardement : une lettre écrite à Rigaud qui le dégageait de toute subordination à Toussaint Louverture. Une bombe qui n'allait pas tarder à exploser. Elle tenait en ces mots :

Forcé de quitter la colonie, citoyen général, par l'ambition et la perfidie du général Toussaint Louverture vendu aux Anglais, aux émigrés et aux Américains, et qui n'a pas craint de violer les serments les plus solennels, je vous dégage entièrement de l'autorité qui lui était attribuée comme général en chef, et je vous invite à prendre le commandement du département du Sud, tel qu'il est désigné par la loi du 4 brumaire[8].

La guerre des castes allait alors commencer.

La guerre des races

Aussitôt après le départ précipité d'Hédouville, Toussaint fit appel à Roume, alors en poste à Santo Domingo, pour prendre sa succession et devenir gouverneur de l'île. Roume se rendit donc à Port-au-Prince le 12 janvier 1799 et écrivit le 25 du même mois à Kerverseau qui assurait son intérim dans la partie espagnole :

> Le général en chef, malgré de grandes douleurs à la hanche, s'est rendu ici le 2 de ce mois. Quelque haute opinion que j'eusse formée de son cœur et de son esprit, j'étais, j'étais encore bien loin de la réalité. C'est un philosophe, un législateur, un général et un bon citoyen. Le mérite de Toussaint Louverture est si transcendant que je n'ai pas de peine à concevoir pourquoi tant de beaux esprits ne lui en trouvent aucun, et ne cherchent qu'à le ridiculiser et à le calomnier[1].

En déclarant « aux républicains français de toute couleur » qu'en tant que gouverneur général de l'île il ne prendra aucune décision sans en avoir au préalable consulté Toussaint Louverture, Roume se met ainsi dans la même posture que Laveaux offrant à ce dernier le rôle de gouverneur de l'ombre qu'il affectionne particulièrement.

Soucieux d'éviter toute friction qu'il anticipe clairement avec Rigaud, et suivant les conseils de Toussaint Louverture, Roume organise donc une fête de conciliation à l'occasion du 4 février, date commémorative de l'abolition de l'esclavage. On y boit, on y festoie, on y crie : « Vive la République », mais un mur de glace s'élève entre les deux rivaux. Rigaud se sait conforté par la lettre d'Hédouville, et il n'a aucune intention de se faire commander par un Noir. Cette seule idée le met en fureur. Comme s'il s'agissait de la plus profonde disgrâce, un rabaissement de sa qualité humaine. Si la solution d'un développement séparé entre le Nord et le Sud n'est pas possible, alors ce sera Toussaint Louverture ou lui. Il est persuadé que son armée de mulâtres aux cadres mieux formés ne fera qu'une bouchée de celle des Noirs. Il pense aussi avoir l'entière confiance de la République. Sinon, qu'importe, puisqu'il a le grand dessein d'une république indépendante mulâtre débarrassée des Blancs, s'ouvrant à une confédération avec tous les mulâtres des autres colonies qu'il connaît bien et avec lesquels il entretient une correspondance régulière. Cette confédération saura s'imposer comme interlocuteur privilégié dans le commerce entre les Amériques. Les mulâtres rétabliront l'esclavage, et feront de nouveau prospérer l'île à l'usage de leurs nouveaux propriétaires régnant en maîtres absolus. Sa décision est prise, il n'a que trop attendu. Le 15 juin, il publie la lettre d'Hédouville et, le 17, il monte dans l'ouest, attaque le Petit Goâve, puis s'empare du Grand Goâve. La guerre est déclarée. Roume réagit le 3 juillet et le proclame hors la loi. Le 11 août, Jean-Rabel et Le Moule, deux communes du Nord, se rallient à Rigaud. Toussaint envoie Dessalines mater les premiers et s'occupe des seconds, puis marche sur Jacmel que Pétion, s'étant rallié à Rigaud, défend vaillamment. Un siège de quatre mois finit par avoir raison de lui. La ville est évacuée le 12 mars 1800. Rigaud, qui n'a rien fait pour se porter à son secours, voulant reprendre la main, fait, le 14 mars, la déclaration suivante :

Toussaint est le protée sanguinaire de Saint-Domingue... C'est un tigre qui fait égorger des habitants paisibles, des femmes et des enfants ; qui livre à la dévastation tous les lieux où peuvent pénétrer ses hordes barbares, et qui nous explique chaque jour ses secrets politiques par le sang qu'il fait répandre à grands flots. Il a fait assassiner plus de deux mille personnes dans l'arrondissement de Jacmel. Il a fait fusiller, canonner ou noyer, dans le Nord et dans l'Ouest, un nombre à peu près égal de victimes.

[...] Que les vrais amis de la France se lèvent en masse, et que ce monstre à triple visage qui a trahi l'Espagne, l'Angleterre, la France, ses frères, que cet atroce fanatique, qui se nourrit du sang de la divinité et du sang des hommes, ose se présenter ; qu'il se présente et, je le jure, la terre sera purgée de sa présence abominable, la nature sera vengée de l'erreur qu'elle commit en lui donnant une figure humaine.

Citoyens de toutes les couleurs et de tous les États ! Jurons de nouveau fidélité au gouvernement français, union entre nous et constance à nos postes ; tenons nos serments et nous serons invincibles[2].

Paroles outrées, paroles en bouche, comme on dit aux Antilles. Fanfaronnade digne de sa réputation et de l'image qu'en avait Toussaint, qui ne faisait qu'exprimer un aveu d'impuissance. Certes, il est vrai qu'il y eut des outrances sanguinaires, et qu'il y eut un tigre : il s'appelait Dessalines.

Toussaint le rappela à l'ordre sèchement par une de ses métaphores agricoles : « J'avais dit d'émonder l'arbre, pas de le déraciner. » Mais il le lança cependant de nouveau, toutes griffes dehors. Le tigre s'enfonça dans le sud, faisant reculer Pétion qui appliquait la stratégie de la terre brûlée. Rien n'y fit, le tigre avançait encore.

Pendant ce temps, Toussaint dut remonter d'urgence à Port-au-Prince où l'appelait Roume. Un autre danger, bien plus grand celui-ci, menaçait. L'orage avait éclaté un certain 18 brumaire (9 novembre 1799), portant au pouvoir Bonaparte, nouveau consul. Le jour de Noël (25 décembre 1799), celui-ci, en guise de cadeau, avait fait cette déclaration aux « braves Noirs » de Saint-Domingue :

Les consuls de la République française aux citoyens de Saint-Domingue

Paris le 4 nivôse, l'an VIII de la République française une et indivisible

Citoyens, une constitution qui n'a pu se soutenir contre des violations multipliées est remplacée par un nouveau pacte destiné à affermir la liberté.

L'article 91 porte que les colonies françaises seront régies par des lois spéciales.

Cette disposition dérive de la nature des choses et de la différence des climats.

Les habitants des colonies françaises situées en Amérique, en Asie, en Afrique, ne peuvent être gouvernées par la même loi.

La différence des habitudes, des mœurs, des intérêts, la diversité du sol, des cultures, des productions, exigent des modifications diverses.

Un des premiers actes de la nouvelle législature sera la rédaction des lois destinées à vous régir.

Loin qu'elles soient pour vous un sujet d'alarmes, vous y reconnaîtrez la sagesse et la profondeur des vues qui animent les législateurs de la France.

Les consuls de la République, en vous annonçant le nouveau pacte social, vous déclarent que les principes sacrés de la liberté et de l'égalité des Noirs n'éprouveront jamais parmi vous d'atteinte ni de modification.

S'il est dans la colonie des hommes malintentionnés, s'il en est qui conservent des relations avec les puissances ennemies, braves Noirs, souvenez-vous que le peuple français seul reconnaît votre liberté et l'égalité de vos droits[3].

Des lois d'exception pour une « République une et indivisible » telle qu'elle est mentionnée en tête de la proclamation ! Belle contradiction en vérité… Le dictateur s'appuie sur cette vieille lune de la différence des climats et des mœurs, mise en usage, dès le XVIIe siècle, par les colons désireux de justifier l'esclavage. À croire que cela lui fut soufflé par Joséphine ! Curieux qu'il ne cite pas sa Corse natale qui, elle aussi, peut justifier de ces différences d'avec la France continentale. Ainsi donc, « un des premiers actes de la nouvelle législature » est non seulement de diviser la France mais de commettre un mensonge d'État, car, malgré ce qui est écrit, Napoléon s'empressera sans attendre de toucher aux principes de l'égalité et de la fraternité. Et pourquoi s'adresse-t-il expressément aux Noirs, alors qu'il inscrit l'Asie sous la coupe de cette modification institutionnelle prévue ? Ignore-t-il aussi que les Amériques et l'Afrique sont également peuplées de Blancs et de mulâtres ? Par ce « braves Noirs » condescendant et humiliant, Toussaint avait tout lieu de se croire directement visé, car le nouveau dictateur y associe dans la même phrase cette expression avec « ces hommes malintentionnés [qui] conservent des relations avec des puissances ennemies ».

En ce mois de mars 1800 où il se trouve dans le bureau de Roume, Toussaint sait déjà de quoi il retourne. Comment croire qu'il ne fut pas informé des intentions cachées du dictateur par son ami Laveaux qui, un mois auparavant, venait d'échapper en Guadeloupe à un attentat commis sur sa personne par des agents du Consulat parce qu'il soutenait la cause noire et mulâtre ? En effet, Laveaux avait été nommé dans un triumvirat pour gouverner la Guadeloupe en novembre 1799. Trois mois plus tard, il eût été assassiné si on ne l'avait pas prévenu à temps, et si la foule ne s'était pas dressée pour le défendre. Pélage intervint alors, dispersa la foule. Les soldats noirs furent enfermés dans leur caserne, et les Blancs s'emparèrent de Laveaux, qui sera destitué. Non, Napoléon n'avait pas perdu de temps. Trop pressé ! Il avait commencé à s'attaquer à la Guadeloupe moins nombreuse, moins armée. Il n'avait pas encore les moyens de s'attaquer à Saint-Domingue. Il fallait user de ruse. Mais comment cet homme si malin et si intelligent, dit-on, a-t-il pu ignorer dans son aveuglement que la Guadeloupe n'était qu'à quelques jours de voile de Saint-Domingue et que Laveaux, ami intime de Toussaint, homme politique éminent et perspicace avec lequel il entretenait une correspondance régulière et fournie, n'hésiterait pas une seule seconde à envoyer un S.O.S. en direction de Saint-Domingue ? Un S.O.S. qui arriva en l'île sans doute avant même la proclamation de Noël 1799, partie tardivement vers les Antilles.

L'homme au bicorne eut encore le front d'accompagner cette proclamation de l'arrêté suivant :

Article premier. Les citoyens Vincent, ingénieur ; Raimond, homme de couleur, ex-agent, et le général Michel partiront sans délai ; ils se rendront à Saint-Domingue.

Article 2. Ils seront porteurs de la proclamation ci-jointe.

Article 3. Le citoyen Michel sera mis à la disposition de l'agent du gouvernement Roume, pour être employé dans son grade dans les troupes de Saint-Domingue, sous les ordres du général en chef Toussaint Louverture.

Article 4. Le citoyen Raimond sera employé pour le rétablissement de la culture, sous les ordres de l'agent-gouverneur Roume.

Article 5. Les mots suivants : *Braves Noirs, souvenez-vous que le peuple français seul reconnaît votre liberté et l'égalité de vos droits*, seront inscrits en lettres d'or sur tous les drapeaux des bataillons de la garde nationale de la colonie de Saint-Domingue[4].

La guerre du mensonge et du faux-semblant avait bel et bien commencé par la mascarade de ce dernier article, l'article 5. À malin, malin et demi. Le Napoléon blanc n'avait aucune idée de l'intelligence et de la lucidité du « Napoléon noir ». Ce dernier refusa net d'appliquer cet article, arguant du fait qu'en premier lieu il n'en avait pas été saisi officiellement, et que par ailleurs : « Ce n'est pas une liberté de circonstance concédée à nous seuls, que nous voulons, c'est l'adoption absolue du principe que tout homme né rouge, noir ou blanc ne peut être la propriété de son semblable. Nous sommes libres aujourd'hui parce que nous sommes les plus forts. Le Consul maintient l'esclavage à la Martinique et à Bourbon ; nous serons donc esclaves quand il sera le plus fort[5]. »

La suite n'a que trop bien montré la pertinence de ce trait.

Il ne fallait pas perdre un seul instant. Tout d'abord en finir avec ce conflit qui l'opposait aux mulâtres, les réduire à l'impuissance. Puis se donner tous les moyens pour résister efficacement à cet ouragan annoncé. Ce qui veut dire en premier lieu prendre possession de la partie espagnole de l'île. C'était là un point faible de la défense de Saint-Domingue. Cette partie avait été concédée par les Espagnols depuis 1795. Or, cinq ans plus tard, la France, curieusement, ne l'avait toujours pas intégrée officiellement, se contentant d'y envoyer ses représentants. Sans doute pour empêcher Toussaint de développer son pouvoir. L'esclavage continuait dans cette partie espagnole et la traite n'avait jamais cessé. Le trafic négrier enrichissait cette zone, alimenté par l'activité permanente des corsaires. Des Noirs étaient enlevés dans la partie française pour y être réduits en esclavage. Mais la France fermait les yeux. Il était temps d'en finir. Même si cela faisait de Kerverseau et de Roume de nouveaux ennemis ; au fond, il n'en avait cure. Seule comptait l'urgence d'organiser la défense de la liberté si chèrement acquise. Enfin, développer sans plus attendre et à marche forcée l'agriculture, le commerce et l'industrie, nerfs de la guerre.

Napoléon l'avait forcé à accepter l'idée d'indépendance. Soit ! C'était le moindre mal. Il parlait de différences de climats et de mœurs pour justifier les différences de traitement d'avec la France continentale dans sa nouvelle Constitution. Soit ! Il utiliserait le même argument pour justifier la sienne. Mais pour cela il devrait se faire dictateur, demander encore une fois à son peuple d'assumer les privations et la souffrance d'un dur labeur. Il n'avait pas le choix. Il allait vers sa tragédie, le sacrifice suprême, la mort de Moïse son aimé.

Comme dans toute tragédie, il ne savait pas qu'il était le héros qui ne peut que suivre les fils de son destin et dont toute la qualité, en tant que personnage, réside dans sa manière toute singulière d'y faire face, usant de son intelligence, de son cœur et de son courage.

QUATRIÈME PARTIE

Les chiens de l'enfer

Des Nègres à manger

Les chiens ! Ils avaient lâché les chiens. Mille cinq cents molosses, des bouledogues achetés à Cuba à prix d'or, six cents francs pièce, entraînés à manger des Noirs, avaient débarqué en ce mois de mars 1803 à Port-au-Prince. L'enfer avait pris possession de cette terre de damnés, mise à feu et à sang ; et l'envoyé du prince des ténèbres qui était venu remplacer son beau-frère, le général Leclerc, étouffé par ses mensonges et par la fièvre jaune, n'était autre que Rochambeau. Sa parole était de fiel. Le général Ramel, se confiant à Lacroix, s'alarmait de cette « guerre d'extermination » (le mot est de Leclerc lui-même) où les Noirs sont noyés en masse, asphyxiés par centaines au large dans des bateaux appelés étouffoirs, enfumés de soufre, dévorés vivants par des chiens. Il reçut, consterné, cette lettre de Rochambeau :

Je vous envoie, mon cher commandant, un détachement de cent cinquante hommes de la garde nationale du Cap, commandés par M. Bari, il est suivi de vingt-huit chiens bouledogues. Ces renforts vous mettront à même de terminer entièrement vos opérations. Je ne dois pas vous laisser ignorer qu'il ne vous sera passé en compte aucune ration, ni dépense pour la nourriture de ces chiens. Vous devez leur donner des Nègres à manger. Je vous salue affectueusement.

ROCHAMBEAU[1]

Le même écrira en avril 1803 :

L'esclavage des Noirs doit être proclamé de nouveau dans ces parages ; et le Code noir rendu beaucoup plus sévère. Je pense même que pour un temps les maîtres doivent avoir le droit de vie et de mort sur leurs esclaves. Le renvoi de Toussaint, de Rigaud, de Pinchinat, Martial Besse, Pascal, Bellegarde, etc., ferait un très bon effet ici. Je les ferais pendre avec le plus grand appareil[2].

Non, ce n'était pas un de ces cauchemars qui assaillaient Toussaint se retournant, fébrile, sur sa paillasse humide du fort de Joux. C'était la réalité concrète de cette fin de l'hiver. Un ouragan dévastateur créé par cet « esprit du monde » qui tourmentait le monde. Le spectre noir d'un racisme meurtrier qui venait de se lever sur le temps. Un racisme absolu, séparant l'humanité d'une barrière que l'on voulait infranchissable comme celle des espèces. Ne venait-il pas, ce « Buonaparte » comme l'appelaient ses ennemis, quelques semaines plus tôt, le 8 janvier 1803, de rendre hors la loi et hautement punissable tout mariage entre Blancs et Noirs, comme s'il s'agissait d'un crime contre nature ?

Le 16 janvier, Julie Talma écrivait à son ami Benjamin Constant :

L'homme noir qui est au château de Joux me fait grande pitié. Des gens très éclairés disent que les Noirs ne sont pas des hommes : c'est déjà un grand mérite. C'est sans doute pour cela que je les plains de toute mon âme[3].

Rochambeau parlait de le renvoyer avec Rigaud, Pinchinat et les autres à Saint-Domingue pour faire un beau spectacle de leur pendaison. Peut-être est-ce pour cela qu'ils le maintenaient en vie, qu'ils s'alarmaient de sa toux, de son état de santé ? Sans doute leur était-il, à ce moment, plus utile vivant que mort. Amiot, commandant le fort de Joux à la suite de Baille, avait reçu l'ordre de faire appel à un officier de santé dont la compétence était reconnue, et de l'attacher spécialement, et de manière permanente, au chevet de Toussaint. Amiot devait rendre un rapport quasi quotidien de l'état de santé du prisonnier. Le 28 janvier, il écrivait au ministère de la Marine :

Toussaint souffre de douleurs dans différentes parties du corps qu'accompagnent deux petits accès de fièvre, il a une toux très sèche[4].

Le 19 février, il s'inquiète encore :

Le prisonnier a été pris plusieurs fois de vomissements qui l'ont soulagé. Cependant, il a la figure enflée[5].

Le 4 mars, la situation ne semble pas s'améliorer :

Le détenu est toujours dans le même état d'indisposition. Il a la figure enflée, se plaint sans cesse de maux d'estomac et a une toux très forte[6].

Le 19 mars, l'état de Toussaint est alarmant. Il lutte toujours contre la mort. Son état inspire plus que jamais l'inquiétude d'Amiot :

> La situation de Toussaint est toujours la même. Il se plaint continuellement de douleurs d'estomac et a une toux continuelle. Il tient son bras gauche en écharpe depuis quelques jours pour cause de douleurs. Je m'aperçois depuis trois jours que sa voix est bien changée. Il ne m'a jamais demandé de médecin[7].

Tenir bon ! Il lui fallait tenir bon. Non pas pour se balancer au bout d'une corde en compagnie de Rigaud et de Pinchinat ! Mais parce qu'il avait passé l'hiver et qu'un printemps frileux était en train de s'annoncer. Parce que l'orage qui avait déchaîné avec ses démons sanguinaires cette guerre des races où l'horreur absolue copulait avec l'impensable allait aussi passer. Il le savait. Ce n'était qu'une question de jours. Ses cavaliers se battaient dans l'orage. Au sud, le Tigre faisait des ravages. Au Nord, Christophe, ce cher Christophe, qui n'avait pas hésité une seule seconde à suivre son ordre dès que Leclerc eut pointé ses canons sur le Cap, à mettre une nouvelle fois le feu à cette ville somptueuse qu'il avait fait renaître de ses cendres. Christophe, nouveau Néron voyant dans un grand rire flamber tous ces luxueux palais, n'avait pas craint de tout perdre pour sauver l'essentiel : sa liberté. Il avait donné l'exemple en mettant le feu à la villa toute neuve qu'il venait de se faire construire à grands frais. Christophe, héros d'une tragédie haute en couleur qui ne devint roi que pour enfermer sa liberté chérie au sommet d'une citadelle qu'il devrait détruire de nouveau. L'homme qui ne construisait que pour laisser des ruines s'amusera de la vie et des apparats du pouvoir dans un grand rire tragique, entouré des ducs de la Marmelade et autres ducs de Limonade. Goguenard, il répondra aux Français se riant de ses ducs : « Cela ne m'étonne pas d'un pays qui avait le duc de Bouillon et le prince de Poix. »

Pour l'heure, il bataillait comme un beau diable aux côtés de Dessalines. Tous, ils allaient museler les chiens. Ils allaient déplumer l'aigle blanc, lui faire ravaler toute sa morgue. Vivre, oui vivre encore un peu pour voir cet avenir. Pour rire de Rochambeau aussi. La corde qu'il lui promettait serait pour lui, pour celui qui avait eu le front, l'aveuglement raciste, de le mettre dans le même sac que Rigaud et Pinchinat !

Mais qu'était donc devenu Rigaud ? Il avait été emprisonné quelque temps, juste à côté de sa cellule du fort de Joux et s'en était évadé. Curieux, n'est-ce pas ? Comment s'évader d'une forteresse si bien gardée ? Les mulâtres, parfois, avaient en ce temps-là une couleur passe-muraille. Il s'était engagé dans les troupes de Leclerc pour ferrailler contre les Noirs. Jusqu'où mène l'aveuglement, tout de même ! Il ne voyait pas que, ce faisant, il combattait sa propre liberté.

S'il en avait eu la force, Toussaint aurait encore ri de cette tragi-comédie à laquelle Rigaud s'était livré lorsque le colonel Vincent, arrivé en 1800 avec une députation, lui avait appris, après la guerre qui les avait fait s'affronter, que la France avait finalement pris, contre l'avis d'Hédouville, le parti de Toussaint et l'avait confirmé dans son grade de général en chef de l'armée de Saint-Domingue. Il avait sorti son poignard et fait mine de s'en frapper le cœur, puis avait pris la fuite à bord d'un navire danois pour se retrouver deux ans après, à sa sortie de prison, dans l'expédition Leclerc.

Tenir bon, tenir encore pour que cette république noire, libre et indépendante advienne. S'il n'y en avait qu'une, ce serait celle-là. La liberté dans un seul pays, c'était mieux que rien. Toussaint Louverture avait mis sous l'étouffoir son grand dessein : envoyer l'armée de Saint-Domingue sur les terres d'Afrique pour arrêter à la source même l'hémorragie de l'esclavage, en cautérisant la plaie ouverte, par le fer rouge de son épée. Mais le vent de la liberté ne soufflait plus depuis les côtes de France pour les porter vers l'espérance et remonter aux sources du mal. L'horizon était bouché. Les Noirs n'avaient d'autre choix que de faire le dos rond, de mettre cette indépendance en veilleuse et d'attendre des jours meilleurs. Ils s'étaient enfermés dans l'île et avaient préservé leurs arrières en occupant Santo Domingo d'où ils avaient chassé les derniers négriers.

Roume s'était malencontreusement opposé à cette action. Ses ordres, venus de Paris, étaient formels. Toussaint lui avait envoyé Moïse qui, malgré menaces et tractations, n'avait su le convaincre. Il avait dû alors emprisonner le gouverneur. Crime de lèse-majesté, premier acte d'une rébellion qu'il avait clairement signifiée à Bonaparte en lui faisant savoir que le paquet ficelé et enfermé au Dondon en la personne de Roume, était à sa disposition dès qu'il en ferait la demande :

> [...] La malveillance, alarmée d'une résolution qui allait faire passer la partie espagnole de Saint-Domingue sous la domination de la République, fit jouer tous les ressorts de l'intrigue pour y mettre un obstacle. Celui qui lui réussit le mieux fut de faire revenir le citoyen Roume, agent du gouvernement, sur son arrêté du 7 floréal, et de le porter à toutes les démarches qu'il entreprit pour éloigner la prise de possession qu'il avait lui-même arrêtée. Décidé à l'obtenir par la force des armes, je me crus alors obligé, avant de me mettre en marche, d'inviter le citoyen Roume de cesser ses fonctions et de se retirer au Dondon jusqu'à nouvel ordre, parce que l'intrigue et la malveillance n'auraient pas la même facilité à lui tourner la tête. Il est là, à vos ordres ; quand vous me le demanderez, je vous l'enverrai...
>
> Salut et profond respect[8]

Maintenant que l'île tout entière était sous sa main et toutes les côtes étroitement surveillées avec l'aide officieuse des Anglais qui assuraient le ravitaillement en vertu de la convention secrète, il fallait mettre le pays au travail.

Aurait-il fait autrement si on lui en avait laissé le temps ? Le temps lui fut donné, mais bien trop tard, en prison, comme Bonaparte en l'île de Sainte-Hélène, pour se retourner sans cesse sur sa couche et ressasser cela. Bien sûr, il y pensait et y repensait sans cesse, refaisant tous les jours ce chemin d'ombre et de lumière depuis les matins noirs de son enfance esclave jusqu'au soleil de sa puissance et de sa gloire. Des erreurs, il en avait commis. Du mal, il en avait fait, mais, il le répétait souvent, tentait de s'en convaincre, « c'était pour le bien ». Qu'aurait-il fait si Bonaparte, pressé par le temps, ne l'avait pas obligé à se lever lui-même en dictateur ? Combien de fois n'avait-il pas songé à prendre sa retraite ? Toussaint était au fond un homme tranquille, un paysan amoureux de la terre qui n'aspirait qu'à labourer au cœur de champs paisibles, à retrouver sa femme et ses enfants à la tombée du soir. S'il en avait eu le temps, « il en aurait pu être autrement » comme disait Bonaparte en soupirant, qui était revenu trop tard de son erreur et qui avait compris trop tard comment il aurait pu se servir de Toussaint Louverture pour conquérir les Amériques.

Toussaint rêvait d'autres conquêtes en terre d'Afrique. Le couple Bonaparte-Louverture aurait pu faire merveille. Peut-être eût-il suffi de lui laisser porter au bout du monde l'étendard de la liberté. Demandait-il autre chose que ça ? Des honneurs sans doute, de la reconnaissance, sûrement. Mais sa fortune, il l'avait amassée à la sueur de son front. Cet argent-là, il l'avait mis dans son armée pour n'avoir plus à acheter sa liberté. Toussaint fut l'erreur de Napoléon et Napoléon l'origine de sa faute. Et si le nez de Bonaparte eut été plus fin, sans doute la face du monde en eût été changée. Et sans doute (cette pensée-là relançait ses douleurs à l'estomac), sans doute Moïse n'eût pas été assassiné, s'il avait eu le temps. Le temps d'organiser dans Saint-Domingue enfin ancrée dans son havre de paix la mise en œuvre pas à pas de la structure sociale, économique et commerciale. Le temps de labourer, semer, planter et récolter. Le temps de réaliser enfin son rêve d'une île prospère et florissante offrant ses fruits à l'homme libre ayant planté ses arbres de ses mains libres. Mais il fallait faire vite, avancer à marche forcée. Développer dans l'urgence, prendre des mesures impopulaires sans avoir le temps de négocier, ni même d'expliquer suffisamment. Expliquer, il tenta de le faire dans ses proclamations qui se voulaient aussi éducatives et qui étaient autant de leçons de morale appliquées à la famille, aux mœurs et au travail. Mais plus il avançait, et plus il provoquait des incompréhensions, et plus il était contraint de tenir la société d'une main de fer.

Il rêva d'être un chef de paix et ne réussit jamais qu'à être un chef de guerre.

Le temps de la solitude

La paix était de retour mais Toussaint était seul. Seul dans cette île immense qu'il fallait faire renaître des décombres de la guerre pour préparer une nouvelle guerre. Laveaux, Roume, Kerverseau, Sonthonax étaient partis. Les Espagnols et les Anglais, mis hors d'état de nuire. Il avait acquis la toute-puissance, était devenu gouverneur de fait. Il organisa les rituels du pouvoir, ses apparats, sa cour. Entouré, comme il le fut jamais, mais solitaire, comme jamais. Autour de lui, tout était luxe. Dans les salons, les belles dames aux toilettes élégantes le baignaient de parfums, faisant assaut de pigeonnants décolletés devant lesquels Tartuffe en lui parfois se réveillait, leur demandant d'un air sévère plus de tenue et de cacher ces seins qu'il ne saurait voir. Au milieu de toute cette bonne chère, de dentelles, de soies, de poudres et de perruques, Toussaint affectait une sobriété quasi monacale. La tête éternellement serrée par un madras sur lequel était vissé son vieux tricorne, il se promenait au milieu de tout ce beau linge avec sa redingote d'épaisse toile bleue usée jusqu'à la corde et dépourvue d'épaulettes. Le vin coulait à flots autour de lui qui ne buvait que de l'eau. Jamais de plats en sauce, rarement des mets cuisinés. Des légumes secs ou frais et quelques fruits fraîchement cueillis composaient l'essentiel de son repas. Il mangeait peu, ne buvait pas et dormait encore moins. On lui prêtait deux heures de sommeil par nuit et on lui reconnaissait deux seules passions : la musique et les roses. Il s'éclipsait habituellement de ces soirées pour aller épuiser jusqu'au bout de la nuit son bataillon de secrétaires à qui il dictait plusieurs courriers à la fois. Sans doute Toussaint a-t-il forgé son propre mythe fondé sur la vérité d'un caractère. Un mythe qui l'isolait du monde, le protégeait mais l'enfermait tout aussi sûrement dans la solitude du pouvoir.

Cet isolement se renforçait par crainte des attentats. Il restait toujours à distance respectable d'une fenêtre, ne faisait préparer ses aliments que par des personnes absolument dignes de sa confiance, contraignait ses principaux officiers à un acte quasi quotidien de présence auprès de lui, avait créé un service de renseignements fiable lui permettant de détecter la moindre tentative de rébellion. C'est ainsi qu'il sut très tôt ce que fomentait Moïse et suivit attentivement la progression de la cabale que celui-ci était en train d'organiser.

Seul au milieu des siens, Toussaint savait qu'il allait faire naître du mécontentement. Il ne pouvait plus laisser reposer son pouvoir sur la seule triangulation des classes, ni sur l'opposition aux ennemis extérieurs. La paix était pour lui plus dangereuse que la guerre. Le manque d'éducation et l'absence de recul d'une population encore traumatisée par plus de deux siècles d'esclavage étaient ses pires ennemis. Il suscitait la totale incompréhension des Noirs et des Blancs de France en faisant revenir les colons, les anciens maîtres, les ennemis héréditaires de leur classe. Toussaint utilisait le pardon comme arme politique. Combien de fois ne l'entendait-on pas crier à son armée : « Pas de représailles, pas de représailles. » Combien de fois laissa-t-il la vie sauve à ses ennemis qui lui faisaient serment de leur adhésion aux idéaux de la République. L'esprit de vengeance ou de revanche ne l'habitait pas. Celui du ressentiment ne brouillait pas sa vision de l'avenir. L'homme avait l'esprit d'élévation, le sens du dépassement dialectique. Il ne serait pas ce « vengeur de sa race » dont parlait Diderot qui instaurerait un Code blanc comme négatif du Code noir. Il construisait l'Histoire. Il opérait un saut qualitatif qui apportait un fait nouveau. Cet homme d'État était un philosophe jardinier. Un pragmatique prévoyant l'avenir. Il avait besoin des colons et il les ferait revenir dans une situation nouvelle où les Noirs tenaient le pouvoir. Bien sûr, ils commanderaient les Noirs au sein de leur entreprise, mais ils travailleraient au bout du compte à leur service. Pour cela, il avait pris garde de préserver leurs biens pendant leur absence et de lever le séquestre dès que ces colons, revenus en masse d'Amérique ou des îles sous domination espagnole ou anglaise, rassurés de l'état de paix, pouvaient prouver leurs titres de propriété. Il émit en ce sens, en date du 14 mai 1801, un arrêté de gestion des propriétés d'immigrés. Était-il dupe pour autant ? Était-il, comme on se plaisait à dire, « l'ami des Blancs » ou encore leur serviteur soumis et admiratif ? Loin s'en faut. Que l'on juge de sa clairvoyance par cette réplique, rapportée par Malenfant, qu'il fit un jour à une femme de colon lui demandant d'être parrain de son fils :

« Pourquoi, madame, voulez-vous que je nomme votre fils ? Votre démarche n'a d'autre but que de me faire donner une place à votre mari, car votre cœur dément la demande que vous me faites.

— Comment, général, pouvez-vous croire cela ? Non, mon mari vous aime, tous les Blancs vous sont attachés.

— Madame, je connais les Blancs, si j'avais leur peau, oui ; mais je suis noir et je connais leur aversion pour nous. Avez-vous bien réfléchi à la demande que vous nous faites ? Si j'acceptais, qui vous dit qu'à l'époque de la raison votre fils, voyant qu'un Nègre est son parrain, ne vous en fasse pas de reproches ?

— Mais, général...

— Madame (en lui montrant le ciel), celui qui gouverne tout est seul immortel. Je suis général, il est vrai, mais je suis noir. Après ma mort, qui sait si mes frères ne seront pas remis en esclavage et ne périront pas encore sous le fouet des Blancs ? L'ouvrage des hommes n'est pas durable. La Révolution française a éclairé les Européens ; nous sommes aimés et plaints par eux, mais les colons blancs sont les ennemis des Noirs... Vous voulez placer votre mari, eh bien ! Je lui donne l'emploi qu'il demande. Qu'il soit honnête homme et qu'il se rappelle que je ne puis tout voir, mais que rien n'échappe à Dieu. Je ne puis accepter d'être le parrain de votre enfant, vous en auriez des reproches des colons et peut-être un jour de votre fils[1]. »

Non, Toussaint ne se laissait pas aveugler par son pouvoir, et restait à distance des flatteurs. Il faisait preuve à tout moment d'une conscience aiguë de sa situation et position sociales, à la fois comme Noir et comme général dans le regard des Blancs tout autant que dans celui des Noirs. Il faisait la part entre lui-même, ses sentiments profonds et sa stature politique lui imposant la gestion de ses actes et de ses paroles publiques. Si on ignore cette dimension, on peut aisément prendre pour de la fourberie, de l'hypocrisie ou de l'ingratitude cette attitude qu'il eut vis-à-vis de Baillon de Libertat auquel il exprimait publiquement sa reconnaissance. Ainsi, un jour qu'il avait invité son ancien maître à une cérémonie, celui-ci se précipita sur lui, les bras ouverts. Toussaint eut un geste de recul et répondit suffisamment fort pour être entendu dans tout le cercle des invités : « Doucement, M. le gérant, il y a aujourd'hui plus de distance de moi à vous qu'il n'y en avait autrefois de vous à moi. Rentrez sur l'habitation Bréda ; soyez juste et inflexible ; faites bien travailler les Noirs, afin d'ajouter par la prospérité de vos petits intérêts à la prospérité générale de Saint-Domingue. »

Quelle que soit son affection pour Baillon de Libertat, Toussaint avait désormais enfermé son cœur dans la solitude du pouvoir. Une solitude qui grandissait tous les jours et qui creusait un fossé de plus en plus profond entre le peuple et lui. Il pensait l'avenir et eux raisonnaient au présent. S'il avait eu le temps, peut-être aurait-il pu réduire ce tort d'avoir eu raison trop tôt... Peut-être dans un temps prolongé de paix et de prospérité... Mais Napoléon menaçait. Il fallait fortifier les places fortes, renforcer la marine, ouvrir des canaux, irriguer les champs, produire et cultiver à grands pas, importer et exporter. Les colons s'étaient mis à la tâche. L'économie de Saint-Domingue devenait florissante, mais le mécontentement grondait. Les paysans noirs se sentaient floués. Ils auraient aimé une parcellisation des terres leur permettant de cultiver pour leur propre subsistance. Ils rêvaient d'une forme d'autarcie, et il est vrai que le climat et la terre très fertile de Saint-Domingue étaient propices à la diversification des cultures, à une agriculture de subsistance. Mais cela n'aurait pas permis de fournir la denrée coloniale propre à l'exportation qui était, avec les Américains et les Anglais, cette monnaie d'échange permettant l'importation de biens utiles au développement de l'industrie, à l'achat des canons et des fusils, à la mise en ordre d'une armée digne de ce nom. Il fallait faire vite. Toussaint prit alors cette mesure impopulaire entre toutes : un règlement de la culture imposant qu'on ne pouvait être propriétaire d'une terre cultivable que si l'on avait acquis un minimum de cinquante carreaux et que l'on avait fait valoir auprès de l'administration qu'on employait un nombre suffisant d'ouvriers pour les cultiver. Ce qui excluait de fait toute exploitation familiale fondée sur une culture vivrière. En préliminaire de ce règlement, Toussaint exposa ainsi sa vision :

Toussaint Louverture, général en chef de l'armée de Saint-Domingue

Plusieurs citoyens s'étant proposés des acquisitions de terre, il est de mon devoir de régler les dispositions auxquelles ils devront être assujettis.

La culture de cette colonie, bien différente de celle des autres pays, exige une réunion de moyens considérables en hommes et en argent sans lesquels il est impossible qu'un planteur puisse obtenir les avantages qu'il doit naturellement proposer... Il serait imprudent et impolitique de permettre de nouveaux établissements tandis que les anciens languissent, et de vouloir en accroître le nombre avant que la population soit augmentée.

Il est en même temps nécessaire de fixer le nombre de carreaux de terre qu'il est convenable de laisser acquérir. Il est introduit dans la partie française des abus qu'il est urgent d'arrêter. Un, deux ou trois cultivateurs s'associent, achètent quelques carreaux de terre, et abandonnent des habitations déjà en valeur, pour aller se fixer sur de nouveaux terrains incultes.

De cette manière, les anciens établissements seraient bientôt ruinés, sans utilité pour les entrepreneurs des nouveaux défrichements, et sans compensation, pour la chose publique, des pertes que ces abandons occasionnent.

Il est de prudence d'empêcher une semblable désorganisation. En conséquence, aucune vente de terre ne pourra être faite, si ceux qui désirent faire des acquisitions n'ont préalablement obtenu, de l'administration municipale de leur canton l'autorisation d'acheter, après avoir prouvé qu'ils ont les moyens nécessaires pour former de nouveaux établissements ; ladite autorisation sera soumise à mon approbation[2].

Avec de telles mesures, la balance commerciale de Saint-Domingue devint vite excédentaire. Lorsque Leclerc arrivera dans l'île, il y trouvera un pays dont la prospérité l'étonnera et confiera même : « Le règlement de la culture qu'a édicté Toussaint est très bon. Je n'aurais pas osé en proposer de meilleur[3]. » Sifflement admiratif précédant la mise à sac de l'édifice construit par Toussaint d'une main de fer et avec le tribut de son propre sang, celui de Moïse baignant dans les sillons tracés par ce règlement. C'est en effet là, dans cette terre tant aimée, que se noue la tragédie. En voulant semer l'espérance, il dut l'amender de ses pleurs et du sang de son fils adoptif. Trop vite, il devait aller trop vite. Napoléon armait déjà au Havre ses grands croiseurs de guerre. C'est ce temps-là qui lui manquait pour ne pas commettre l'irréparable. Revenons sur les faits : Moïse s'était opposé à ce règlement, car il était partisan d'un plan de répartition des plantations en propriétés familiales, désireux de rendre la terre aux Noirs. Il voulait tout, tout de suite. Pour cela, il avait projeté l'élimination des colons blancs dont son père adoptif, le « vieux » comme on disait, encourageait le retour. Il voulait les spolier, confisquer toutes leurs terres et mettre en place une culture d'autosubsistance. Il s'appuya sur le mécontentement des cultivateurs noirs, arma leur révolte. Et c'était l'avenir de l'île tel que Toussaint le visionnaire le percevait dans ce mouvement irrésistible de préparation de la guerre qui allait être brisé. Toussaint pensa qu'il n'avait pas le choix. Il fallait étouffer cette révolte dans l'œuf. C'était son fils adoptif qui en était la tête. Alors c'était le prix à payer, le sacrifice suprême, un holocauste au dieu du devenir. Non, ce n'est pas Toussaint qui tua Moïse, mais l'avenir qui, pour se préserver, dut tuer le présent, la vie dans sa beauté, dans l'expression immédiate de l'amour et du désir en la personne du beau, du vif, du souriant Moïse.

On peut condamner Toussaint. C'est une faute absolue. Mais était-ce une « erreur » ?

L'armée du mensonge

Plus que jamais seul devant l'abîme ouvert sous ses pieds par l'assassinat de Moïse, il ressentait cette déflagration qui fit autour de lui un silence horrifié, incrédule, respectueux. Par ce tabou brisé, il était devenu intouchable. Sur ses épaules, l'étoffe d'un dieu. Il était à la fois assassin et victime. Il était deux en un. La solitude mène au mysticisme. Il réunit autour de lui les douze apôtres blancs pour écrire sur le corps de Moïse les Tables de la Loi. Sans doute savait-il déjà qu'il ouvrait, ce faisant, ce long chemin de calvaire qui menait à sa crucifixion. Il se donnait tout entier à Saint-Domingue. Il l'incarnait, en était la chair et le sang. Dans sa Constitution, il était tout, il pouvait tout. L'ancien cocher avait en main toutes les rênes du pouvoir : l'armée, la justice, le parlement, l'administration, l'information. Cet attelage tenu fermement devait lui être soumis jusqu'à sa mort et au-delà de sa mort puisqu'il pouvait nommer son successeur. Il avait passé le pas, était le roi. Mais un roi indépendant, pas un de ces roitelets sous tutelle anglaise ou espagnole. Il créait par son corps même l'unité de sa nation. Une nation indépendante. Oui, cette Constitution fondée sur sa personne était le premier acte d'indépendance d'une colonie qu'il feignait de laisser encore sous la souveraineté de la France. Ce 13 juillet 1801, en apposant sa signature au bas de « sa » Constitution, il déclarait la guerre à Bonaparte. À Bonaparte, et non à la France. Une guerre qu'il savait inéluctable, car ce dernier consultait activement depuis l'an 1800 sur l'éventualité d'une expédition militaire dirigée contre Saint-Domingue. La conviction du Premier consul était déjà faite, bien qu'il reçût sans cesse des mises en garde. Le colonel Vincent l'informa du péril d'une telle attaque face à un ennemi aussi solide que Toussaint et son armée aguerrie par dix années de batailles. Son opposition à la volonté du dictateur lui vaudra un séjour à l'île d'Elbe. Un certain Delamardelle tenta, le 21 novembre 1800, de le convaincre qu'une telle décision pouvait entraîner l'indépendance de Saint-Domingue : « La liberté des esclaves ayant été proclamée, l'indépendance de Saint-Domingue n'est plus une chimère[1]. » Mise en garde à laquelle il resta sourd. Il prépara cette attaque dans le plus grand secret. On composa une armée de vingt mille hommes prêts à s'embarquer de Brest, de Rochefort, de Nantes, de Bordeaux, de Cadix, du Havre et de Toulon. Mais Toussaint, par sa Constitution du 13 juillet, avait pris les devants, toujours au moins un coup d'avance. Le 7 octobre 1801, l'amiral Decrès, devenu ministre, reçut les ordres de Napoléon pour activer les préparatifs de l'expédition. Le 23 octobre, le général Leclerc est nommé officiellement à la tête de l'expédition. Les navires attendent pour prendre la mer, mais subsiste encore un obstacle de taille : l'Angleterre. Les préliminaires de paix de Londres avaient instauré une accalmie relative permettant la libre circulation dans les mers des navires français. Mais une expédition d'une telle importance inquiétait les Anglais qui voulaient des assurances. Les tractations seront longues entre Otto et Talleyrand. Le ministre français tente de convaincre son interlocuteur que « l'intérêt de la civilisation générale est de détruire la nouvelle Alger qui s'organise au centre de l'Amérique[2] ». Il cherche à le persuader de l'urgence d'une telle entreprise : « Si le Premier consul devait remettre cette expédition à une autre année, il se verrait dans la nécessité de reconnaître Toussaint, de renoncer à Saint-Domingue et d'y constituer des Noirs français, ce qui sans doute ne serait pas avantageux au commerce de la République, mais pourrait l'être beaucoup à sa puissance militaire[3]... » Ce qui signifie qu'il n'est pas forcément dans l'intérêt de l'Angleterre, compte tenu des risques d'expansion militaire, que la France reconnaisse la légitimité de Toussaint. L'argument était juste, judicieux. L'hypothèse valait la peine que Bonaparte s'y arrête. On voit bien qu'il y avait pensé avec Talleyrand bien avant ses regrets de Sainte-Hélène. Pourquoi ne s'en était-il pas tenu là ? L'aveuglement ! La pression des colons, son propre racisme. « Je ne veux plus voir un galon sur les épaules d'un Nègre[4] », répétait-il. « Défaites-nous de ces Africains dorés[5] », avait-il enjoint à Leclerc. Côté Anglais, on fut vite convaincu qu'il fallait soutenir Bonaparte dans son action, car, disaient-ils, éliminer Toussaint, « c'est le seul moyen d'éviter un empire noir dans les Indes occidentales[6]. »

L'accord des Anglais obtenu, il fallut attendre que cessent les vents contraires. Le 14 décembre 1801 enfin, après une si longue attente, Leclerc mit les voiles en direction de Saint-Domingue. Le 2 février, il arrivait en rade du Cap avec pour masque les mensonges de Napoléon proclamant que les Noirs sont et demeurent libres et égaux à tous les Français. Oubliant que Toussaint est l'autorité légitime, il s'adressa à Christophe commandant la ville, lui demandant d'être reçu avec son escadre. Ce dernier lui répondit qu'il ne le ferait que sur l'ordre de Toussaint. Leclerc menace alors de débarquer en force et Christophe lui rétorque : « Si vous avez la force dont vous me menacez, je vous prêterai toute la résistance qui caractérise un général, et si le sort des armes vous est favorable, vous n'entrerez dans la ville du Cap que lorsqu'elle sera réduite en cendres, et même sur ces cendres je vous combattrai encore[7]. » Leclerc tire au canon, Christophe allume sa torche et met le feu à sa maison. Tous l'imitent et le Cap n'est plus qu'un gigantesque brasier. Toussaint, du haut d'un morne, observe l'incendie, et donne l'ordre à Dessalines d'incendier Port-au-Prince : « N'oubliez pas, dit-il, qu'en attendant la saison des pluies, qui doit nous débarrasser de nos ennemis, nous n'avons pour ressource que la destruction et le feu. Songez qu'il ne faut pas que la terre baignée par nos sueurs puisse fournir à nos ennemis le moindre aliment. Carabinez les chemins, faites jeter des cadavres et des chevaux dans toutes les sources ; faites tout anéantir et tout brûler, pour que ceux qui viennent nous remettre en esclavage rencontrent toujours devant eux l'image de l'enfer qu'ils méritent[8]. »

Le lendemain, il ordonna à Maurepas d'incendier Port-de-Paix. Le surlendemain, le 9 février, il écrit à Domage :

Les Blancs de France et de la colonie réunis ensemble veulent ôter la liberté. Le Cap, après une vigoureuse résistance, a succombé, mais les ennemis n'ont trouvé qu'une ville et une plaine de cendres, les forts ont sauté et tout a été incendié. Méfiez-vous des Blancs, ils vous trahiront s'ils le peuvent. Leur désir bien manifeste est le retour à l'esclavage. Je donne l'ordre au général Laplume de brûler la ville des Cayes et les autres villes, et toutes les plaines, dans le cas qu'il ne pourrait résister à la force de l'ennemi[9].

Devant l'étendue de ce désastre, Leclerc dégaina son arme secrète : les enfants de Toussaint que Napoléon avait chargé de lui remettre en témoignage de ses bons sentiments, accompagnés de l'abbé Coisnon, ancien principal du collège Lamarche et directeur de l'institution dans laquelle ils avaient été placés pour leur éducation. Napoléon leur avait confié en mains propres une missive enfermée dans un coffret doré qu'ils devaient remettre à leur père. Inutile de dire l'émotion de

Toussaint étreignant ses enfants. Mais quand il lut la lettre, il prit un air sévère et renvoya à Leclerc sa progéniture accompagnée d'un courrier. Ce, après s'être confié à l'abbé Coisnon selon des propos rapportés par un certain Georges Legorgeu : « Vous, monsieur Coisnon, avouez que les paroles du Premier consul sont tout à fait en opposition avec la conduite du général Leclerc. Les unes annoncent la paix, l'autre me fait la guerre. Le général Leclerc en tombant sur Saint-Domingue comme un coup de foudre ne m'a fait connaître sa mission qu'en débarquant à main armée. Au milieu de tant de violences, je ne dois pas oublier que je porte une épée. Pour quel motif me déclare-t-on une guerre aussi injuste, aussi impolitique ? Est-ce parce que j'ai délivré mon pays du fléau de l'étranger, parce que j'ai travaillé de toutes mes forces à sa prospérité et à sa grandeur, parce que j'ai établi l'ordre et la justice ? Puisque ces actions sont regardées comme un crime, pourquoi m'envoyer mes enfants dans une telle circonstance ? Du reste si, comme vous le dites, le général Leclerc désire franchement la paix, qu'il arrête la marche de ses troupes. Il préservera Saint-Domingue d'une subversion totale et calmera les esprits exaspérés par son système d'envahissement. Monsieur Coisnon, je veux lui écrire dans ce sens une lettre que vous, mes enfants, et M. Granville, le précepteur de mon plus jeune fils, serez chargés de lui remettre[10]. »

Leclerc, voyant revenir à lui les enfants de Toussaint, comprit que ce dernier n'était pas tombé dans le piège et voulait se sentir libre de toute obligation vis-à-vis de lui et de ses enfants. Il répondit néanmoins par un nouveau mensonge :

Capitaine général Leclerc à Toussaint Louverture
13 pluviôse (12 février 1802)

J'ai reçu la lettre que vous m'avez écrite et qui m'a été remise par vos enfants. Il paraît que vous n'êtes pas instruit de la manière dont les événements se sont passés. L'armée navale s'est d'abord présentée en amie, et ce n'est que d'après le refus formel du général Christophe de la recevoir qu'elle a été forcée de prendre une attitude hostile.

J'aime à voir dans votre lettre que vous avez le désir de sauver la colonie. Il en est temps encore. Rendez-vous près de moi, j'aimerais à profiter de vos lumières... Réfléchissez : quelles que soient vos forces, vous devez finir par succomber et, ce qui fera encore plus d'effet sur votre esprit généreux, pensez aux maux que la guerre entraînera ici.

D'après la déclaration solennelle du Premier consul consignée dans sa proclamation et dans la lettre qu'il vous a adressée, vous ne devez plus avoir aucune inquiétude sur la liberté de vos concitoyens ; elle leur est acquise à trop de titres pour que le Premier consul puisse avoir l'idée de la leur enlever. Je vous attends, citoyen général, venez conférer avec un de vos camarades. Pour vous prouver la loyauté de mes sentiments, je vous préviens que pendant quatre jours les divisions qui couvrent le Cap ne commettront aucun acte d'hostilité... Tous les ordres qui sont en mon pouvoir pour arrêter l'effusion de sang, je les ai donnés ; mais si, le délai de quatre jours expiré, vous n'êtes pas venu conférer avec moi sur les moyens de rendre la paix à la colonie, je regarderai cela comme un refus de contribuer à sauver la colonie et je suivrai le cours de mes opérations[11].

Peine perdue, Toussaint ne se rendit pas, bien sûr, à ce rendez-vous de dupes. Leclerc s'en doutait mais continuait à penser dans la démesure de son orgueil et par le prisme de ses préjugés qu'il ne ferait qu'une bouchée de « ces Africains dorés ». Pourtant, le spectacle de désolation auquel il avait assisté dès qu'il avait tiré le premier coup de canon aurait dû lui faire penser aux paroles prémonitoires de Malenfant lors d'un fameux dialogue au cours duquel il tentait de le convaincre qu'il serait plus facile de soumettre les Noirs que les mamelouks :

« Tous les Nègres, lorsqu'ils vont voir une armée, mettront bas leurs armes. Ils seront trop heureux qu'on leur pardonne, lança-t-il.

— On vous induit en erreur, mon général, rétorqua Malenfant.

— Comment, un brave me parle ainsi !

— C'est que je suis vrai.

— Mais il y a ici un colon qui m'a offert d'arrêter Toussaint avec soixante grenadiers.

— Moi, mon général, je ne m'en chargerais pas avec soixante mille. Si vous faites la guerre, vous ne serez éclairés que par les flammes, vous coucherez sur des cendres, votre armée périra de fatigue et de misère[12]. »

Voyant qu'il commettait une erreur en engageant cet homme contre son gré dans sa troupe, il prend la décision de l'envoyer ailleurs :

« C'est bien, j'ai écrit au ministre de la Guerre qui vous donnera une autre destination[13]. »

Ce général Leclerc, beau-frère de Napoléon, gonflé d'importance et de certitudes, ne voyait pas que son aveuglement allait le mener tout droit au cimetière avec des milliers d'hommes. Un vrai carnage, une abomination. Parmi tous ces hommes, il y avait beaucoup de Jacobins dont on voulait débarrasser le sol de la métropole, des gens qui partageaient les vues de Malenfant. Leclerc le savait mais devait faire avec eux. Il en fit des dupes, réitérant son mensonge, les convainquant qu'ils se battaient pour la liberté générale. Cette arme du mensonge allait être utilisée contre la population. Il fallait déconsidérer Toussaint. Lui enlever toute légitimité, faire naître le doute sur sa conduite, un peu comme Toussaint le fit à l'égard de Dieudonné. Le général Leclerc publia donc une proclamation qui rendait Toussaint hors la loi :

Au quartier général du Cap, le 28 pluviôse an X
(17 février 1802)

Habitants de Saint-Domingue,

Le général Toussaint m'avait envoyé ses enfants, avec une lettre dans laquelle il assurait qu'il était prêt d'obéir à tous les ordres que je lui donnerais. Je lui ai ordonné de se rendre auprès de moi, je lui ai donné ma parole de l'employer comme lieutenant général. Il n'a répondu à cet ordre que par des phrases, il ne cherche qu'à gagner du temps. J'entre en campagne et je vais apprendre à ce rebelle quelle est la force du gouvernement français. Dès ce moment il ne doit plus être aux yeux de tous les bons Français qui habitent Saint-Domingue qu'un monstre insensé.

J'ai promis aux habitants de Saint-Domingue la liberté, je saurai les en faire jouir.

J'ordonne ce qui suit :

Article premier. Le général Toussaint et le général Christophe sont mis hors la loi ; il est ordonné à tous les citoyens de leur courir sus.

[...]

Article 3. Les cultivateurs qui ont été induits en erreur et qui auraient pris les armes seront traités comme des enfants égarés et renvoyés à la culture.

Article 4. Les soldats qui abandonneront l'armée de Toussaint feront partie de l'armée française.

Le capitaine général LECLERC[14]

Mais Toussaint n'était pas Dieudonné et Leclerc n'était pas Toussaint. Le premier bénéficiait de l'admiration et du respect de toute la colonie, y compris d'une bonne partie des Blancs. Il était entouré du respect inconditionnel de ses lieutenants qui appliquaient ses ordres à la lettre, même si Christophe avait déjà émis une légère réserve quant à la toute-puissance de son chef. C'est Toussaint et non Leclerc qui avait libéré Saint-Domingue. On ne détrône pas un héros sur la foi d'une simple proclamation. D'autant que chacun savait que la partie était loin d'être gagnée par l'assaillant. Qui aurait été assez fou pour s'en prendre à Toussaint ? Leclerc, de son côté, ne bénéficiait pas de la légitimité que devaient lui conférer son grade et le fait qu'il parlait au nom de la République. Les habitants de Saint-Domingue, les Noirs surtout, savaient à quoi s'en tenir lorsqu'on parlait depuis la France au nom de la République. L'histoire récente donnait raison à cette méfiance. Mais suivant l'adage qui dit « Mentez, il en restera toujours quelque chose », le beau-frère de Napoléon protestera sans cesse de sa bonne foi et ne manquera pas une occasion d'affirmer qu'il arrivait en libérateur avec, la main sur le cœur, la volonté de Napoléon d'assurer le bonheur, la liberté et l'égalité pour tous. Cela avait d'emblée un effet sur ses troupes parfois assaillies par le doute. Mais à mesure de l'avancée de l'armée napoléonienne au cœur de Saint-Domingue, de la pression exercée sur les troupes de Louverture et sur la population, à mesure aussi du harcèlement, des guets-apens, la lassitude gagnait et le doute envahissait les deux parties.

Les soldats de Leclerc, entendant les Noirs charger au son des airs républicains, étaient décontenancés, ainsi que le rapporte Pamphile de Lacroix : « Pendant que nous opérions l'investissement du fort, la musique des ennemis faisait entendre des airs patriotiques adaptés à la gloire de la France. Malgré l'indignation qu'excitaient les atrocités des Noirs, ces airs produisaient généralement un sentiment pénible. Les regards de nos soldats interrogeaient les nôtres, ils avaient l'air de nous dire : "Nos barbares ennemis auraient-ils raison ? Ne serions-nous plus les soldats de la République ? Serions-nous les instruments serviles de la politique ?"[15] »

Le doute s'insinuait dans tous les esprits, mais pas dans l'âme de Toussaint, infatigable. L'homme était partout, présent sur tous les fronts, harcelant sans cesse, aussi tenace, aussi insaisissable qu'une armée de moustiques. Éperonnant son cheval Belargent, il haranguait ses troupes, luttait pied à pied contre ce doute envahissant. Tenir, il fallait tenir jusqu'à la saison des pluies, attendre l'invisible cavalerie : la fièvre jaune qui formait déjà son bataillon fatal dans les sous-bois et les marais.

Leclerc pestait. Où étaient donc ces Nègres qui allaient lui demander pardon ? La plus grande armée du monde pataugeait lamentablement dans le bourbier de Saint-Domingue, et tous les jours la vaillance de ces Nègres qu'on devait écraser plus facilement que les mamelouks imposait à ses troupes sinon le respect, du moins l'admiration. La crainte gagnait. La désillusion commençait à se lire dans les yeux de ses officiers. Qui donc avait assuré que soixante hommes armés suffiraient à capturer Toussaint ? Qui donc avait clamé qu'il ne faudrait que deux semaines pour mettre ces Nègres à genoux ?

Doute et désillusion faisaient leurs ravages. L'armée française était désemparée. Le général Debelle, beau-frère de Hoche, s'exclama : « Nous sommes tout déroutés : c'est à perdre l'esprit. »

Le lieutenant Moreau de Jonnès surenchérit dans son carnet :

> [...] il n'était plus question de ces beaux feux groupés qui ébranlaient l'ennemi, ni de ces rapides formations en colonnes serrées pour l'aborder au pas de charge, la baïonnette en avant, au chant de *La Marseillaise* ou au bruit du tambour battant l'air des grenadiers français. La guerre n'était plus qu'un feu de bildaude, comme celui des chasseurs tirant aux lièvres cachés dans les buissons. Il était rare qu'on vît l'ennemi et qu'on pût le joindre. Mais ses coups imprévus n'en étaient pas moins assurés dans les embuscades qu'il nous tendait et où nous tombions sans cesse avec la plus opiniâtre imprudence. Une ruse africaine, grossière et ridicule, réussissait constamment. Un Nègre tout nu paraissait tout à coup devant un de

nos postes à une faible distance ; il s'avançait encore en batifolant pour amuser les soldats par ses grimaces ; puis il se moquait d'eux en les provoquant par des gestes outrageants. Leur patience était bientôt épuisée, et ils lui envoyaient quelques balles qui ne l'atteignaient pas, car il était alerte à se jeter de côté ou à plat ventre. Irrités de leur propre maladresse, les nôtres s'avançaient pour mieux viser ; bientôt ils étaient entraînés à sa poursuite, d'autres les suivaient et tous ensemble ils allaient donner tête baissée dans une embuscade préparée de longue main, et où quelques-uns d'entre eux restaient toujours[16].

Dans cet enfer où les soldats français perdaient tous leurs repères, la guerre s'éternisait. Les hommes manquaient de tout. Une vraie désolation. Il fallait de l'argent, des moyens, des renforts, et Bonaparte faisait la sourde oreille. Mentir, il fallait mentir, amplifier, exagérer, injecter le doute chez l'ennemi, dans la population, partout où cela était possible. Le doute est compagnon de la souffrance. Il fallait faire souffrir, marquer les imaginations, faire assaut de cruauté et en rendre Toussaint responsable. Mentir aussi à sa hiérarchie, la soulever d'horreur et d'indignation. Se mentir à soi-même s'il le fallait, mais ne jamais douter dans cette guerre où l'élément psychologique devenait déterminant. Leclerc écrivit au ministre de la Marine : « La férocité de Toussaint n'a pas de nom. Il a égorgé plus de dix mille habitants, blancs, noirs ou mulâtres. Nous avons ramassé dans nos différentes expéditions plus de huit mille individus, hommes, femmes et enfants, qu'il se proposait d'égorger.[17] »

Mentez et calomniez, il en restera toujours quelque chose.

Doute encore à la Crête-à-Pierrot, bastion tenu par Dessalines. Le général Pamphile de Lacroix, le général Debelle, le général Rochambeau, le général Boudet, le général Dugua et le général Leclerc lui-même étaient à la manœuvre, secondés par quelques officiers mulâtres comme Pétion qui se fit remarquer par son courage et son astuce. Vague après vague, les assaillants étaient repoussés. La Crête fut jugée, de guerre lasse, impossible à prendre de force en un premier temps. Ce fut un véritable carnage. P. Lacroix raconte : « Ainsi, la Crête-à-Pierrot, dans laquelle il n'existait que mille à douze cents combattants, nous en avait déjà coûté plus de quinze cents[18]. » On décida alors de faire blocus. Trois jours et trois nuits de bombardements continuels mais l'ennemi ne se rendait pas. Ils enduraient la faim, la soif, le manque de soins. Mais les assiégés étaient mus par la volonté féroce de résister jusqu'à l'épuisement total. Tenir, tenir encore. Chaque heure comptait. Tous les expédients étaient bons pour tromper la douleur et la mort. Le docteur Descourtilz, témoin oculaire, raconte : « Les hommes, manquant d'eau et de nourriture avec une chaleur accablante, mâchaient des balles de plomb dans l'espoir d'étancher une soif insupportable. Ils provoquaient par cette trituration une salive bourbeuse qu'ils trouvaient encore délicieuse à avaler[19]. »

Les assiégés finirent par céder enfin une nuit, s'évanouissant dans les ténèbres comme des fantômes. Une retraite menée de main de maître par Lamartinière, qui laissa le général Pamphile de Lacroix muet d'admiration : « La retraite qu'osa concevoir et exécuter le commandant de la Crête-à-Pierrot est un fait d'armes remarquable. Nous entourions son poste au nombre de plus de douze mille hommes ; il se sauva, ne perdit pas la moitié de sa garnison et ne nous laissa que ses morts et ses blessés[20]. »

L'armée française avait perdu un nombre effroyable d'hommes dans cette opération. Un gâchis épouvantable. Comment raconter cela à la hiérarchie ? Mentir, mentir encore. Leclerc demanda à ses officiers de faire comme lui : des rapports mensongers.

Mais le 1er avril 1802, après deux mois d'âpres combats, Leclerc avait perdu douze mille hommes sur les vingt-trois mille qu'il avait entraînés dans cette folie. Ce jour-là, il fut forcé d'admettre, comme tous ses officiers et ses soldats, la valeur des combattants de l'île, à commencer par leur chef. Il le confessa à l'amiral Decrès : « Toussaint n'est point un homme ordinaire. Il a de la force de caractère et la tête large. Et s'il eut été comme nous témoin des événements qui se sont passés en Europe depuis dix ans, s'il n'eut pas été gâté par le succès qu'il a obtenu sur les Anglais et qu'il eût une idée de la France, ce pays était perdu pour nous sans retour[21]. »

Il sera effectivement perdu, mais ça, Leclerc ne le savait pas encore. La puissance brute de son armée alliée au matraquage de ses mensonges commençait à porter ses fruits. Les Français s'installaient dans les villes et tenaient des points stratégiques. Le découragement gagnait les officiers de Toussaint, et le doute avec lui. Et si Leclerc disait vrai ? Et si Toussaint finalement ne combattait que pour son propre pouvoir ? Est-ce bien lui qui dit la vérité ? Est-ce que Leclerc et la République tant chérie voulaient rétablir l'esclavage ? Le capitaine général traitait bien les officiers qui se rendaient et leur offrait le même grade dans son armée. Pourquoi continuer à se battre ? Les combattants se rendaient les uns après les autres. Le mouvement devenait inexorable, et Toussaint comme Dessalines pensèrent que bientôt viendrait la deuxième phase de leur plan, leur « plan B » : se rendre pour mieux résister, faire le dos rond, attendre le moment propice, l'arrivée de la fameuse fièvre jaune. C'était la tactique du roseau : ployer pour ne pas rompre. Dessalines avait à demi-mot prévenu ses troupes :

« Prenez courage, prenez courage, les Français ne pourront pas résister longtemps à Saint-Domingue. Ils marcheront bien d'abord, mais bientôt ils seront retenus malades et mourront comme des mouches. Écoutez bien : si Dessalines se rend cent fois à eux, il les trahira cent fois. Ainsi, je vous le répète, prenez courage, et vous verrez que quand les Français seront en petit nombre, nous les inquiéterons, nous brûlerons leurs récoltes, puis nous nous sauverons dans nos mornes inabordables. Ils ne pourront pas garder le pays, et seront forcés de le quitter. Alors je vous rendrai indépendants. Il ne faut plus de Blancs parmi nous. Nous sommes assez pour fabriquer des pirogues, et aller prendre à l'abordage tous les bâtiments de commerce que nous trouverons dans nos croisières[22]. »

Dessalines finit par se rendre pendant que Christophe ferraillait encore. Puis Christophe, après avoir fait le plus de dégâts possibles dans les rangs de l'ennemi, se rendit à son tour. Sans doute ne fallait-il pas épuiser toutes ses forces pour préserver l'avenir. Il laissa Toussaint se battre seul au milieu de ce qu'il lui restait de troupes. Était-ce un abandon, pire, une trahison ? D'aucuns le pensèrent. Il est vrai que Christophe avait, depuis l'épisode de la Convention et de ce simulacre de Cène avec ces douze apôtres blancs, pris une certaine distance avec le « vieux » et était irrité par son attitude dictatoriale. Mais le vieux avait son plan et il fallait le suivre. Ce n'était pas lui qu'il fallait défendre, mais l'avenir de Saint-Domingue pour lequel Toussaint était prêt à se sacrifier. Certes, il aurait pu rester plus longtemps auprès de lui, le protéger, mais à quoi bon ? Il représentait déjà le passé. Ce n'était plus sur lui qu'il fallait compter, et pour cet esprit outragé par ce chef qu'il admirait, d'une certaine façon, il en était mieux ainsi. Si le plan de Toussaint réussissait, un nouveau monde allait s'ouvrir dans lequel il prendrait une place prépondérante. Il partagerait le pouvoir avec l'ami Dessalines. Lui au nord, et l'autre au sud.

Toussaint, voyant ses deux lieutenants « jeter l'éponge », savait qu'il n'en n'avait plus pour très longtemps. Mais il était capitaine à bord. Il fallait encore tenir jusqu'au bout de ses forces, ou presque. Il observa la situation : Leclerc était à bout de souffle et avait perdu plus de la moitié de ses hommes. Mais il était encore en mesure de durer. Si Toussaint continuait sa guérilla comme il en avait la possibilité, sans doute affaiblirait-il davantage Leclerc, mais cela le conduirait inéluctablement à réduire encore ses propres forces. Ce serait une guerre de longue haleine. Mais autant la population guerrière de Saint-Domingue était relativement réduite, autant Leclerc pouvait, à bout de souffle, faire appel à des troupes fraîches venues de métropole. Il ne fallait pas lui en laisser le temps. La ruse consistait donc à se rendre maintenant, dans cette situation d'équilibre relatif. Le capitaine général, dans l'état où il se trouvait avec ses troupes, ne pouvait que sauter sur l'occasion d'une proposition de paix faite en bonne et due forme. Le prétexte était tout trouvé : le récent abandon de Christophe, la lassitude et le découragement qui s'étaient ensuivis.

Leclerc mordit à l'hameçon et le 1er mai 1802 il lui répondit :

Au nom du gouvernement français, je vois avec plaisir, citoyen général, le parti que vous prenez de vous soumettre aux armes de la République. Ceux qui vous ont trompé sur les véritables intentions du gouvernement français sont bien coupables. Vous, les généraux et les troupes sous vos ordres ainsi que les habitants de cette colonie qui sont avec vous, ne craignez point que je recherche personne sur sa conduite passée ; je jette le voile de l'oubli sur tout ce qui a eu lieu à Saint-Domingue depuis mon arrivée... Vos généraux, vos troupes seront employés et traités comme le reste de mon armée. Quant à vous, vous désiriez du repos, il vous est dû... Je vous laisse libre de vous retirer sur celle de vos habitations qui vous conviendra le mieux. Je compte assez sur l'attachement que vous portez à la colonie pour croire que vous emploierez les moments de loisir que vous aurez dans votre retraite à me communiquer vos vues sur les moyens propres à faire refleurir dans ce pays l'agriculture et le commerce... Vous trouverez à la suite de cette lettre l'arrêté que j'ai pris pour détruire les dispositions de celui du 28 pluviôse qui vous mettait hors la loi[23].

Le 5 mai 1802, Toussaint entra dans la ville du Cap illuminée. Depuis la rade, depuis les mornes et les forts, des salves d'artillerie saluèrent son arrivée. Sur la grand-place, il fit mettre ses troupes en rang pour une dernière revue. Tous les officiers français étaient rassemblés, curieux de voir ce mythe descendu de cheval, d'aussi près que possible. Le général Debelle voulut entamer une discussion avec lui. Mais son racisme mal contenu fit déraper sa langue. « D'un sac de charbon on ne fait pas sortir de la farine », laissa-t-il échapper. Toussaint le regarda droit dans les yeux, son sabre bien en main planté comme à son habitude entre ses jambes, et lui répondit ceci : « C'est possible, général, mais de ce sac il peut sortir une matière qui mette le plomb en dissolution[24]. » Propos rapportés par M. Saint Anthoinc.

Chacun put voir à ce moment et même après, lors du dîner qui suivit la signature du protocole de paix, que le vieux général n'était pas abattu. Ce qui ne laissa pas d'inquiéter Leclerc, même si, à sa proposition de travailler auprès de lui, Toussaint répondit : « Mon général, je suis trop vieux, trop malade : j'ai besoin de repos et de vivre à la campagne. Je ne puis plus servir la République. Je veux aller avec mes enfants dans mon habitation d'Ennery. Si vous avez besoin de moi, quand je serai rétabli et reposé, je vous obéirai[25]. »

Lors du dîner, Toussaint agaça Leclerc. Alors qu'à côté de lui Christophe et Dessalines mangeaient de bon appétit et sans retenue ce festin auquel ils étaient conviés, il laissa les aliments dans son assiette, se contentant de prendre du bout des doigts un morceau de gruyère, coupant de larges tranches avec son canif qu'il laissa au bord de son assiette pour ne manger qu'un petit carré qu'il dégagea au milieu. Avait-il peur d'être empoisonné ? Il le faisait clairement sentir par cette attitude. Et, à ce propos, lui, *docteur feuilles*, connaissant les secrets des plantes et leurs poisons, pourquoi n'en usa-t-il pas comme une arme à la manière de Mackandal ? Sans doute avait-il horreur de faire renaître le passé. Sans doute, aussi, voulait-il préserver l'avenir en protégeant toute la population. Le poison ne fait pas de différence entre les Blancs, les Noirs, les femmes, les hommes, les enfants et les vieux. Toussaint ne mangeait pas de ce pain-là. À la fin du repas, il fit sa révérence au général Leclerc afin de rentrer en sa demeure. Ce dernier ne résista pas à lui poser une dernière question :

« À supposer que la guerre eût continué, qui vous eût fourni des armes et des munitions ?

— Vous, mon général. J'en aurais pris à vos avant-postes. »

Leclerc regarda partir ce petit homme digne et droit. Décidément, pensa-t-il, il restait dangereux. Il fallait le surveiller de près et s'en débarrasser au plus vite.

Un mois plus tard, il le fit embarquer à bord du *Héros*.

La délivrance

Ce matin-là était un matin clair. Un matin de printemps. On entendait dans le ciel bleu la course éperdue des oiseaux. Un grand rapace ouvrait ses ailes dans le zénith. Un rayon de soleil filtrait par l'étroite meurtrière qui ouvrait la cellule au monde environnant. À l'intérieur, c'était encore une nuit glacée. Le feu s'était éteint avec celui qui, tout l'hiver, l'avait entretenu jour après jour, heure après heure. On le trouva assis sur une chaise contre la cheminée, la tête posée sur le manteau de pierre. On eût pu croire qu'il dormait. Nous étions le 7 avril 1803. Toussaint Louverture venait de rendre l'âme. Ce Noir créole avait vaincu l'hiver et son cortège de solitude. Il avait résisté jusqu'au bout de ses forces. Ce 7 avril 1803, à Saint-Domingue, les cinquante chiens de Rochambeau étaient égorgés par ceux qu'ils voulaient dévorer, et il était vaincu à Petit-Goâve. La vague noire de la liberté s'était levée, irrésistible. Tout Saint-Domingue, les hommes et la nature unis derrière le Tigre, allaient bouter les négriers hors de cette île, les renvoyer à l'Océan. Plus que six mois, et l'automne de Saint-Domingue serait le printemps d'Haïti. Le vieux pouvait partir tranquille.

Le lendemain, 8 avril, on procéda à son autopsie. L'âme de la liberté des Noirs n'était plus qu'un corps mort et froid qui n'avait rien à dire, si ce n'est ceci :

> Un peu de mucus mêlé de sang dans la bouche et sur les lèvres. Le sinus latéral gauche, les vaisseaux de la pie-mère gorgés de sang ; épanchement séreux dans le ventricule latéral, même côté. Le plexus choroïde infiltré et parsemé de petites hydatides. La plèvre adhérente en grande partie à la substance des poumons. Engorgement sanguin du poumon droit, de la plèvre y correspondant. Amas de matière purulente dans ce viscère. Un petit polype graisseux dans le ventricule droit du cœur qui, au reste, était dans un état naturel. Amaigrissement de l'épiploon, état pathologique de cette membrane pareil à celui qui se rencontre après une longue maladie. L'estomac, les intestins, la rate, les reins, la vessie n'ont offert aucune altération.
>
> En conséquence, nous estimons que l'apoplexie, la pleuropéripneumonie sont les causes de mort de Toussaint Louverture[1].

L'office fut bref, sans grande cérémonie. On enterra le corps à même la terre encore gelée de ce coin de Jura, dans l'enceinte du château de Joux. Un corps fondu en terre de France, cette terre qui avait fait pousser l'espoir et la désespérance. Quelques pelletées iront longtemps plus tard rejoindre le sol de Saint-Domingue, seul souvenir du héros disparu. On mit à la vente aux enchères à Pontarlier ses maigres biens : son vieux chapeau usé galonné d'or, une boucle de col en or, une montre dorée, deux petites brochures religieuses, une boîte à poudre, un peigne, une paire d'éperons d'argent, un rasoir dans son étui de cuir, deux épaulettes et son vieil uniforme boutonné de cuivre jaune. L'État récupéra de cette opération cent vingt-huit francs et soixante-dix centimes. C'était tout ce qui restait du héros sans visage.

Personne ne sait à quoi il ressemblait vraiment. Aucun portrait auquel on pût vraiment se fier. Cet homme s'était éteint dans l'ombre, à deux pas de Besançon où vont naître les frères Lumière en face de la maison natale de Victor Hugo dont un des fils fut photographe. Bientôt naîtra le temps de l'image qui imposera la dictature de l'œil sur la pensée. Bientôt la liberté ne sera qu'une image vantant un produit de beauté. On oubliera que celui qui l'incarna au plus haut point était un petit homme noir, malingre et laid, qui n'a même pas d'image. On oubliera que cette île sans image que ne vantent pas les marchands de paradis et de beauté tropicale, de liberté au creux des vagues, que cet enfer dénommé Haïti bien oublié au cœur de la mer des Caraïbes, fut autrefois un pays de cocagne, de beauté luxuriante dont un certain Toussaint Louverture prétendait cultiver la richesse au profit des Noirs libérés et arrachés de la misère. On oublia tout simplement qu'il y était parvenu.

On ne sait pas qui était vraiment cet homme tant il était secret, tant il préservait son mystère. On trouva cousue au fond de son chapeau une lettre aujourd'hui disparue dont on ignore le contenu et qui portait sans doute une part de son énigme. On découvrit à Saint-Domingue une petite part de ses secrets qui stupéfia ceux qui l'avaient mise au jour. Le général Pamphile de Lacroix rapporte cette découverte en ces mots saisis d'étonnement :

À la prise de Port-au-Prince, nous parcourûmes, le général Boudet et moi, les documents secrets de Toussaint Louverture. Notre curiosité venait de s'accroître en découvrant un double fond dans la caisse qui les contenait. Qu'on juge de notre étonnement, lorsqu'en forçant ce double fond, nous n'y trouvâmes que des tresses de cheveux de toutes couleurs, des bagues, des cœurs en or traversés d'une flèche, des petites clefs, et une infinité de billets doux qui ne laissaient aucun doute sur les succès obtenus en amour par le vieux Toussaint. Cependant il était noir et avait un physique repoussant. En acquérant la preuve irréfragable des écarts de la faiblesse humaine, le général Boudet s'écria : « Avant d'avoir fait ici aucune connaissance, perdons toute trace de ces honteux souvenirs, afin de ne pas mésestimer les personnes au milieu desquelles nous sommes destinés à vivre. » Et nous allâmes ensemble jeter au feu et à la mer tout ce qui pouvait rappeler notre pénible découverte[2].

Cet homme austère avait un jardin secret fleuri par les plus belles dames de Saint-Domingue, parmi lesquelles beaucoup d'épouses et de filles de riches colons. Revanche de la disgrâce sur l'amour. Quoi d'étonnant, vraiment ? Sa gloire et sa vaillance alliées à des qualités morales connues de tous plaidaient en sa faveur. Mais par-dessus tout ça, il est un fait sur lequel tous s'accordaient, même ses détracteurs les plus acharnés et tous ceux qui le peignaient en traits grossiers, dessinant sa laideur : ses yeux mobiles et vifs éclairaient au fond de lui une profonde bonté. « Fatras-Bâton » était aimé des femmes. De celles notamment qui savaient regarder bien au-delà des apparences. Si cet homme sans visage n'a pas laissé d'image, il n'en marquera pas moins au creux du monde une éternelle empreinte.

Dans cette terre du Jura, « le vieux » a fleuri son printemps. Hugo encore tout bourgeonnant a pris la plume pour écrire *Bug-Jargal*. Mais à l'âge de seize ans, l'épique et l'héroïque étouffent encore l'amour. La grossièreté des sentiments efface les veines sensibles de la réalité. Dans ce roman taillé à l'emporte-pièce par ce jeune royaliste qui voulait être Chateaubriand ou rien et qui commença par tremper dans l'encre de son racisme, il y a tout Louverture mais sans le visage de l'homme restant masqué dans une forêt de préjugés, de ceux qui avaient cours en ce temps-là et que l'image, arme nouvelle du colonialisme alliée à celle du mensonge, diffusait en masse dans les esprits. Images restées encore prégnantes jusqu'à nos jours. Mais Toussaint Louverture poussa ses racines en l'écrivain Hugo, dans le poète, le philosophe, l'homme politique, et même, sans doute, le peintre des eaux-fortes. Celui-ci comprit que la lumière était dans l'ombre et que l'amour rejoint la pensée bien au-delà des apparences. On pourrait ainsi saisir le fantôme de Toussaint dans ce visage grimaçant et carnavalesque de Quasimodo offrant son sourire édenté à « l'Égyptienne » Esméralda. Quasimodo, l'homme araignée enfermé à jamais au cœur de la Cité, dans l'ombre de sa tour, faisant sonner, maître du temps, les cloches de Notre-Dame. Il est sans doute encore derrière le rictus de *L'Homme qui rit,* celui dont on fit du visage un masque pour le vendre dans les foires. Il est derrière toutes les dénonciations faites par Hugo du trafic d'êtres humains dont on déforme les corps pour mieux les vendre, derrière toutes ses prises de position contre la traite des Noirs et l'esclavage, derrière sa haine de « Napoléon le Petit », et encore avec lui, spectre bienveillant, lorsqu'il écrit, se projetant au cœur d'une froide cellule, *Le Dernier Jour d'un condamné.*

Mais c'est un autre Victor né à Paris en 1804, dont la famille était venue d'Alsace — pas si loin de Besançon —, Victor Schoelcher, que Toussaint hanta de la manière la plus consciente. Ce député historien, humaniste et philosophe se battit toute sa vie durant pour la réhabilitation des Noirs, l'anticolonialisme et l'abolition définitive de l'esclavage qu'il obtint par un vote à l'Assemblée nationale le 27 avril 1848. Il écrivit une *Vie de Toussaint Louverture* qui offre, à l'aide d'une riche documentation, un puissant plaidoyer au libérateur de Saint-Domingue.

Mais par-delà tous les grands hommes qu'il a influencés par sa vie même, cet arbre de liberté arraché de son île, et qui laissa ses graines en terre de France, continue à semer en chaque peuple opprimé et spolié son espérance.

Toussaint Louverture n'est sans doute pas seulement le libérateur d'Haïti. Il est aussi le libérateur d'une haute idée de l'homme.

Laissons à Victor Schoelcher le soin de raconter avec beaucoup de gourmandise cette dernière bataille haute en couleur où l'on voit la vague irrésistible inspirée par Toussaint, éclairée par Delgrès et son sublime suicide, et portant Dessalines, monter à l'assaut du dernier bastion de Rochambeau. Spectacle dont même les assaillis furent forcés d'admirer la beauté, tel un futur noyé qu'une vague monstrueuse subjugue.

C'était le 11 novembre 1803, l'assaut de Vertières, un fort du Cap dont Dessalines ordonne au général Capoix, dit Capoix la Mort, de s'emparer :

> Ce Nègre, surnommé Capoix la Mort, marche avec une demi-brigade qui recule horriblement mutilée par le feu du fort. Il la ramène ; la mitraille le renverse encore au pied de la colline. Bouillant de colère, il va chercher de nouvelles troupes, monte à cheval, et pour la troisième fois s'élance ; mais toujours les mille morts que vomissait la forteresse le repoussent, lui et ses brigades. Jamais soldats n'eurent, plus que les siens, le mépris du trépas, ils sont embrasés d'une ardeur homérique. Il lui suffit de quelques mots pour les entraîner une quatrième fois. En avant ! En avant ! Un boulet tue son cheval, il tombe ; mais bientôt, dégagé des cadavres abattus autour de lui, il court se replacer à la tête des Noirs. En avant ! En avant ! Son chapeau garni de plumes est enlevé par la mitraille. Il répond à l'insulte qui lui met son chapeau bas en tendant son sabre comme s'il montrait le poing, et se jette encore à l'assaut : En avant ! En avant !
>
> Au spectacle de tant d'intrépidité, de la part du chef et de ses soldats, de grandes acclamations partent des remparts de la ville : Bravo ! bravo ! Vivat ! vivat ! crient Rochambeau et sa garde qui considéraient l'attaque. Un roulement de tambour se fait entendre, le feu du fort Vertières se tait, un officier sort des murs du Cap, s'avance au galop jusqu'au front des indigè-

nes surpris et dit en saluant : « Le capitaine général Rochambeau et l'armée française envoient l'expression de leur admiration au général qui vient de se couvrir de gloire. » L'heureux cavalier chargé de ce magnifique message tourne bride, calme son cheval, rentre au pas, et... l'assaut recommence.

On peut penser si Capoix la Mort et ses soldats firent de nouveaux prodiges d'audace. Mais les assiégés, électrisés eux-mêmes, ne voulurent point se laisser vaincre, et Dessalines envoya l'ordre à son lieutenant de se retirer. Rochambeau, comme les hommes de grande vaillance, aimait les courageux. Le lendemain un officier, suivi d'un écuyer, amena au quartier général des indigènes un cheval caparaçonné que « le capitaine général, dit-il, offrait en marque d'admiration à l'Achille nègre, pour remplacer celui que l'armée française regrettait de lui avoir tué[3] ».

Huit jours plus tard, le 19 novembre 1803, Rochambeau capitulait. Le 28 novembre, la France effaçait définitivement ses voiles de l'horizon de Saint-Domingue. Le 1er janvier 1804, à Petit-Goâve, Dessalines proclama indépendante la République d'Haïti. Cette année-là naissait Victor Schoelcher qui devra attendre son quarante-quatrième anniversaire pour voir enfin la France, après d'âpres combats menés par lui et tous les humanistes, mettre en berne le drapeau de la honte. Il le savait, Victor Schoelcher, ce n'est pas lui qui fit offrir par la France la liberté aux Noirs. On ne vous offre pas ce qui vous appartient déjà. Il combattit pour qu'on leur restituât ce bien le plus essentiel qui fut conquis en 1793 par le général Toussaint Louverture et lui fut arraché par celui qu'on appelait le Petit Caporal.

Mais cette histoire, comme la plupart des grandes histoires, n'est pas finie, et tous les affidés du Petit Caporal n'ont jamais oublié ce perfide conseil qu'un jour lui fit un ami de Forfait resté dans l'anonymat : « Il n'est pas nécessaire de dire qu'un Noir ou un mulâtre ne peuvent être admis à telle ou telle fonction lorsqu'il dépend du gouvernement de les conférer à qui bon lui semble... Les droits de citoyens étant déterminés uniquement par la propriété, la loi n'admettra point la démarcation de couleur, mais les mœurs la maintiendront en tout ce qui peut garantir la prépondérance des Européens sans répandre sur les gens de couleur la flétrissure des anciens préjugés[4]... »

Dans ses notes sur Machiavel où il parle de Toussaint Louverture, le philosophe Maurice Merleau-Ponty écrivit ces lignes que nous laissons au lecteur en guise de conclusion : « Ici comme souvent, tout le monde se bat au nom des mêmes valeurs : la liberté, la justice. Ce qui départage, c'est la sorte d'hommes pour qui l'on demande liberté ou justice, avec qui l'on entend faire société : les esclaves ou les maîtres. Machiavel avait raison : il faut avoir des valeurs, mais cela ne suffit pas, et il est même dangereux de s'en tenir là ; tant qu'on n'a pas choisi ceux qui ont mission de les porter dans la lutte historique, on n'a rien fait[5]. »

ANNEXES

PERSONNAGES PAR ORDRE D'ENTRÉE DANS LE RÉCIT

TOUSSAINT LOUVERTURE, *à l'âge de 62 ans.*

VICTOR HUGO, *nouveau-né.*

NAPOLÉON BONAPARTE, *30 ans, Premier consul.*

DESSALINES, *lieutenant de Toussaint Louverture.*

MOÏSE, *général, neveu et fils adoptif de Toussaint Louverture.*

MARS PLAISIR, *serviteur de Toussaint Louverture.*

BAILLE, *commandant du fort de Joux.*

CHRISTOPHE, *lieutenant de Toussaint Louverture.*

BOUKMAN, *prêtre vaudou, leader de la révolte du Bois-Caïman.*

VINCENT, *colonel, directeur des fortifications de Saint-Domingue, ami de Toussaint Louverture.*

LECLERC, *général, beau-frère de Bonaparte, mari de Pauline.*

JEAN-FRANÇOIS, *général, noir, chef des rebelles.*

JEANNOT, *général, noir, chef des rebelles.*

BIASSOU, *général, noir, chef des rebelles.*

SUZANNE, *épouse de Toussaint Louverture.*

PLACIDE, *fils de Toussaint Louverture.*

CAFFARELLI, *colonel, aide de camp de Bonaparte.*

ABBÉ GRÉGOIRE, *député, opposé à l'esclavage, ami des Noirs.*

ISAAC, *fils de Toussaint Louverture.*

BAILLON DE LIBERTAT, *ancien maître de Toussaint Louverture.*

Comte DE NOÉ, *propriétaire de la plantation où Toussaint était esclave.*

ABBÉ RAYNAL, *encyclopédiste, ami de Diderot.*

DIDEROT, *philosophe, penseur antiesclavagiste.*

MACKANDAL, *esclave marron, révolté, faisant régner la terreur par ses poisons.*

PAMPHILE DE LACROIX, *général des armées françaises.*

OGÉ, *mulâtre, supplicié par les colons blancs.*

DE CHAVANNES, *mulâtre, supplicié par les colons blancs.*

M. RAIMON, *mulâtre, député de Saint-Domingue à l'Assemblée nationale.*

MALOUET, *député de Saint-Domingue, opposé à l'égalité des gens de couleur.*

ROBESPIERRE, *député.*

PINCHINAT, *général, mulâtre.*

PÉTION, *général, mulâtre.*

BONNET, *général, mulâtre.*

BEAUVAIS, *général mulâtre.*

RIGAUD, *général mulâtre.*

BARNAVE, *député proche du club Massiac soutenant les colons blancs.*

LOUIS XVI, *roi de France.*

SONTHONAX, *commissaire de la République à Saint-Domingue.*

POLVEREL, *commissaire de la République à Saint-Domingue.*

AILHAUD, *commissaire de la République à Saint-Domingue.*

LAVEAUX, *général des armées françaises, ami de Toussaint Louverture.*

BLANCHELANDE, *gouverneur de Saint-Domingue.*

YACINTHE, *jeune sorcier noir, meneur de troupes.*

Pamphile de LACROIX, *général des armées françaises.*

GALBAUD, *général colon, opposé à Sonthonax, déclencheur des émeutes du Cap.*

HERMONA, *marquis, général espagnol, commandant de Toussaint Louverture.*

WHITELOCKE, *colonel anglais.*

DUFAY, *député, blanc, de Saint-Domingue.*

BELLEY, *député, noir, de Saint-Domingue.*

MILLS, *député, mulâtre, de Saint-Domingue.*

CAMBOULAS, *député.*

LACROIX, *député.*

LEVASSEUR, *député.*

DANTON, *député.*

MULÂTRESSE SOLITUDE, *rebelle guadeloupéenne.*

DELGRÈS, *colonel, mulâtre, chef des troupes rebelles de la Guadeloupe.*

RICHEPANSE, *général des troupes napoléoniennes.*

SAARTJIE BAARTMAN, *dite la Vénus Hottentote.*

LACEPÈDE, *savant, sénateur, idéologue du racisme.*

CUVIER, *savant, conforte les théories sur les inégalités des races.*

AMIOT, *commandant du fort de Joux, successeur de Baille.*

DIEUDONNÉ, *chef rebelle noir, opposé à Rigaud et Toussaint Louverture.*

LAPLUME, *lieutenant de Dieudonné, rallié à Toussaint Louverture.*

PIERRE MICHEL, *chef de brigade des armées de Saint-Domingue.*

PIERRE LÉVEILLÉ, *colonel des armées de Saint-Domingue.*

ROUME, *commissaire de la République, représentant la France dans la partie espagnole de Saint-Domingue (Santo Domingo).*

LEBLANC, *commissaire de la République.*

GIRAUD, *commissaire de la République.*

KERVERSEAU, *général des armées françaises.*

LEBORGNE, *commissaire civil.*

REY, *commissaire civil.*

HÉDOUVILLE, *général, pacificateur de la Vendée, gouverneur de Saint-Domingue, opposé à Toussaint Louverture.*

Sieyès, *chef du Directoire.*

Neufchâteau, *chef du Directoire.*

Maitland, *général commandant les troupes anglaises, signe une convention secrète avec Toussaint Louverture.*

Pélage, *mulâtre, guadeloupéen, capitaine des troupes coloniales en Guadeloupe.*

Rochambeau, *capitaine général, prend le commandement des troupes napoléoniennes après la mort de Leclerc.*

Decrès, *amiral, ministre de la Marine et des Colonies.*

Otto, *ministre anglais.*

Talleyrand, *ministre français.*

Domage, *officier noir sous les ordres de Toussaint Louverture.*

Abbé Coisnon, *directeur du collège où furent placés les enfants de Toussaint.*

Granville, *précepteur de l'aîné de Toussaint Louverture.*

Malenfant, *colonel, opposé à l'expédition de Leclerc à Saint-Domingue.*

Debelle, *général, beau-frère de Hoche.*

Decourtilz, *médecin des armées, observateur des événements.*

REPÈRES CHRONOLOGIQUES

1789. *26 août* : adoption par l'Assemblée nationale de la Déclaration des droits de l'homme et du citoyen. Les esclaves des colonies ne sont pas concernés.

22 octobre : une requête est déposée à l'Assemblée nationale par une délégation de mulâtres en vue de disposer d'une députation. Sans suite.

1790. *11 février* : nouvelle requête déposée par une délégation de mulâtres en vue de disposer d'une députation.

8 et 28 mars : l'Assemblée nationale adopte un décret et des instructions consacrant les compétences des assemblées coloniales qui seront élues par les propriétaires âgés de plus de vingt-cinq ans.

25 et 29 octobre : Vincent Ogé demande au gouverneur général Peinier et à l'Assemblée provinciale du Nord de reconnaître les droits des gens de couleur libres en vertu du décret des instructions des 8 et 28 mars.

1791. *26 février* : Vincent Ogé et Jean-Baptiste Chavannes sont suppliciés avec vingt-trois de leurs compagnons.

13 mai : Robespierre et Barnave font voter un décret constitutionnel qui vise à maintenir l'esclavage dans les colonies.

15 mai : l'Assemblée nationale vote un décret consacrant l'égalité des gens de couleur nés libres, amendant ainsi le décret précédent.

20-21 juin : fuite du roi Louis XVI, qui est arrêté à Varennes et ramené à Paris le 25 juin.

28 juillet : révolte des mulâtres menés par Pinchinat et réclamant leurs droits civiques.

22 août : cérémonie du Bois-Caïman à l'issue de laquelle les esclaves se soulèvent contre les colons blancs.

23 octobre : concordat signé entre les colons blancs et les propriétaires mulâtres, où est reconnu à ces derniers l'exercice de leurs droits civiques dans l'ouest de l'île.

22 novembre : arrivée de trois commissaires de la République (Roume, Mirbeck et Saint-Léger) pour maintenir l'ordre à Saint-Domingue.

21 décembre : Jean-François, général noir rebelle, négocie une amnistie pour les Noirs insurgés. Échec de la négociation.

1792. *4 avril* : l'Assemblée législative décrète l'égalité des droits politiques des mulâtres et gens de couleur libres.

12 mai : l'Assemblée coloniale de Saint-Domingue décrète la pérennité de l'esclavage.

10 août : prise des Tuileries par les partisans de la Commune de Paris.

17 septembre : arrivée à Saint-Domingue des commissaires Sonthonax, Ailhaud et Polverel, chargés des pleins pouvoirs pour instaurer l'égalité entre Blancs et mulâtres.

21 septembre : la Convention abolit la royauté.

1793. *21 janvier* : exécution du roi Louis XVI.

1er février : la Convention entre en guerre contre l'Angleterre et la Hollande. Les colonies sont isolées de la métropole.

7 mars : la Convention entre en guerre contre l'Espagne.

4 juin : la Convention refuse d'abolir l'esclavage à la demande, notamment, de l'abbé Grégoire et d'une délégation menée par Chaumette.

13 juin : conflit entre le général Galbaud (colon) et les commissaires civils Sonthonax et Polverel au Cap. Émeutes dans la ville.

20 juin : le général Galbaud tente un coup de force contre les commissaires, échoue et quitte l'île le 23 juin avec une grande partie de la flotte et de nombreux colons.

21 juin : Sonthonax proclame l'amnistie pour tous les esclaves révoltés.

9 juillet : Jean-François, Biassou et Toussaint Louverture, après l'exécution de Louis XVI, se mettent au service de l'Espagne royaliste en guerre contre la France.

29 août : Sonthonax proclame l'abolition de l'esclavage dans le nord de Saint-Domingue.

19 septembre : la Convention supprime les aides accordées par l'État à la traite des Nègres.

20 septembre : entrée des troupes anglaises à Saint-Domingue.

21 septembre : l'abolition de l'esclavage est étendue à l'ouest de Saint-Domingue.

27 septembre : l'abolition de l'esclavage est étendue à l'ensemble de Saint-Domingue.

1794. *3 février* : une délégation de trois députés de Saint-Domingue (un Blanc : Dufay, un mulâtre : Mills et un Noir : Belley) est admise dans les rangs de l'Assemblée nationale.

4 février : abolition de l'esclavage par l'Assemblée nationale après avoir entendu Dufay, député de Saint-Domingue venu l'informer de l'abolition décrétée par Sonthonax.

21 mars : les colons martiniquais livrent la Martinique aux Anglais.

6 mai : Toussaint Louverture se retourne contre les Espagnols et rallie la République française.

3 juin : Victor Hugues, commissaire de la République, débarque en Guadeloupe pour y faire appliquer le décret d'abolition de l'esclavage.

9 juin : le décret d'abolition de l'esclavage arrive à Port-au-Prince. Sonthonax et Polverel sont destitués et renvoyés prisonniers en France.

1795. *Mars* : le gouverneur général Laveaux prend le parti des Noirs contre les mulâtres.

23 juillet : le traité de Bâle entre la France et l'Espagne permet à la France de prendre possession de Santo Domingo, partie orientale de l'île.

La Convention soutient l'action du général Laveaux, le nomme général de division et promeut Toussaint Louverture, et les mulâtres Villatte, Rigaud et Beauvais au rang de général de brigade.

1796. *20 mars* : insurrection de mulâtres menés par le général Villatte, qui séquestrent le général Laveaux au Cap-Français.

27 mars : Toussaint-Louverture entre au Cap-Français après avoir délivré le général Laveaux.

31 mars : le général Laveaux remercie publiquement Toussaint Louverture, son « sauveur des autorités constituées de la République à Saint-Domingue », et le promeut au rang de gouverneur adjoint.

11 mai : Sonthonax, devenu agent du Directoire, revient à Saint-Domingue en compagnie de trois autres agents : Leblanc, Giraud et Raimond. Roume, autre agent du Directoire, représente la France à Santo Domingo.
30 juin : Sonthonax et les agents du Directoire font arrêter Villatte et le déportent en France.
17 août : Toussaint Louverture est promu général de division par le Directoire sur proposition de Sonthonax.
27 août : soulèvement aux Cayes mené en sous-main par Rigaud contre la volonté des agents du Directoire d'instaurer dans le Sud les règles républicaines.
14 octobre : le général Laveaux est élu représentant de Saint-Domingue au Conseil des Anciens.

1797. *1er mai* : Sonthonax fait arrêter le général Desfourneaux et nomme Toussaint Louverture commandant en chef de la colonie de Saint-Domingue.
24 août : Toussaint Louverture se sépare de Sonthonax et le renvoie en France.

1798. *27 mars* : débarquement du général Hédouville à Santo Domingo.
31 août : Toussaint Louverture signe une convention secrète avec Maitland, général anglais.
1er octobre : les Anglais quittent définitivement Saint-Domingue après avoir ratifié le traité de paix.
23 octobre : le général Hédouville quitte Saint-Domingue, en guerre contre Toussaint qui n'a pas respecté ses ordres, a négocié seul avec les Anglais, a refusé d'arrêter Rigaud et a soutenu le retour des émigrés. Hédouville dégagera le mulâtre Rigaud de l'autorité de Toussaint Louverture, déclenchant ainsi une guerre de castes.
31 octobre : Toussaint Louverture invite l'agent Roume à remplacer Hédouville.

1799. *5 juin* : proclamation d'André Rigaud : début de la guerre civile.
11 juillet : soulèvement des paysans dans la province du nord de Saint-Domingue.
25 août : proclamation de Toussaint Louverture contre Rigaud.
9 octobre : Bonaparte revient d'Égypte et débarque à Fréjus.
9-10 novembre : Bonaparte et à Paris, 18 Brumaire.

11 décembre : Jeannet-Oudin, Baco de La Chapelle et Laveaux, agents du Directoire, arrivent en Guadeloupe.
15 décembre : Constitution de l'an VIII.
25 décembre : proclamation de Bonaparte « aux braves Noirs de Saint-Domingue ».
26 décembre : création du Conseil d'État.

1800. *15 février* : création de la Banque de France.
17 février : création des préfets.
29 février : Laveaux, en Guadeloupe, est renvoyé en métropole par ses collègues.
11 mars : Toussaint Louverture prend Jacmel.
21 avril : arrivée des envoyés du Premier consul à Santo Domingo.
27 avril : au Cap, Toussaint contraint Roume à accepter l'occupation de Santo Domingo.
2 juin : agitation de l'armée coloniale en Guadeloupe.
28-29 juillet : fin de la guerre civile à Saint-Domingue. Exil de Rigaud et Pétion.
12 octobre : Toussaint Louverture promulgue son règlement de la culture.
27 novembre : arrestation de Roume et emprisonnement au Dondon.
20 décembre : Toussaint Louverture lance un ultimatum à la partie espagnole de Saint-Domingue.

1801. *26 janvier* : Toussaint unifie les deux parties de l'île de Saint-Domingue.
4 mai : Bonaparte donne des instructions à Villaret de Joyeuse pour l'expédition de Saint-Domingue.
30 mai : le capitaine général Lacrosse arrive en Guadeloupe.
4-6 juin : Lacrosse fait arrêter plusieurs officiers noirs et mulâtres.
8 juillet : Toussaint Louverture promulgue sa Constitution, et devient gouverneur à vie.
5 août : mort du général Béthencourt à la Guadeloupe.
1er septembre : Roume embarque pour les États-Unis.
1er octobre : signature des Préliminaires de paix entre la France et l'Angleterre.
3 octobre : Decrès est nommé ministre de la Marine et des Colonies.
15 octobre : mort de J. Raimond à Saint-Domingue.

20-26 octobre : insurrection à la Guadeloupe : Lacrosse est arrêté, un Conseil provisoire est formé. Pélage devient commandant des troupes.
31 octobre : Bonaparte donne ses instructions à Leclerc pour l'expédition de Saint-Domingue.
12-20 novembre : discussions avec le gouvernement anglais au sujet de l'expédition de Saint-Domingue.
25 novembre : Toussaint Louverture fait exécuter le général Moïse, son fils adoptif.
13-14 décembre : mouvements indépendantistes à Pointe-à-Pitre.
14 décembre : le capitaine général Leclerc lève l'ancre à Brest.

1802. *26 janvier* : Bonaparte se fait élire président de la République italienne.
3 février : Leclerc arrive au Cap.
12 février : Pélage, à la Guadeloupe, fait exécuter cinq paysans noirs.
21 février : le général Kerverseau occupe Santo Domingo.
23 février : combat de la Ravine-aux-Couleuvres.
4-24 mars : Bataille de la Crête-à-Pierrot.
25 mars : le traité d'Amiens apporte la paix générale.
1er avril : Richepanse met le cap sur la Guadeloupe.
26 avril : capitulation du général Christophe.
6-7 mai : Richepanse débarque à Pointe-à-Pitre et désarme l'armée coloniale.
7 mai : Toussaint Louverture met fin provisoirement aux combats en rencontrant le général Leclerc au Cap.
10 mai : résistance farouche du colonel Delgrès à Basse-Terre (Guadeloupe).
20 mai : décret de rétablissement de l'esclavage et de la traite.
22 mai : prise du fort Saint-Charles à Basse-Terre par Richepanse.
25 mai : Ignace est tué à Baimbridge, Pointe-à-Pitre.
28 mai : le colonel Delgrès se fait sauter avec son bataillon à Matouba.
7 juin : Toussaint est arrêté et déporté.
25 juin : arrêté de Bonaparte interdisant l'entrée en France des Noirs et des métis.

7 juin : le préfet Bertin reprend possession de la Martinique.
16 juillet : rétablissement de l'esclavage en Guadeloupe.
2 août : Constitution de l'an X. Bonaparte se fait nommer consul à vie.
11 septembre : Richepanse meurt à la Guadeloupe.
6 octobre : insurrection générale à Saint-Domingue.
15-16 octobre : insurrection des généraux noirs et métis qui s'allient. Début de la guerre d'indépendance.
2 novembre : mort du général Leclerc à Saint-Domingue.
3 novembre : exécution de Domage, général noir, puis de Maurepas.

1803. *8 janvier* : promulgation, à Paris, d'un arrêté interdisant les mariages entre Noirs et Blancs.
30 mars : Rochambeau lance ses chiens et reprend le Petit-Goâve.
7 avril : mort de Toussaint Louverture au fort de Joux. Au même moment, Rochambeau perd Petit-Goâve. L'armée napoléonienne est tenue en échec.
9 octobre : Dessalines prend Port-au-Prince.
19 novembre : Rochambeau capitule au Cap.
2 décembre : évacuation du Môle : fin de la guerre d'indépendance de Saint-Domingue.

1804. *1er janvier* : proclamation d'indépendance de Saint-Domingue. Naissance d'Haïti.
8 octobre : Dessalines devient l'empereur Jacques Ier.

RÉFÉRENCES BIBLIOGRAPHIQUES

TEXTES DE TOUSSAINT LOUVERTURE

Réfutations de quelques assertions d'un discours prononcé au Corps législatif le 10 prairial an V, par Viénot-Vaublanc.

Extrait d'un rapport adressé au Directoire exécutif par le citoyen Toussaint Louverture, général en chef des forces de la République française à Saint-Domingue, 18 fructidor an V.

À tous les bons Français, aux vrais et sincères amis de la liberté, à tous ses défenseurs, 2 vendémiaire, an VII.

Lettre au ministre de la Marine et des Colonies, le Cap-Français, 24 germinal, an VII.

Mémoires édités par Saint-Rémy des Cayes, Paris, 1853.

TEXTES ANCIENS CONTEMPORAINS DE TOUSSAINT LOUVERTURE

Abbé GRÉGOIRE, *De la littérature des Nègres*, Perrin, 1808, Paris, 1991.

— *Mémoire en faveur des gens de couleur ou sang-mêlé de Saint-Domingue et des autres îles françaises de l'Amérique, adressé à l'Assemblée nationale*, 1789, Plein Chant, Bassac, 1992.

— *Lettre aux citoyens de couleur et Nègres libres de Saint-Domingue et des autres îles françaises de l'Amérique*, 1791.

Louis de CAFFARELLI, *Toussaint Louverture au fort de Joux — Journal de Caffarelly*, présenté par le vicomte de Grouchy, s. d.

J. CHANLATTE, *Vie privée, politique et militaire de Toussaint Louverture, par un homme de couleur*, s. d.

CONDORCET, *Réflexions sur l'esclavage des Nègres*, Neufchâtel, 1781, Mille et Une Nuits, 2001.

COUSIN d'AVALLON, *Histoire de Toussaint Louverture, chef des insurgés de Saint-Domingue*, Pillot, Paris, 1802.

M. E. DESCOURTILZ, *Voyage d'un naturaliste et ses observations*, 3 vol., Paris, 1809.

B. M. J. DUBROCA, *La Vie de Toussaint Louverture, chef des Noirs insurgés de Saint-Domingue*, Paris, 1804.

J. PH. GARAN-COULON, *Rapport sur les troubles de Saint-Domingue, fait au nom des Comités de salut public, de législation et de marine réunis*, 4 vol., Paris, an V.

KERVERSEAU ET LEBORGNE, *Rapport fait au gouvernement sur les troubles du département du Sud, au mois de fructidor an IV*.

Père LABAT, *Nouveaux Voyages aux îles de l'Amérique*, 6 vol., Guillaume Cavelier, Paris, 1722.

PAMPHILE DE LACROIX, *Mémoires pour servir à l'histoire de la révolution de Saint-Domingue*, 2 vol., Pillet aîné, Paris, 1819.

Général de LAVEAUX, *Compte rendu par le général Laveaux à ses concitoyens, à l'opinion publique, aux autorités constituées*, Paris, 1er floréal, an V.

Général LECLERC, *Lettres du général Leclerc, commandant en chef de l'armée de Saint-Domingue en 1802*, publié par Roussier, Paris, 1937.

Colonel MALENFANT, *Des colonies, et particulièrement de celle de Saint-Domingue*, Paris, 1791.

V. P. MALOUET, *Mémoires*, publiés par son petit-fils, le baron Malouet, 2 vol., Paris, Didier & Cie, 1868.

M. L. MOREAU de SAINT-MÉRY, *Description topographique, physique, civile, politique et historique de la partie française de Saint-Domingue*, Philadelphie, 1797, rééd. 3 vol., édition de Blanche Morel et Étienne Taillemite, Paris, 1958.

R. PÉRIN, *L'Incendie du Cap-Français, ou le règne de Toussaint Louverture*, Paris, 1802.

Abbé de PRADT, *Des colonies et de la révolution actuelle de l'Amérique*, 2 vol., Paris, 1827.

— *Les Trois Âges des colonies*, Paris, 1801-1802.

J. RAIMOND, *Observation sur l'origine et les progrès des préjugés des colons blancs*, Paris, 1791.

A. RÉGIS, *Mémoire historique sur Toussaint Louverture*, Paris, 1796.

Général A. RIGAUD, *Mémoire en réfutation des écrits calomnieux contre les citoyens de couleur de Saint-Domingue*, Les Cayes, an V.

ROUSSIER Paul, *Lettres du général Leclerc*, Société de l'histoire, Paris, 1937.

Général VINCENT, *Observations du général du génie civil, publiées par le capitaine Ch. Vincent, son fils*, Paris, 1824.

Baron de WIMPFFEN, *Voyage à Saint-Domingue pendant les années 1788, 1789 et 1790*, Cocheris, Paris, 1790.

TEXTES ANCIENS POSTÉRIEURS À TOUSSAINT LOUVERTURE

A. BEAUBRUN-ARDOUIN, *Études sur l'histoire d'Haïti*, 11 vol., Désobry et E. Magdeleine, Paris, 1853-1860.

A. DELMAS, *Histoire de la révolution de Saint-Domingue*, 2 vol., Paris, 1814.

L. DESCHAMPS, *La Constituante et les colonies : la réforme coloniale*, Paris, 1898.

T. P. GRAGNON-LACOSTE, *Toussaint Louverture, général en chef de l'armée de Saint-Domingue, surnommé le Premier des Noirs*, Paris, 1877.

Alphonse de LAMARTINE, *Toussaint Louverture, Poème dramatique*, Michel Luy Frères, 1857.

Thomas MADIOU, *Histoire d'Haïti*, Imprimerie de J. Curtois, Port-au-Prince, 1847.

A. MÉTRAL, *Histoire de l'expédition des Français à Saint-Domingue sous le Consulat de Napoléon Bonaparte*, suivie des *Mémoires et notes d'Isaac Louverture, sur la même expédition et sur la vie de son père*, Berger-Levrault, Paris, 1825.

Colonel A. NEMOURS, *Histoire militaire de la guerre d'indépendance d'Haïti*, 2 vol., Berger-Lerrault, Paris, 1925.

— *Histoire de la captivité et de la mort de Toussaint Louverture*, Paris, 1929.

W. PHILLIPS, *Discours sur Toussaint Louverture à New-York et à Boston*, 1861.

M. PIGALLET, *La Captivité et la mort de Toussaint Louverture*, La Révolution française, tome 64, janvier-juin 1913.

Colonel de Poyen, *Histoire militaire de la révolution de Saint-Domingue*, Berger-Levrault, Paris, 1899.

J.-H.-D.-L. de Saint-Anthoine, *Notice sur Toussaint Louverture*, Paris, 1842.

Saint-Rémy des Cayes, *La Vie de Toussaint Louverture*, Moquet, Paris, 1850.

— *Les Mémoires de Toussaint*, Port-au-Prince, 1853.

Victor Schoelcher, *Vie de Toussaint Louverture*, P. Ollendorf, Paris, 1899, dernière édition avec introduction de Jacques Adélaïde-Merlande, Karthala, Paris, 1974.

Vaucaire, *Toussaint Louverture*, Firmin-Didot, Paris, 1930.

— *L'Étrange Destin de Toussaint Louverture*, éd. De France, 1933, 1993.

TEXTES CONTEMPORAINS

Yves Benot, *La Démence coloniale sous Napoléon*, La Découverte, Paris, 1992, 2006, préface de Marcel Dorigny.

— *Diderot, de l'athéisme à l'anticolonialisme*, La Découverte, Paris, 1970.

— *La Révolution française et la fin des colonies*, La Découverte, Paris, 1987.

— *Les Lumières, l'esclavage, la colonisation* (textes réunis et présentés par Roland Desné et Marcel Dorigny), La Découverte, Paris, 2005.

Gilles Bernard, Serge Quadru, *Le Chouan de Saint-Domingue*, éd. Presses de la Cité, 1995.

Briens, *Toussaint Louverture*, Orphie, Paris, 2003.

Timoléon Brutus, *Rançon du génie, ou la Leçon de Toussaint Louverture*, éditions N. A. Théodore, Port-au-Prince, 1945.

Jacques de Cauna, *Toussaint Louverture et l'indépendance d'Haïti*, éd. Karthala, 2004.

D. M. Celestin, *La Politique humaniste de Louis XVI et la volonté indépendantiste de Toussaint Louverture*, Éditions du Panthéon, Paris, 1997.

Anne-Sophie Chillard, Christian Epanya, *Toussaint Louverture ; le Défenseur des Noirs d'Haïti*, éd. Cauris, Paris, 2003.

Aimé Césaire, *Toussaint Louverture*, Présence africaine, Paris, 1961.

J.-L. CLAVIER, *Toussaint Louverture d'après le Mémoire abrégé des événements de l'île de Saint-Domingue*, Revue d'histoire d'outre-mer, 1975.

COLLECTIF, *Monsieur Toussaint Louverture ; Tu dis ça parce que tu m'aimes*, éd. Monsieur Toussaint Louverture, 2006.

G. DEBIEN, M. A. MENIER, J. FOUCHARD : *Toussaint Louverture avant 1789. Légendes et réalités*, Note d'histoire coloniale, n° 134, 1977.

G. DEBIEN ET P. PLUCHON, *Un plan d'invasion de la Jamaïque en 1799 et la politique anglo-américaine de Toussaint Louverture*, Revue de la société haïtienne d'histoire, n° 119, 1978.

B. FOUBERT, *Colons et esclaves du sud de Saint-Domingue au début de la Révolution*, Revue française d'histoire d'outre-mer, 1974.

JEAN FOUCHARD, *Les Marrons de la liberté*, éd. de l'École, Paris, 1972.

INSTITUT FRANÇAIS D'HAÏTI : *Toussaint Louverture et l'indépendance d'Haïti*, Port-au-Prince, 1953.

M. LAURENT, *Toussaint Louverture à travers sa correspondance* (1794-1798), 1953.

Jean MÉTTELUS, *Toussaint Louverture, le précurseur*, éd. Le Temps des Cerises, Paris, 2004.

Fabienne PASQUET, *La Deuxième Mort de Toussaint Louverture*, éd. Actes Sud, 2001.

— *Pélage et Toussaint Louverture*, Bulletin de la Société d'histoire de la Guadeloupe, Basse-Terre, 1974.

Pierre PLUCHON, *Toussaint Louverture*, Fayard, Paris, 1989.

Éric SAURAY, *Fort de Joux, avril 1803* : *Toussaint Louverture face à Napoléon Bonaparte*, éd. L'Harmattan, Paris, 2003.

OUVRAGES EN ANGLAIS

Stephen ALEXIS, *Black Liberator, the Life of Toussaint Louverture*, Londres, E. Benn, 1949.

John Reily BEARD, *The Life of Toussaint Louverture, the negro Patriot of Hayti...*, Seattle, Inking Books, 2002.

— *Toussaint Louverture : a Biography and Autobiography*, Boston, J. Redpath, 1863.

Robert BENJAMIN, *Life of Toussaint Louverture, Warrior and Statesman, with an historical Survey of the Island by Christopher*

Colombus, in 1942, to the Death of Toussaint, in 1803, Evening Express Print, Los Angeles, 1888.

Gordon S. BROWN, *Toussaint's clause : the founding Fathers and the haitian Revolution*, Jackson, University Press of Mississippi, 2005.

C. R. L. JAMES, *The Black Jacobins*, Allen and Unwin, Londres, 1938, Penguin Books, 1980.

PREMIÈRE PARTIE :
LA MONTÉE AUX ENFERS

Mort de Moïse

1. Brochure coloniale citée par Pierre Pluchon in *Toussaint Louverture*, Fayard, 1989.

2. Publiée dans le n° 696 du *Citoyen français*, 24 vendémiaire an X (16 octobre 1801).

3. Publiée dans le *Journal des débats*, n° du 29 pluviôse an X (18 février 1802).

4. *Ibid.*

5. *Ibid.*

De la cène à la crucifixion

1. Colonel Vincent : *Précis sur l'état actuel de la colonie de Saint-Domingue*. Archives nationales. Colonies.

2. Cité par le général Pamphile de Lacroix dans *Mémoires pour servir à l'histoire de la révolution de Saint-Domingue*, Paris, 1819.

3. Archives nationales.

4. *Ibid.*

5. *Ibid.*

6. *Ibid.*

7. *Ibid.*

8. Général Leclerc, *Correspondances avec les ministres et le Premier consul*. Recueil de copies de lettres, registre n° 8. Archives nationales.

9. *Ibid.*

10. *Ibid.*

11. *Ibid.*

12. *Ibid.*

13. Cité par P. Pluchon in *Toussaint Louverture, op. cit.*

14. Vicomte de Grouchy : *Journal de Caffarelly.*

15. *Correspondance journalière des généraux commandant les divisions militaires*. Archives nationales.

16. *Ibid.*

17. *Ibid.*

18. Emmanuel de Las Cases, *Mémorial de Sainte-Hélène*, Paris, 1822-1829.

19. *Ibid.*

20. *Ibid.*

21. Barry E. O'Meara, *Napoléon en exil*, Paris, 1822.

22. *Ibid.*

23. Archives nationales.

24. *Ibid.*

25. *Observations du colonel Vincent...* Archives nationales.

26. Barry E. O'Meara, *Napoléon en exil, op. cit.*

27. Archives nationales.

28. Archives de Vincennes, dossier Toussaint Louverture.

29. *Ibid.*

30. Archives nationales.

31. *Ibid.*

DEUXIÈME PARTIE :
LE PARADIS PROMIS

Le nouveau Spartacus

1. *Rapport des événements de la division Desfournaux*. Archives nationales.

2. Abbé Raynal, *Histoire philosophique et politique des établissements et du commerce des Européens dans les deux Indes*.

3. *Le Moniteur*, 3 février 1799.

4. *Inventaire des autographes* de B. Fillon. Vente du 17 février 1877. Cité par Victor Schoelcher dans *Vie de Toussaint Louverture*, Karthala, Paris, 1974.

5. Père Labat, *Nouveaux Voyages aux îles de l'Amérique*, 1722.

Le poison des marrons

1. Moreau de Saint Méry, *Description topographique, physique, civile, politique et historique de la partie française de Saint-Domingue*, Philadelphie, 1797, rééd., 3 vol., Société de l'histoire des colonies françaises, Larose, Paris, 1958.

2. Lettre de Moreau de Saint-Rémy (24 juin 1758). Archives nationales.

Les couleurs de la liberté

1. Pamphile de Lacroix, *Mémoires pour servir à l'histoire de la révolution de Saint-Domingue*, 2 vol., Paris, 1819.

2. Archives nationales.

3. Baron de Wimpffen, *Voyage à Saint-Domingue*.

4. Cité par Aimé Césaire dans *Toussaint Louverture, la Révolution française et le problème colonial*.

5. Archives nationales.

6. *Ibid.*

7. *Ibid.*

8. *Ibid.*

Conflits de liberté

1. Archives nationales.

2. Archives nationales.

3. André Rigaud, *Mémoire en réfutation des écrits calomnieux contre les citoyens de couleur de Saint-Domingue*, Les Cayes, an V.

4. Pamphile de Lacroix, *Mémoires pour servir à l'histoire de la révolution de Saint-Domingue*.

5. Madiou, *Histoire d'Haïti*. Port-au-Prince, 1817.

La liberté arrachée

1. Philippe Garan-Coulon, *Rapport sur les troubles de Saint-Domingue.*
2. *Idem.*
3. Archives nationales. Colonies.
4. *Ibid.*

L'esclavage aboli

1. Archives nationales.
2. *Ibid.*
3. Pamphile de Lacroix, *Mémoires pour servir à l'histoire de la révolution de Saint-Domingue.*
4. *Ibid.*
5. Archives nationales.
6. *Ibid.*
7. *Ibid.*
8. *Ibid.*
9. *Ibid.*

TROISIÈME PARTIE : LES VOILES DE L'ESPÉRANCE

Retour de l'ombre

1. Colonel Nemours, *Histoire de la captivité et de la mort de Toussaint Louverture.*
2. Virey, *Histoire naturelle du genre humain.*
3. *Idem.*
4. Archives nationales.
5. *Idem.*
6. J.-F. Blumenbach, *Manuel d'histoire naturelle*, Colignon, 1803.
7. Archives nationales.
8. *Idem.*

Naissance d'une amitié

1. Archives nationales.
2. *Ibid.*
3. *Ibid.*
4. *Ibid.*
5. *Ibid.*
6. *Ibid.*

La plume et l'épée

1. Archives nationales.
2. *Ibid.*
3. *Ibid.*
4. *Ibid.*
5. *Ibid.*
6. *Ibid.*
7. *Ibid.*
8. *Ibid.*
9. *Ibid.*
10. *Ibid.*

Les faiseurs de rois

1. Archives nationales.
2. *Ibid.*
3. *Ibid.*
4. *Ibid.*
5. Pamphile de Lacroix, *Mémoires pour servir à l'histoire de la révolution de Saint-Domingue*, *op. cit.*
6. Archives nationales.
7. Abbé de Pradt, *Les Trois Âges des colonies*, Paris, 1801.

La convention secrète

1. Archives nationales.
2. Pamphile de Lacroix : *Mémoires pour servir à l'histoire de la révolution de Saint-Domingue*, 2 vol., Paris 1819.

3. Archives nationales.
4. Victor Schoelcher, *Vie de Toussaint Louverture, op. cit.*
5. *Ibid.*
6. Archives nationales.
7. *Ibid.*
8. *Ibid.*

La guerre des races

1. Archives nationales.
2. *Ibid.*
3. *Ibid.*
4. *Ibid.*
5. Gragnon-Lacoste, *Toussaint Louverture, général en chef de l'armée de Saint-Domingue, surnommé le Premier des Noirs*, Paris, 1877.

QUATRIÈME PARTIE : LES CHIENS DE L'ENFER

Des Nègres à manger

1. Colonel Malenfant : *Des colonies, et particulièrement de celle de Saint-Domingue*, Paris, 1814.
2. *Ibid.*
3. Lettres de Julie Talma à Benjamin Constant, Paris, 1933.
4. Archives nationales.
5. *Ibid.*
6. *Ibid.*
7. *Ibid.*
8. *Ibid.*

Le temps de la solitude

1. Colonel Malenfant : *Des colonies, et particulièrement de celle de Saint-Domingue*, Paris, 1814.
2. Archives nationales.
3. *Ibid.*

1. Archives nationales.
2. Yves Benot, *La Démence coloniale sous Napoléon*, La Découverte, 1992.
3. *Ibid.*
4. Colonel Vincent : *Précis sur l'état actuel de la colonie de Saint-Domingue*. Archives nationales. Colonies.
5. Pamphile Lacroix, *Mémoires pour servir à l'histoire de la Révolution de Saint-Domingue, op. cit.*
6. *The Life of William Wilberforce by his Sons*, Londres, 1838.
7. Bouvet de Cressel, *Catastrophe de Saint-Domingue*, Paris, 1824.
8. M. E. Descourtilz, *Voyage d'un naturaliste et ses observations*, Paris, 1809.
9. Pamphile de Lacroix, *Mémoires pour servir à l'histoire de la révolution de Saint-Domingue, op. cit.*
10. Georges Legorgeu, *Toussaint-Louverture et J.B. Coisnon*. Paris, 1831.
11. Archives nationales.
12. Colonel Malenfant, *Des colonies, et particulièrement de celle de Saint-Domingue*, Paris, 1814.
13. *Idem.*
14. Archives nationales.
15. Pamphile de Lacroix, *Mémoires pour servir à l'histoire de la révolution de Saint-Domingue, op. cit.*
16. Moreau de Jonnès, *Aventures de guerre au temps de la République et du Consulat*, Paris, 1893.
17. Archives nationales.
18. Pamphile de Lacroix, *Mémoires pour servir à l'histoire de la révolution de Saint-Domingue, op. cit.*
19. M. E. Descourtilz, *Voyage d'un naturaliste et ses observations*, Paris, 1809.
20. Pamphile de Lacroix, *Mémoires pour servir à l'histoire de la révolution de Saint-Domingue, op. cit.*
21. Archives nationales.
22. M. E. Descourtilz, *Voyage d'un naturaliste et ses observations, op. cit.*
23. Archives nationales.

24. J. de Saint-Anthoine, *Notice sur Toussaint Louverture*, Paris, 1842.

25. *Idem.*

La délivrance

1. Archives nationales.

2. Pamphile de Lacroix, *Mémoires pour servir à l'histoire de la révolution de Saint-Domingue, op. cit.*

3. Victor Schoelcher : *Vie de Toussaint Louverture, op. cit.*

4. A.E.C.P. États-Unis 56, du 30 Messidor X (19 juillet 1802).

5. Maurice Merleau-Ponty, *Signes*, Gallimard, Paris, 1960.

Remerciements

À Gérard de Cortanze, directeur de la collection, pour son écoute, ses conseils, sa confiance.
À Colline Faure-Poirée et Emmanuelle Collas, pour la confiance qu'elles m'accordent en tant qu'écrivain.
À Patricia Guédot, pour son soutien permanent à mon travail d'écriture, et pour ses conseils éclairés.
À tous ceux dont les noms suivent, qui, par leurs conseils, leurs relectures et leurs soutiens divers, m'ont aidé à la rédaction de cet ouvrage :
Manuèle Robert, Jacqueline Meido-Madiot, Maryangela Gusmao, Florence Faucon, Marie Abraham Despointes, Magdalena Mihordea, Jean-Michel Helvig, Jean-Baptiste Barrière, Michel Reinette.

Remerciements

[illegible]

ANNEXES

FOLIO BIOGRAPHIES

Attila, par ÉRIC DESCHODT

Balzac, par FRANÇOIS TAILLANDIER

Baudelaire, par JEAN-BAPTISTE BARONIAN

Jules César, par JOËL SCHMIDT

Cézanne, par BERNARD FAUCONNIER

James Dean, par JEAN-PHILIPPE GUERAND

Diderot, par RAYMOND TROUSSON

Marlene Dietrich, par JEAN PAVANS

Fellini, par BENITO MERLINO

Freud, par RENÉ MAJOR et CHANTAL TALAGRAND

Gandhi, par CHRISTINE JORDIS

Billie Holiday, par SYLVIA FOL

Ibsen, par JACQUES DE DECKER

Janis Joplin, par JEAN-YVES REUZEAU

Kafka, par GÉRARD-GEORGES LEMAIRE

Kerouac, par YVES BUIN

Louis XVI, par BERNARD VINCENT

Michel-Ange, par NADINE SAUTEL

Modigliani, par CHRISTIAN PARISOT

Molière, par CHRISTOPHE MORY

Marilyn Monroe, par ANNE PLANTAGENET

Pasolini, par RENÉ DE CECCATTY

Picasso, par GILLES PLAZY

Shakespeare, par CLAUDE MOURTHÉ

Toussaint Louverture, par ALAIN FOIX

Boris Vian, par CLAIRE JULLIARD

Virginia Woolf, par ALEXANDRA LEMASSON

Stefan Zweig, par CATHERINE SAUVAT

Composition Nord Compo
Impression Maury
45330 Malesherbes
le 18 avril 2007.
Dépôt légal : avril 2007.
Numéro d'imprimeur : 128707.
ISBN 978-2-07-034096-5. / Imprimé en France.

145503